DESCENTE
EN EAUX TROUBLES

DU MÊME AUTEUR

CHEZ POCKET

LE POIDS DU SILENCE

J. WALLIS MARTIN

DESCENTE EN EAUX TROUBLES

Traduit de l'anglais
par France Camus-Pichon

BELFOND

Titre original :
A LIKENESS IN STONE
publié par Hodder and Stoughton,
a division of Hodder Headline, Londres.

Tous les personnages de ce roman sont fictifs, et toute ressemblance avec des personnes réelles, vivantes ou mortes, serait pure coïncidence.

ISBN 2-266-13317-9

Pour Marengo

Pourquoi ne réussissait-il pas à l'oublier ?

Il l'ignorait, tout comme il ignorait pourquoi il ne s'était jamais résolu à faire à la police les aveux qu'on n'avait pu lui arracher vingt ans auparavant.

Il avait parfois éprouvé le besoin de se libérer, mais les conséquences d'une telle démarche l'effrayaient. Aussi vivait-il dans le mensonge, un mensonge étalé à la surface de son existence tel un vernis étouffant, et si déformant que personne ne pouvait soupçonner la nature de ce qu'il recouvrait.

1

Vaughan ne savait pas trop ce qui l'attirait dans la plongée, mais qu'importe, il ne s'en lassait pas. Peut-être parce que ses années dans la Royal Navy lui avaient permis de découvrir des fonds marins parmi les plus impressionnants au monde, ou tout simplement parce qu'il ne pouvait se passer de la décharge d'adrénaline dans ses veines au moment où les flots se refermaient au-dessus de sa tête.

Il avait éprouvé cette jubilation familière quelques minutes plus tôt, lorsque Saunders et lui avaient plongé dans les eaux du lac artificiel de Marshfield, mais ce jour-là autre chose s'y mêlait – une sensation oppressante, pas seulement due au poids des bouteilles d'oxygène sur son dos. C'était une réaction instinctive, un sixième sens qui se réveillait chaque fois qu'il travaillait dans des eaux réputées dangereuses.

Son premier réflexe fut de remonter, mais dès qu'ils referaient surface, il pouvait s'attendre à ce que Saunders lui demande des explications. Son collègue étant comme lui un ancien de la Navy, Vaughan ne tenait guère à lui avouer qu'il avait un mauvais pressentiment. Saunders serait sceptique, et Vaughan ne souhaitait pas donner l'impression qu'il se dégonflait. Pourtant, le pressentiment en question ne le lâchait pas : même si ce lac ne semblait en rien plus dangereux que d'autres dans lesquels ils avaient plongé, il était étrangement immobile et d'une noirceur qui ne provenait pas uniquement du manque de lumière.

Au-dessus d'eux, la pluie crevait la surface de l'eau sans que le ciel réussisse à en éclairer les profondeurs. Il régnait une atmosphère angoissante dont Vaughan n'identifia pas tout de suite la cause. Soudain, elle lui sauta aux yeux : il n'y avait pas un seul poisson dans ce lac. Aucune carpe grisâtre n'ondulait au loin, allant mêler son ombre aux ombres encore plus noires des eaux.

Un moniteur de plongée lui avait dit autrefois de se méfier de l'absence de poissons. C'était un phénomène anormal, dû à la pollution ou à un prédateur. D'où la terreur qui l'avait saisi, un jour qu'il plongeait pour le plaisir au large des côtes du Mozambique, lorsque tous les poissons avaient subitement disparu. Il avait scruté les eaux à la recherche de ce qui pouvait les effrayer, et quand un requin-tigre avait surgi, tout ce qu'on lui avait raconté sur cette espèce lui était aussitôt revenu à l'esprit. Il savait entre autres que les requins-tigres attaquaient rarement avec la férocité du requin blanc ; ils décrivaient des cercles autour de leur proie, lui arrachant un pied, une main, peut-être la jambe jusqu'au genou, avant de se lasser et d'abandonner à l'océan ces membres sanguinolents d'un corps dont il ne restait que le torse.

Pris de panique, il avait nagé de toutes ses forces vers la côte, certain de sentir d'une minute à l'autre les dents de l'animal se refermer sur lui. La douleur tant redoutée n'était jamais venue. Il n'y avait eu qu'un choc sourd contre sa jambe droite, et il s'était écroulé sur le sable, sanglotant de frayeur, n'osant ouvrir les yeux pour découvrir un moignon.

Il y avait du sang, mais pas de moignon – seulement sa peau, lacérée à l'endroit où le requin l'avait heurté de son corps aussi rugueux que du papier de verre.

Alors il avait eu honte de lui, honte que les baigneurs l'aient entendu pleurer comme une femme, et il s'était efforcé d'oublier cet épisode. Mais l'immobilité de l'eau s'était inscrite de manière indélébile dans sa mémoire, à la rubrique « Informations utiles », et il s'en souvint au moment où la maison apparut à sa vue. Engloutie quand Marshfield était devenu un lac artificiel, elle figurait dans les dossiers de la Thames Water – et, avant elle, dans ceux de l'ancienne compagnie des eaux. Avec un peu de chance, elle recelait quelques objets de valeur qui les paieraient de leurs efforts, Saunders et lui.

Ils en firent lentement le tour, remarquant tous les deux les huisseries pourries, et par terre les débris de vitre recouverts d'un fin limon. Vaughan leva la tête pour chercher par où entrer, contraint par la pression de l'eau à un mouvement lent élaboré, là où il aurait dû y avoir un simple automatisme. Le plongeur tendit la main vers le mur, palpa la couche moelleuse de lichen sur la brique, puis poussa sur ses pieds et s'éleva, suivi de Saunders.

Tandis qu'ils nageaient au-dessus du toit, la vue des tuiles qui défilaient sous lui troubla à tel point

Vaughan qu'il se crut projeté dans un monde parallèle. Il avait déjà éprouvé cette sensation, mais pas avec une telle intensité. C'était le genre d'impression qu'on a parfois en rêve : celle de quitter son corps en se demandant si on n'est pas en train de mourir.

Lestés par les bouteilles d'oxygène, ils descendirent derrière la maison. Après s'être consultés du regard, ils s'introduisirent par la fenêtre dans une cuisine encore partiellement équipée : un vieux four fixé au mur, un placard contenant quelques boîtes de conserve sans étiquettes, des vêtements pourrissant dans une machine à laver.

Les éléments en Formica, autrefois symboles de modernité, étaient gondolés par l'humidité. Le papier peint qui se délitait au toucher semblait du même gris que l'évier en inox. Des rideaux en dentelle de nylon se soulevaient au moindre geste. Vaughan en effleura un. Il se décrocha aussitôt et lui tomba sur le bras, partant en lambeaux quand le plongeur voulut s'en débarrasser.

Vaughan avait peur, sans pouvoir expliquer pourquoi. Il avait eu l'occasion d'explorer des épaves de navire et un jour, dans un carré des officiers, il avait éprouvé le même sentiment de malaise, comme si les anciens occupants allaient se matérialiser, leurs silhouettes éthérées à peine décelables dans l'eau.

Il se ressaisit et fit signe à Saunders, qu'il devança dans la pièce voisine, entièrement meublée. Au-dessus d'une pendule en Bakélite trônant sur le manteau d'une cheminée en brique, son regard fut attiré par la photo encadrée d'une femme aux yeux de biche adossée à un arbre : l'eau déformait tellement la scène que ses cheveux bouclés semblaient traverser la plaque de verre et flotter vers lui.

Il repartit, nagea au-dessus d'un fauteuil et atteignit un long couloir étroit. À son extrémité, de pâles reflets indiquant l'emplacement de la porte d'entrée éclairaient les premières marches d'un escalier qui disparaissait dans l'obscurité. Vaughan hésita, et lorsqu'il s'y engagea, il eut réellement l'impression de vivre un rêve étrange.

Sur le palier, il prit le temps de se repérer avant de s'avancer lentement dans la première chambre. Elle était vide. Il recula et entraîna Saunders dans la suivante, où, contre le mur du fond, se trouvaient un matelas, un radio-réveil et ce qui ressemblait à une pile de couvertures.

Préférant ne pas rester seul, il suivit Saunders dans une petite salle de bains carrelée. L'armoire de toilette au-dessus du lavabo n'avait rien d'autre à offrir qu'une brosse à dents et un sachet de rasoirs jetables.

Les deux hommes quittèrent la pièce ensemble et se laissèrent glisser, tels deux fantômes, jusqu'à la chambre principale, provoquant des remous qui soulevèrent les draps du lit, réveillant des terreurs enfantines. Le cœur battant, Vaughan se contenta d'observer le phénomène du coin de l'œil, à la façon d'un gosse superstitieux passant en courant devant un miroir, sans tourner la tête.

Il fixa son attention sur une grande penderie, la rejoignit en quelques battements de pieds, tourna la poignée. Noircie par le temps, elle épousait la forme de sa main, et son cuivre oxydé avait la rugosité de la peau du requin-tigre. Elle résistait, et il dut insister pour ouvrir la porte, la pression de l'eau rendant, là encore, la tâche plus difficile que prévu. Lorsque le battant se détacha des charnières rouillées, il recula et attendit que le limon se soit redéposé pour inspecter le contenu du meuble, bouchant la vue à Saunders, qui le suivait.

Ce n'était pas un vrai cadavre. Vaughan s'en persuada aussitôt. On l'avait laissé là pour rire ; s'il y touchait, ses mains le lui confirmeraient : ce visage n'était qu'un masque, pareil à ceux que portent les gens le soir de Halloween. Sous ses doigts, il ne sentirait que du plastique rigide, non des chairs en décomposition, comme ses yeux voulaient l'en convaincre.

Pensant arracher le masque et découvrir la tête d'un mannequin, il avait saisi la mâchoire inférieure. Sa première réaction fut le refus : non, ce qui lui était venu dans la main ne pouvait provenir d'un corps humain. Puis, dans un nuage de bulles, il poussa un hurlement qui arriva déformé aux oreilles de Saunders, mais dont l'eau ne diminuait en rien l'horreur qu'il exprimait.

2

Lorsque Gilmore quitta son bureau, la circulation était complètement bloquée à la sortie d'Oxford. Accident ? Travaux ? Gilmore n'en avait aucune idée. Il savait seulement que, ce soir-là, il allait retrouver une maison vide ; et que, même si Sue s'était contentée de prendre en partant les rares objets qu'elle avait apportés en s'installant chez lui moins d'un an auparavant, son absence serait criante.

Il ne l'aimait pas vraiment. Il en avait conscience, et elle aussi, sans doute, puisqu'un mois à peine après leur première rencontre, elle lui avait fait remarquer qu'il n'était pas facile de vivre avec un fantôme. *Mais qui est donc cette femme dont tu ne parles jamais ?*

Il aurait pu mentir pour qu'elle le laisse en paix. Il aurait pu lui dire, par exemple, qu'il s'agissait d'une des femmes qui l'avaient précédée, et ajouter que toutes avaient laissé leurs mots d'adieu sur le réfrigérateur.

Pourquoi le réfrigérateur ? se demandait-il. Parce que, bien en vue dans sa cuisine à l'équipement spartiate, un papier placé là ne risquait pas de passer inaperçu ? Ou parce que le bonhomme de neige aimanté était là pour ça ?

Gilmore n'avait d'ailleurs pas eu besoin de messages ; les signes avant-coureurs d'un départ lui étaient familiers. Il avait toujours su quand une femme allait le quitter – et parfois plusieurs semaines à l'avance.

Tu ne montres jamais tes sentiments.

Au début, Sue avait accepté sa réserve, mais au fur et à mesure qu'elle s'attachait à lui, elle avait essayé de « faire tomber ses défenses », comme elle disait. Il aurait voulu lui expliquer qu'elle perdait son temps, que tôt ou tard le scénario habituel se reproduirait : le retour dans une maison froide et sombre, sans aucune trace de la jeune femme. Celle-ci aurait jeté l'éponge, ajoutant son nom à une liste déjà longue.

Il surprit son reflet dans le pare-brise et reconnut à peine son visage déformé par la vitre : celui d'un homme encore jeune, le genre de visage qui plaisait aux femmes parce qu'il donnait une impression de maîtrise absolue, en toutes circonstances.

Quelle ironie…

La file de voitures s'ébranla, et Gilmore démarra à son tour. Il rentrait chez lui, mais pas directement, choisissant l'itinéraire le plus long, prenant des petites routes qu'il n'avait jamais remarquées jusque-là, reculant au maximum le moment d'affronter le réfrigérateur.

Enfin, inévitablement, il s'engagea sur l'allée d'une maison jumelée, en tout point identique aux autres cubes de brique rouge à trois chambres alignés le long de la rue. Et comme chaque soir, il eut le même sentiment : il n'était pas chez lui. Il avait beau habiter cette maison depuis des années, il n'y était guère plus attaché qu'aux femmes avec lesquelles il l'avait partagée : il aurait pu la quitter dans l'instant, sans un regard en arrière.

Il laissa la voiture devant le garage, verrouilla les portières, entra. La porte de la cuisine était fermée. Il ne se rappelait pas l'avoir fermée, ni pourquoi il l'aurait fait. Peut-être à cause de l'aspect rassurant de sa surface uniformément blanche.

D'un geste décidé, il arracha au bonhomme de neige imperturbable la feuille de papier quadrillé, la roula en boule et la jeta dans la poubelle à pédale. De toute façon, il aurait pu en réciter le texte par cœur. Il ressemblait à tous les autres mots laissés sur le réfrigérateur. Seules les signatures différaient.

Contrairement à son habitude, Gilmore se servit un apéritif et l'emporta au salon, dont aucune touche féminine n'égayait plus le décor simple et confortable. Il s'installa sur le canapé, prit la télécommande, mit le journal télévisé.

Plus tard, il ne garderait pas le moindre souvenir des sujets traités avant le reportage sur Marshfield. Il ne reverrait que l'étendue d'eau gris ardoise apparue comme pour l'engloutir tout entier et aussi vite disparue, effacée de l'écran par l'information suivante. Hébété, il avait écouté sans comprendre le récit d'autres désastres et d'autres catastrophes sans doute aussi dévastateurs pour certains que la réapparition de Marshfield l'avait été pour lui.

Il éteignit le téléviseur et resta assis là, entendant à nouveau Sue gémir d'un ton accusateur : « Mais qui est donc cette femme ? »

Plusieurs fois, par des soirées froides et venteuses comme celle-ci – un vrai temps de novembre –, il avait failli répondre à cette question. Il avait le plus grand mal à se représenter son visage, à présent, mais se rappelait certains détails. Ses cheveux courts et noirs qu'elle hérissait avec du gel jusqu'à avoir l'air d'un oursin, ou le fait qu'elle se trouvait trop maigre. Il se rappelait également son assurance, celle des femmes aussi belles qu'intelligentes – et intelligente, elle l'était, puisqu'elle préparait une licence d'anglais à Somerville College.

Pourquoi ne réussissait-il pas à l'oublier ?

Il l'ignorait, tout comme il ignorait pourquoi il ne s'était jamais résolu à faire à la police les aveux qu'on n'avait pu lui arracher vingt ans auparavant.

Il avait parfois éprouvé le besoin de se libérer, mais les conséquences d'une telle démarche l'effrayaient. Aussi vivait-il dans le mensonge, un mensonge étalé à la surface de son existence tel un vernis étouffant, et si déformant que personne ne pouvait soupçonner la nature de ce qu'il recouvrait.

3

Ainsi que Driver l'espérait, cela avait eu lieu de son vivant. Sa vue déclinante l'empêchant de lire la presse, ce fut par la radio qu'il apprit la nouvelle : on avait retrouvé les restes d'un cadavre à Marshfield. Et dans une penderie, par-dessus le marché.

Driver n'en revenait pas. À l'époque du crime, la compagnie des eaux n'avait pas encore commencé les travaux d'aménagement du lac artificiel. Les centaines d'hectares de marais bientôt engloutis constituaient une cache idéale. Pourquoi donc avoir dissimulé le corps dans une penderie ?

Par la fenêtre de la cuisine, l'ancien policier contempla les pavillons de la maison de retraite de l'autre côté du square, puis s'adressa à son épouse défunte :

— Mary, on l'a retrouvée…

Près de l'évier, un fantôme rangeait méthodiquement la vaisselle du petit déjeuner, un fantôme aux cheveux ternes, à la silhouette avachie, qui ne levait jamais la tête. *Je te l'avais bien dit, qu'on la retrouverait !*

— Oui, mais tu ne devineras jamais où. Depuis des années, elle attendait là, au fond du lac. Il l'avait cachée dans la maison !

Il n'arrivait pas à comprendre. Si, à l'époque, il avait pu se douter que Gilmore ferait preuve d'une telle stupidité, il aurait envoyé des plongeurs. Mais lorsqu'il avait contemplé le lac, vingt ans plus tôt, il s'était résigné : en toute logique, le cadavre était enterré quelque part dans les marais – désormais engloutis, comme la maison, sous plusieurs mètres d'eau. Ses chances de le retrouver lui avaient paru nulles.

Il alla dans l'entrée et téléphona au commissariat de la Thames Valley – il n'avait pas oublié le numéro.

— Passez-moi la brigade criminelle.

— À propos de quelle affaire ?

— Marshfield.

Pendant qu'on cherchait son correspondant, Driver se souvint d'avoir soupçonné Gilmore dès le début de l'enquête. Cet homme était l'assassin ; il l'avait senti à sa façon de se replier sur lui-même, moins à cause des interrogatoires que d'une scène atroce qui semblait se répéter en boucle sous ses yeux.

« C'est vous qui l'avez tuée.

— Vous paraissez très sûr de vous…

— Je suis parfaitement sûr de moi. »

Une voix sèche, nerveuse, vint interrompre ses réflexions :

— Brigade criminelle.

— Qui est à l'appareil ?

Depuis les bureaux de la brigade criminelle, une liasse de papiers dans une main, un dossier dans l'autre, le combiné coincé entre l'épaule et le menton, on lui répondit :

— Inspecteur Dalton. Et vous êtes… ?

— Driver. Inspecteur à la retraite. Commissariat de la Thames Valley.

Ce nom disait quelque chose à Dalton ; un visage finit par surgir des profondeurs de sa mémoire.

— Bill ?

— On se connaît ? s'enquit prudemment Driver.

— Vous avez pris votre retraite en 1980, je crois.

— Exact.

— Je venais d'entrer dans la police.

Driver ne répondit pas aussitôt. Pour lui éviter de se creuser la tête plus longtemps, Dalton ajouta :

— Vous ne vous souvenez sans doute pas de moi, mais moi, je me souviens de vous.

Driver fut sensible à ses intonations soudain plus chaleureuses.

— Je vous reconnaîtrai sûrement en vous voyant, affirma-t-il en guise d'excuse.

— Il n'y a pas de mal. Quel est le problème ?

— J'ai entendu votre appel demandant à toute personne ayant des informations sur le cadavre découvert à Marshfield de contacter le commissaire Rigby.

— Il est absent pour le moment. De quoi s'agit-il ?

— Je crois pouvoir identifier ce cadavre.

Il y eut un silence, puis l'inévitable question.

— À quel numéro peut-on vous joindre ?

Driver le lui communiqua.

— Donnez-moi le nom auquel vous pensez, et je sors le dossier, dit Dalton.

— Warner… Helena Warner.

4

Il y avait au moins un avantage à vivre au-dessus d'une épicerie faisant office de maison de la presse : on était sûr que le journal serait livré à l'heure.

Comme chaque jour, il avait été glissé sous la porte en haut de l'escalier. Conduisant autrefois vers une chambre du fond, elle servait désormais de porte d'entrée, et l'un des premiers réflexes de Joan en se levant fut de tirer doucement sur le journal pour ne pas le déchirer.

Elle l'emporta dans l'ancienne salle de bains, devenue une cuisine exiguë et encombrée. La vieille baignoire en fonte avait fait place à un fourneau Baby Belling, le sol était couvert d'un linoléum glacial sous les pieds, l'évier en inox constellé de taches indélébiles.

Les murs blancs disparaissaient en partie derrière des placards trop volumineux pour un espace aussi réduit. Joan écarta machinalement la tête pour verser dans une tasse de l'eau bouillante sur un sachet de thé et une cuillerée de lait en poudre. Ce n'était pas si mauvais, une fois qu'on était habitué, et ça lui évitait d'acheter du lait.

Elle emporta la tasse et le journal dans la pièce principale, où un canapé convertible lui tenait lieu de lit, alluma le convecteur électrique, plia le journal pour le lire plus commodément.

Un titre la fit sursauter, achevant de la réveiller. Le caractère macabre de la nouvelle n'y était pour rien – à trente-sept ans, après avoir travaillé comme reporter au *Manchester Evening News*, Joan n'ignorait plus grand-chose des horreurs de l'existence. On découvrait tous les jours des meurtres et des cadavres. Elle les apprenait dans la presse ou à la télévision, s'en désolait, mais la vie continuait et, comme la plupart des gens, elle oubliait la victime en quelques minutes. Cette fois, pourtant, c'était différent.

Elle feuilleta le journal, cherchant la suite de l'article dans les pages centrales, illustré par une photo du lac artificiel.

Jamais encore elle n'avait vu Marshfield ainsi. Elle ne se souvenait que des grands champs immobiles, des vols d'oiseaux au-dessus des roseaux.

Elle posa sa tasse sur la moquette et alla tirer les rideaux, slalomant entre les verres et les assiettes sales oubliés sur le sol depuis des jours. Une bruine presque invisible tombait du ciel masqué par une immense couche nuageuse gris pâle. À cause de la condensation, de l'eau ruisselait sur les vitres, inondant l'appui de la fenêtre. Joan essuya la buée d'un geste circulaire.

Près de l'arrêt de bus sur le trottoir d'en face, des écoliers en uniforme s'amusaient à traverser devant les voitures, qui les dispersaient comme une volée de moineaux.

Trente ans plus tôt, elle faisait la même chose sur une route identique à quelques centaines de mètres de là, et elle connaissait déjà la maison où elle logeait à présent. Le rez-de-chaussée abritait alors une laverie automatique dont le propriétaire habitait l'appartement qu'elle occupait désormais. Mais à l'époque, Joan croyait qu'une fois adulte elle quitterait la ville.

Comment aurait-elle pu prévoir qu'elle n'en partirait jamais vraiment, qu'après l'université et sa collaboration infructueuse avec le *Manchester Evening News*, elle reviendrait à Warrington, à deux pas de l'endroit où elle était née ?

Elle n'avait pas toujours été aussi résignée. Naguère, dans sa chambre d'étudiante, elle pensait que, tôt ou tard, ses conditions de vie s'amélioreraient. Grâce au mariage ? À une belle carrière ? Elle ne se posait pas la question. Pour Joan, réussir, c'était tout cela à la fois, un métier intéressant, une maison, un compagnon, et peut-être des enfants. Malheureusement, rien ne s'était concrétisé.

Dans ses moments d'abattement, elle se désespérait moins de n'avoir vu se réaliser aucune de ses ambitions que de constater qu'il ne s'était rien passé – rien, hormis la fuite du temps qui la laissait vieillie et dans une précarité de plus en plus grande. La récession était là ; ses articles ne trouvaient plus preneur.

Elle s'éloigna de la fenêtre, se réinstalla sur le canapé et reprit sa lecture. D'un point de vue journalistique, c'était un bon reportage, même si elle n'avait pas toutes les compétences requises pour en juger. Certes, elle avait appartenu plusieurs années à la rédaction d'un quotidien, mais elle ne s'y sentait pas à la hauteur. Trop lente, trop soucieuse du style de ses articles, trop introvertie pour espérer décrocher un scoop, c'était elle qu'on envoyait couvrir les mariages chics et les naissances de quintuplés. Sur un coup de tête, elle avait démissionné pour devenir journaliste free-lance.

Depuis, ses rentrées d'argent étaient tellement irrégulières qu'elle percevait une allocation chômage, grevée de temps à autre par ses maigres revenus, qu'elle ne manquait jamais de déclarer. Mon honnêteté me perdra, se disait-elle parfois.

Elle avait vécu son retour à Warrington comme un échec. La ville, qui avait beaucoup d'atouts, n'y était pour rien. Simplement, Joan attendait plus de l'existence. Oh, pas beaucoup plus : un compagnon et – elle jeta un coup d'œil autour d'elle – une carrière assez rémunératrice pour lui permettre de s'offrir un logement plus agréable que celui-ci.

Elle n'avait jamais vraiment eu d'homme dans sa vie. Il fallait se rendre à l'évidence : elle était trop grosse. Les obèses qui acceptaient leur surpoids arrivaient à trouver des partenaires. Pas ceux qui auraient préféré être morts. Pourtant, tout bien considéré, la solitude présentait certains avantages. Joan n'entendait personne à côté d'elle se plaindre de la chaleur étouffante de l'appartement l'été, du froid glacial l'hiver, du retour immuable de certains plats tel ou tel jour de la semaine, du canapé trop étroit pour y dormir confortablement.

Elle se consolait en songeant aux nombreux écrivains contraints, pour gagner leur vie, d'écrire dans des magazines de grande diffusion. Chaque fois que le découragement la gagnait à l'idée de rédiger encore un article dont personne ne voudrait, Joan travaillait au

Livre, un objet mystérieux et immatériel, dont le reflet scintillait, tel un fantôme, sur son écran d'ordinateur.

Parfois, le Livre semblait s'afficher de sa propre initiative. Sans que Joan se souvienne d'avoir cliqué sur le fichier correspondant, il apparaissait, comme pour la rappeler à l'ordre. Et elle répondait docilement, tapait un paragraphe, le supprimait, en ajoutait un autre qu'elle oubliait ensuite de sauvegarder – oubli dans lequel il fallait surtout lire l'aveu d'un désir inconscient d'effacer le texte en question pour toutes sortes de raisons. À l'origine, elle voulait écrire un roman inspiré par la fable du lièvre et de la tortue, où une jeune femme belle et intelligente finissait par être éclipsée par l'héroïne, besogneuse et sans charme. Comme tous les premiers romans, il était largement autobiographique.

L'intrigue ressemblait à celles de beaucoup d'ouvrages grand public. Après avoir passé des années dans l'ombre de sa rivale et vaincu des obstacles presque insurmontables, l'héroïne de Joan faisait fortune en créant sa propre chaîne de magasins de vêtements. Le roman devait se clore sur son mariage avec le fiancé de sa rivale. Si Joan s'en était tenue au schéma de départ, le livre aurait pu voir le jour, mais depuis des années elle se perdait en digressions.

Le problème, c'est que la réalité refaisait sans cesse surface. Non seulement Joan avait donné son prénom à son héroïne et celui d'Helena à sa rivale, mais certaines scènes squattaient indûment l'écran de l'ordinateur – celle décrivant la visite d'Helena venue annoncer son admission à Oxford, par exemple. Pour Joan, son amie avait eu ce jour-là la même expression que certains disciples après une apparition du Christ.

Ses yeux, sa peau, tout en elle semblait rayonner, comme si elle venait d'être touchée par la grâce. « Tu ne devineras jamais ! » s'était-elle exclamée. Mais si, justement, Joan devinait toujours. Helena n'avait aucun secret pour elle. « J'ai décroché une bourse pour étudier à Somerville College ! »

Joan, nullement surprise, s'était écartée pour la laisser entrer. Helena l'avait suivie dans la cuisine, manquant trébucher sur le chat qui s'était faufilé entre ses jambes avant de disparaître dans la chatière.

— Alors ? avait lancé Helena.

— Alors quoi ?

— Tu ne me félicites pas ?

Joan avait senti sa gorge se nouer douloureusement, comme si quelqu'un lui enfonçait les deux pouces dans la carotide pour l'étouffer. Elle avait eu l'impression – et ce n'était pas la première fois –, qu'en continuant de voir Helena, elle s'infligeait une torture particulièrement cruelle. Ce démon déguisé en amie ne cessait de la tourmenter, lui rappelant constamment sa laideur, son dénuement, sa médiocrité intellectuelle, et Joan ne disposait d'aucun pouvoir, d'aucune formule magique pour conjurer les effets néfastes de cette amitié.

— Qui est-ce ? avait demandé sa mère depuis l'unique pièce jouxtant la cuisine au rez-de-chaussée.

— Helena, répondit Joan.

— Entre donc, mon chou !

Incommodée par l'odeur de renfermé, Helena se contenta de passer la tête dans la pièce sombre.

— Je disais à Joan que j'avais décroché une bourse pour Somerville College…

— Tu entends ça, Len ! s'écria la mère de Joan.

— C'est où, au juste ? marmonna son père, sans quitter des yeux l'écran de télévision.

— À Oxford.

Joan n'était pas sortie de la cuisine. L'odeur de la gazinière lui semblait un refuge. Alors qu'elle remplissait la bouilloire et la mettait à chauffer, elle avait entendu la voix d'Helena :

— Je t'écrirai. Il ne faut pas qu'on se perde de vue.

Bien sûr que tu m'écriras, avait pensé Joan, des lettres bavardes et enjouées, où tu étaleras tes succès. Elles n'avaient pas tardé à arriver, pleines d'enthousiasme, et Joan avait répondu : « Chère Helena, tu n'imagines pas combien je me réjouis que tu te plaises en résidence universitaire, que tu adores ton collège, que tu réussisses facilement et que tu fasses de nombreuses rencontres – moi aussi, je prends du bon temps. »

Du bon temps, tu parles…

Elle était marquée à vie par ces trois années de solitude. Par le souvenir de sa chambre minable. Par le poids qu'elle avait pris. Les kilos qui s'ajoutaient aux kilos. La honte était encore là, bien présente, ainsi que la gêne et la détestation de soi. Tout pouvait faire grossir, elle l'avait appris à ses dépens. Une vérité qu'elle emporterait dans la tombe.

Elle avait cru qu'Helena finirait par l'oublier. Bientôt, il n'y aurait plus de lettres, elle en était sûre. Mais on aurait dit au contraire qu'Helena, devinant que Joan les roulait en boule les unes après les autres d'un geste rageur, prenait un malin plaisir à continuer d'en envoyer, à raconter de son écriture élégante une existence inaccessible au commun des mortels.

Durant la seconde moitié du premier semestre, elle commença à parler d'un jeune homme présenté par un ami. Au début, Joan n'y prêta pas attention, mais quand elle vit revenir son nom dans chaque lettre, elle s'y intéressa davantage. Apparemment, c'était le type d'homme qu'elle aurait aimé rencontrer. Joan ne pouvait s'empêcher d'échafauder des scénarios, de rêver qu'elle lui était présentée, et qu'au premier regard ils comprenaient qu'ils étaient faits l'un pour l'autre.

Bien sûr, elle n'imaginait pas un instant que ce rêve pût devenir réalité. Pourtant, lorsque Helena l'invita à une soirée à Oxford en précisant que le jeune homme serait de la fête, elle décida de s'y rendre.

Dans le Livre, elle avait écrit que, lors de cette soirée, Joan et le fiancé d'Helena étaient tombés amoureux, mais que mille raisons (toutes plus invraisemblables les unes que les autres) les avaient empêchés d'afficher leurs sentiments. La réalité n'était pas aussi simple.

Joan ne se faisait aucune illusion sur la motivation d'Helena : son amie l'avait invitée essentiellement pour lui montrer ce qu'elle ratait, exilée à l'université de Southampton. Malgré tout, Joan avait accepté, sans trop savoir pourquoi. Peut-être pour se flageller une dernière fois. En tout cas, elle était présente à cette soirée.

La soirée où Helena était morte.

5

L'après-midi touchait à sa fin lorsque le commissaire Rigby regagna son bureau, et l'une des premières choses qu'il vit en entrant dans la pièce fut le message concernant Driver. Il était fixé par un trombone à un épais dossier entouré d'un élastique bleu ressorti par Dalton. Sur la couverture, en haut à gauche, figurait le nom d'Helena Warner.

La lecture du message inspira des sentiments contradictoires à Rigby. Certes, les informations apportées par d'anciens flics avaient leur utilité. Mais l'expérience lui avait appris que ces derniers pouvaient vous rendre la vie impossible si on les laissait faire. Il quitta son bureau et passa la tête dans celui de la brigade criminelle, où les volets et fenêtres hermétiquement fermés ne laissaient filtrer ni le froid ni la grisaille de cette fin d'après-midi.

— John, à propos de ce message…

Dalton leva les yeux du fouillis de formulaires éparpillés devant lui.

— Lequel ?

— Celui de Driver. L'ancien inspecteur.

— Que voulez-vous savoir ?

— Si ce nom devrait me dire quelque chose.

— Vous ne l'avez pas connu, répliqua Dalton.

La sécheresse de la réponse pouvait difficilement échapper à Rigby. Très jeune commissaire, pur produit du programme de promotion accélérée, son ascension foudroyante faisait des envieux chez certains policiers qui, comme Dalton, avaient derrière eux de nombreuses années d'ancienneté.

— Je suppose qu'il était chargé de l'enquête concernant cette mystérieuse disparition, se contenta-t-il de marmonner.

— C'est ce qu'il dit. Il y a bien son nom dans le dossier.

Rigby s'attardait à la porte.

— Et il pense que c'est le cadavre de cette fille qu'on vient de retrouver à Marshfield, conclut-il, s'adressant plus à lui-même qu'à Dalton.

— En tout cas, ça lui paraît probable.

— Vous avez regardé le dossier ?

— J'y ai jeté un coup d'œil. Driver était certain que la fille avait été tuée et enterrée à Marshfield avant que la maison soit engloutie… Tout comme il était certain de connaître l'identité du meurtrier.

— Ça paraît possible ?

Dalton essaya de se remémorer les quelques occasions où il avait rencontré l'ancien inspecteur. Driver n'était pas le genre d'homme à tirer des conclusions hâtives, ni à déformer les faits pour arriver à ses fins.

— S'il affirme qu'il tenait le coupable, on peut lui faire confiance.

— Alors, pourquoi a-t-on classé l'affaire ?

— Appelez-le et demandez-le-lui.

Rigby regagna son bureau, décrocha son téléphone et composa le numéro de Driver. Celui-ci répondit à la première sonnerie, et Rigby eut l'impression gênante qu'il attendait son appel près de l'appareil.

— Commissaire Rigby. Thames Valley. Monsieur Driver ?

— Lui-même.

— Vous avez appelé pour nous communiquer des informations.

— Au sujet du cadavre retrouvé à Marshfield.

— Que savez-vous ?

— C'est celui d'Helena Warner.

Rigby prit son stylo et se mit à écrire tout en parlant.

— Dalton a ressorti le dossier. Il est épais.

— Je peux vous faire gagner du temps, déclara Driver.

— Quand ? demanda Rigby abruptement.

— Maintenant, si vous voulez.

Rigby, qui n'avait rien mangé depuis le petit déjeuner, était impatient de rentrer chez lui. Il se fit violence.

— 18 heures, ça irait ?

— 47, River Walk, Riverview Estate. Vous connaissez ? se contenta de répondre Driver.

— Pas de problème. À 18 heures, donc.

6

Rigby venait rarement dans le quartier de Riverview Estate. La plupart des pavillons sagement alignés abritaient des retraités, et, à sa connaissance, il y avait peu de cas de vandalisme ou de courses-poursuites entre conducteurs de voitures volées. Et pas de rivière – la plus proche était la Tamise, à plusieurs kilomètres de là.

Il se gara devant un pavillon identique à ceux qui l'entouraient, sauf sur un point : Driver n'avait à l'évidence aucun goût pour le jardinage ; le carré de pelouse devant sa maison se distinguait des autres par son absence de bordure.

De part et d'autre de la porte d'entrée trônaient des pots vides en terre cuite, sûrement destinés à contenir des géraniums jamais plantés. L'un d'eux semblait s'être fissuré sous l'effet du gel.

Rigby sonna. La porte s'ouvrit alors qu'il avait encore le doigt sur la sonnette. Il sortit son badge et se présenta.

Un gamin, pensa Driver, mais quand on allait sur ses soixante-dix ans, toute personne de moins de cinquante ans vous paraissait jeune. Élégant, l'air intelligent, il avait dû bénéficier de ces nouveaux programmes propulsant directement les jeunes diplômés au sommet de l'échelle, alors que Driver, lui, avait dû en gravir un à un tous les échelons. Après avoir vérifié le badge de son visiteur, il s'effaça.

— Entrez, dit-il d'une voix où perçait une certaine résignation.

Rigby y reconnut des traces d'accent du Nord, adouci, contrairement à Driver lui-même, par de nombreuses années dans le Sud. D'après Dalton, l'ancien inspecteur n'était plus tout jeune, il semblait pourtant étrangement combatif.

Rigby le suivit dans le salon. Driver lui fit signe de s'asseoir sur le canapé, se réservant le fauteuil.

En s'installant, Rigby remarqua les étagères au-dessus du buffet, pleines à craquer d'ouvrages de référence à présent presque tous périmés. Pourquoi Driver ne les avait-il pas jetés ? Pour garder la preuve qu'à une époque désormais révolue il s'était rendu utile à la société ?

— Belle sélection, déclara Rigby.

— Des outils indispensables, de mon temps, répondit Driver en se calant dans son fauteuil.

Soudain, Rigby s'imagina à plusieurs années de là, en retraite lui aussi, probablement oublié de tous, assis dans un pavillon similaire. Perspective angoissante.

— Merci de nous avoir appelés, dit-il.

— C'est la moindre des choses. À ma place, vous auriez fait de même.

En effet, pensa Rigby, surtout s'il n'avait eu lui aussi que ses souvenirs pour s'occuper l'esprit.

— Vous avez appris la nouvelle par la presse ? demanda-t-il.

— Non, à la radio. Apparemment, les plongeurs ne s'attendaient pas à ce genre de découverte.

Rigby acquiesça de la tête, revoyant l'expression de Vaughan au moment où il décrivait le cadavre.

— Ils ne sont pas près d'oublier ce qu'ils ont vu.

— Pourquoi cette plongée ?

— Le hasard.

Si Rigby n'avait pas su que Vaughan avait trouvé le cadavre, il l'aurait deviné. Des deux hommes, c'était lui qui semblait le plus transi, le plus hagard aussi, comme s'il avait laissé autre chose que la chaleur de son corps au fond du lac.

— Ils avaient une autorisation ?

— Ils sont employés par la compagnie des eaux.

— Ils travaillaient ?

— Non, c'était leur jour de congé.

— Ils doivent vraiment aimer ça, pour plonger sur leur temps de loisirs. Que cherchaient-ils ?

— Des objets de valeur qu'ils auraient pu revendre.

— Il n'y a aucun risque qu'ils se soient trompés ? C'était bel et bien un cadavre ?

— Vaughan a quitté la Navy depuis peu, répondit Rigby. Ce n'est pas la première fois qu'il voit un cadavre. Par ailleurs…

— Par ailleurs ?

— On a envoyé deux de nos plongeurs. Ils ont confirmé. On va remonter le corps à la surface.

— Quand ?

— Demain.

Driver se félicita de cette vérification.

— J'étais persuadé que les chances de voir réapparaître ce cadavre étaient quasiment nulles. Apparemment, je me trompais.

— Quel est l'historique ? demanda Rigby.

Curieusement, Driver ne savait plus trop par quel bout commencer. Il avait toujours pensé que si on rouvrait le dossier un jour, il saurait exactement que dire à la personne chargée de l'enquête, et maintenant que l'occasion se présentait, il hésitait.

— En 1975, j'ai enquêté sur la disparition d'Helena Warner, une étudiante de Somerville College…, déclara-t-il enfin.

Rigby resta impassible. Driver ne lui apprenait rien.

— … Les années précédentes, j'avais déjà fait des recherches, suite à plusieurs disparitions d'étudiants. Vous savez ce que c'est. Chagrins d'amour. Angoisse des examens…

Rigby opina du chef. Il savait.

— … Mais dès que j'ai commencé à reconstituer les dernières heures de son emploi du temps, j'ai su qu'elle était morte.

Rigby ne posa pas de questions. Certains flics savaient d'instinct qu'ils avaient affaire à un meurtre plutôt qu'à une simple disparition. C'était une sorte de don. Un sixième sens.

— Vous aviez un suspect ?

— Gilmore… Un étudiant de première année à Worcester College, murmura Driver.

Il se tut.

— Pourquoi lui ? insista Rigby.

Driver revit le jeune homme, de plus en plus déstabilisé au fil de l'enquête.

— Il a failli craquer. Il s'en est fallu de peu. Pas à cause de nous. À cause de quelque chose qu'il avait fait, lui, vous comprenez ? C'est tout à fait différent.

— Il avait quel âge, à l'époque ?

— Dix-neuf ans.

Rigby ne savait que trop bien comment certains individus réagissaient à des interrogatoires répétés, surtout s'ils étaient jeunes et n'avaient encore jamais été arrêtés.

— Il y a des prévenus qui ne tiennent pas le coup, suggéra-t-il.

— Ce n'était pas ça. Avec un peu plus de temps…

— Qu'est-ce que le temps vient faire ici ?

— Nous avons été pris de court. Aucune preuve matérielle, des pistes qui ne menaient nulle part. Il a fallu classer l'affaire.

— Frustrant… Vous étiez vraiment convaincu que c'était lui le meurtrier ?

— À cent pour cent.

— Pourquoi ?

— Question d'instinct – appelez ça comme vous voulez. En tout cas, ça m'a donné une autre certitude…

Au prix d'un gros effort, il se pencha en avant dans son fauteuil aux ressorts fatigués.

— … Elle a eu une mort violente.

7

Avant que la Seconde Guerre mondiale n'ait sonné le glas de la domesticité dans les grandes maisons, il y avait à Chaggfords une cuisinière, trois femmes de chambre, un chauffeur, un majordome, un valet de pied et un garçon d'écurie. Cora Bowerman se contentait désormais des services d'une aide ménagère qui faisait également office de dame de compagnie, bien qu'elle eût encore les moyens d'employer plusieurs domestiques.

Elle était née entre ces mêmes murs en 1921. À l'époque, le potager donnait sur des champs, mais les lotissements avaient peu à peu encerclé la maison, au point que Cora se souvenait à peine de ce temps révolu où les grilles ouvraient sur une route de campagne. Il lui semblait avoir toujours connu la rangée de maisons jumelées sur le trottoir d'en face, le supermarché Sainsbury juste derrière et, un peu plus loin, la voie rapide A 40. Au-delà, Cora ne savait plus. Elle se sentait perdue, la banlieue d'Oxford étant devenue méconnaissable.

Seule sa maison lui paraissait sûre, familière. Au fil des ans, on avait condamné les pièces dont on ne se servait plus. Un processus graduel, étalé sur près de sept décennies.

Il était temps de partir. Loin. Pour toujours. On racontait beaucoup de sottises sur les vieillards incapables de quitter la demeure où ils avaient vécu, aimé, conçu leurs enfants. Cora en connaissait beaucoup qui se réjouissaient d'emménager dans un pavillon flambant neuf, facile à entretenir. Elle ne partageait certes pas leur impatience. Elle serait triste d'abandonner Chaggfords. Ce serait un déchirement. Pourtant, il fallait qu'elle parte, elle le savait. Dans sa jeunesse, elle trouvait la maison claire et pleine de vie. À présent, elle lui semblait glaciale, remplie d'échos, de recoins sombres, de canalisations bruyantes, de parquets grinçants, de courants d'air. Sa dame de compagnie approchant de l'âge de la retraite, Cora préférait jeter l'éponge et finir ses jours seule, dans un logement plus petit et bien chauffé.

Mais que deviendrait Chaggfords ? Enfant unique restée célibataire, Cora Bowerman avait enterré tous les membres de sa famille, sauf les plus éloignés. Aussi avait-elle eu le plus grand mal à décider que faire du domaine.

Elle ne savait trop pourquoi elle l'avait finalement légué à Churchill House. Peut-être parce que le docteur Thurston, le psychiatre qui dirigeait la clinique, faisait partie de ses amis. Peut-être parce qu'à l'adolescence, avant la guerre, elle accompagnait ses parents lorsqu'ils rendaient visite aux anciens propriétaires des lieux. Quoi qu'il en soit, ce choix lui avait paru approprié, mais elle avait posé une condition :

que Chaggfords accueille des patients en cours de réinsertion, qu'on en fasse une sorte de centre de réadaptation.

C'était à prendre ou à laisser. D'ailleurs, personne ne pouvait espérer recevoir une propriété de cette valeur sans contrepartie.

De la démarche hésitante des vieillards frêles, Cora se rendit du salon dans un hall assez monumental pour abriter un squelette de dinosaure. Dans l'angle le plus éloigné de la porte se trouvait le socle en marbre sur lequel se dressait autrefois la statue du père de Cora, le colonel Richard Bowerman, couvert de médailles et de distinctions honorifiques. Pilier de la société. Capitaine d'industrie. *Et destructeur de rêves*.

La vieille dame sortit une bouteille cachée dans une petite armoire en bois de rose, puis regagna le salon où elle se rassit dans son fauteuil encore chaud.

La décision de faire démolir cette statue lui avait apporté une certaine satisfaction, mais elle en tirerait une plus grande encore de voir ériger à sa place celle de l'homme que son père l'avait empêchée d'épouser. Commandée plusieurs mois auparavant, elle était pratiquement terminée.

Elle avait été sculptée par un patient du docteur Thurston. En toute modestie – presque humblement, auraient dit certains –, Cora se sentait qualifiée pour choisir un sculpteur, ses études et ses origines familiales ayant incité après la guerre une salle des ventes très en vue à s'attacher quelque temps ses services. Mais ce n'était pas la seule raison de son choix : elle aurait pu autrefois se laisser séduire par Wachmann, si elle n'avait offert son cœur à l'homme dont elle l'avait chargé de réaliser la statue.

Elle lui avait raconté tout ce qu'elle n'avait jamais pu faire comprendre à son père : que James venait d'une famille ouvrière, mais respectable, que c'était un garçon tranquille, attentionné, plutôt timide, malgré ses études au lycée privé de la ville. Pas du tout le coureur de dot décrit avec obstination par son père. Seulement un jeune pilote de la RAF qui avait donné sa vie pour son pays, ainsi que le mentionnait sa notice nécrologique.

Il y en avait beaucoup comme lui, lorsque Cora était jeune fille. Certains tout juste âgés de dix-huit ans, d'autres – dont James – de quelques années leurs aînés. Des « vieux » qui essuyaient les plaisanteries de leurs cadets sur leurs réflexes émoussés.

Des « vieux »..., songeait Cora. Que pouvaient-ils savoir de la vieillesse ? Si peu auraient le temps d'en faire l'expérience. Pas James, en tout cas, mort pour la patrie à cause du colonel Richard Bowerman qui avait personnellement veillé à ce qu'il fût de tous les raids aériens. Quand il ne dormait pas, il était aux commandes de son avion, avait raconté un de ses amis. Nuit après nuit, il enchaînait les missions.

Jusqu'au soir où il avait décollé pour un vol sans retour.

Cora Bowerman était trop vieille à présent pour se soucier de ce que penserait un visiteur en découvrant à son haleine qu'elle buvait dès dix heures du matin. Elle porta un toast au fantôme qu'elle n'avait jamais vu, mais dont elle sentait la présence dans chaque recoin de la maison, et s'imagina en train de dévoiler la statue.

Les spectateurs seraient d'abord sidérés, ainsi qu'on l'est devant toute œuvre d'art gigantesque. Quand ils auraient découvert ce qu'elle représentait, la plupart d'entre eux croiraient sans doute avoir sous les yeux une statue de son père assis dans le cockpit d'un Lockheed Hudson. Cora leur révélerait alors que c'était celle de l'homme qu'elle aurait épousé si son père n'en avait décidé autrement.

Elle savait d'avance que certains seraient surpris, voire amusés, ou même choqués. Et bien sûr, c'était exactement l'effet recherché. Mais elle n'avait pas fait appel à Wachmann dans ce but. Sa motivation première était beaucoup plus simple.

De James, il ne lui restait qu'une photo. En noir et blanc. Rien d'autre. Avant de mourir, elle voulait pouvoir effleurer les contours de son visage, poser ses lèvres sur les siennes, blottir sa tête contre son épaule et pleurer comme elle n'avait pu le faire devant une simple photo. Pour cela, il lui fallait sa statue. Son double sculpté dans le marbre.

8

Debout à la fenêtre du cabinet du docteur Thurston, Wachmann contemplait la remise convertie en atelier pour son usage personnel. Elle se trouvait derrière Churchill House, une ancienne maison de maître dont l'architecture élégante s'harmonisait à la perfection avec les collèges d'Oxford qui l'entouraient.

À l'intérieur de la remise, échappant même au regard perçant du docteur Thurston, la statue commandée par Cora attendait. Désormais terminée, et d'une beauté redoutable, elle allait changer le cours de l'existence de Wachmann. Il ignorait d'où lui venait cette certitude. Il avait l'intuition qu'une fois dévoilée elle déclencherait une série d'événements qu'il ne pourrait contrôler. Il deviendrait sûrement célèbre, mais ce n'était pas son principal objectif. Voilà longtemps qu'au lieu de chercher à se faire un nom, il aspirait à se réaliser en tant qu'artiste. De son vivant ou après sa mort, on célébrerait son talent. Et en particulier la statue commandée par Cora.

Plusieurs fois au cours des mois écoulés, Thurston avait demandé la permission de la voir, mais Wachmann la gardait jalousement à l'abri des regards.

— Même Cora n'a pas encore eu ce privilège.

— Quand le lui accorderez-vous ?

— Je l'ai convaincue d'attendre le jour où nous la dévoilerons.

— C'est-à-dire ?

— Le jour où Chaggfords ouvrira officiellement ses portes à ses premiers patients.

Il avait réussi à se soustraire à la curiosité de Thurston en lui assurant que s'il jetait un seul coup d'œil à ce que lui, Wachmann, considérait comme sa plus grande création, il la réduirait en poussière, par principe.

— Tant que je ne suis pas prêt, personne ne doit la voir, avait-il insisté.

La remise était construite en pierre du même gris que le ciel au-dessus de Marshfield, mais la vigne vierge recouvrait les murs de flammes cramoisies, offrant un contraste saisissant avec les champs désormais engloutis, qui n'avaient jamais connu pareille débauche de couleurs. Avant leur disparition, le paysage avait des allures d'aquarelle, avec la rivière dont les eaux montaient et baissaient au rythme des saisons, des précipitations et des marées, entre des rives où les roseaux dressaient leurs doigts marron.

Ce paysage lui avait inspiré une sculpture intitulée *La Main du noyé*, exposée pour l'heure dans une galerie réputée. Une œuvre d'un goût douteux, il le savait, mais qui se vendrait sûrement. Thurston la trouvait intéressante et venait d'y faire référence.

— Qu'est-ce qui vous a poussé à sculpter ça ? demanda-t-il.

Wachmann se détourna de la fenêtre pour considérer la pièce. L'éclairage nimbant meubles et objets d'un halo doré produisait un effet ostentatoire, dénotant un manque de goût manifeste. Les décorateurs d'intérieur, comme beaucoup de poètes contemporains, avaient tendance à vivre trop longtemps, pensa Wachmann.

— C'est ma propre main, répondit-il.

— Qui appelle-t-elle à l'aide ?

— Quelqu'un qui ne vient jamais.

— Cette main ne serait pas en train de se noyer à Marshfield, par hasard ? suggéra Thurston, l'air parfaitement bienveillant, dans son costume qui devait valoir une petite fortune.

— Pas que je sache.

— Voulez-vous que nous en parlions ?

— À quoi bon ? Nous avons tellement parlé de Marshfield, durant toutes ces années.

Thurston n'allait pas se satisfaire de ce genre de pirouette.

— Vous avez lu les journaux. Vous savez qu'on a retrouvé un cadavre.

— Non. Le cadavre de qui ?

Thurston resta imperturbable.

— Celui d'une femme, probablement.

— Les lacs artificiels sont des endroits dangereux. Elle a dû faire une chute.

Thurston ne put s'empêcher de sourire.

— Difficile de faire une chute à l'intérieur d'une penderie…

Wachmann sourit à son tour.

— Certes…

— Et vous réagissez comment ?

— Ça me déprime.

Thurston lui lança le regard qu'il réservait à ses patients les moins coopératifs.

— Tout vous déprime, Richard. N'est-ce pas la raison pour laquelle vous êtes ici ?

— À vous de répondre.

— Je le pourrais, si vous me disiez ce que vous ressentez.

— À quel propos ?

— À propos de ce cadavre dissimulé au fond d'une penderie dans l'ancienne maison de vos parents.

— Je n'en sais rien.

— Vous ressentez bien quelque chose ?

— Disons que je me sens… paralysé.

Wachmann avait prononcé le premier adjectif qui lui venait à l'esprit.

— Quel genre de paralysie ?

— Il y en a plusieurs sortes ?

Avec un calme olympien, Thurston passa la main dans ses cheveux impeccablement coupés, toujours bruns, malgré ses cinquante ans.

— Eh bien, on peut être paralysé par la terreur, le chagrin, la violence d'un choc, la stupéfaction, le trac… Pour vous, ce serait quoi ?

— Je dois être sous le choc, reconnut Wachmann. En fait, ça tendrait à prouver qu'elle est retournée à Marshfield après la soirée, non ?

— Et en réalité ?

— Elle a quitté la soirée avec Ian et Joan, déclara Wachmann d'un ton agacé. Je les ai suivis dans ma voiture. J'ai vu Ian les déposer à Somerville.

— Donc, vous vous en tenez à cette version ?

— C'est la vérité.

— Même maintenant qu'on a retrouvé son cadavre ?

— Je pense que ça suffit pour aujourd'hui, docteur Thurston.

— Asseyez-vous, Richard.

— Je n'en ai pas envie. J'ai du travail.

Thurston se leva, s'approcha et lui posa la main sur l'épaule d'un geste paternel.

— Je ne suis pas flic, Richard. Je ne suis ici ni pour juger ni pour punir. J'essaie simplement de vous aider, et je vous rappelle que rien de ce que vous pouvez me dire ne sortira de cette pièce. Même si je le voulais, je n'aurais pas le droit de contacter la police.

Ce n'était pas vrai, Wachmann le savait : un psychiatre se devait de divulguer certaines informations. Mais il n'allait pas se lancer dans une discussion d'ordre déontologique. Il voulait sortir d'ici au plus vite. Les questions de Thurston lui avaient remis en mémoire les interrogatoires de Driver, et ce n'était pas le genre de souvenir qu'il souhaitait exhumer.

On pouvait compter sur Helena pour refaire surface. Il aurait dû se douter qu'elle ne laisserait aucun d'eux en paix très longtemps. Quelles avaient été ses dernières paroles ? Elles lui revinrent en même temps que son expression terrifiée lorsqu'elle avait proféré cette menace : « On me retrouvera !... »

— Asseyez-vous, répéta Thurston.

Cette fois, Wachmann s'assit dans un canapé cossu, face aux fenêtres à meneaux. Il ne voyait plus que le ciel, voilé par une brume épaisse qui, d'ici la fin de l'après-midi, aurait couvert le parc.

— La police va remonter le cadavre, dit Thurston.

— Je préfère ne rien savoir.

— Vous n'aurez sans doute pas le choix. S'il s'agit bien du cadavre d'Helena Warner, la police voudra sûrement vous interroger. J'aime autant vous prévenir, au cas où ils viendraient sonner ici.

Bien vu, pensa Wachmann. Driver devait être à la retraite depuis longtemps, mais si la police décidait de rouvrir le dossier, il fallait s'attendre à une visite de son successeur.

— Dites-moi, reprit Thurston, s'il s'agit bel et bien du cadavre d'Helena, comment réagirez-vous ?

Wachmann ne répondit pas aussitôt.

— En admettant que ce soit le cas…

— Pure hypothèse, dit Thurston, sans être dupe.

— … ça ne me surprendrait pas.

Thurston ne s'attendait pas à cette réponse.

— Pourquoi ?

— Helena n'était pas le genre de fille à se faire oublier.

Wachmann se demanda quel effet la découverte de son cadavre aurait sur Gilmore. Peut-être se préparait-il depuis vingt ans à cette éventualité, mais, personnellement, Wachmann en doutait. Gilmore ne lui paraissait pas de taille à affronter pareille situation. Dès que cette hypothèse surgissait, il devait s'empresser de la refouler. Et se comporter comme il l'avait fait dès le début : en prenant la fuite.

Joan, elle, ferait bien sûr preuve du sang-froid qu'il admirait tant chez certaines femmes. Difficile de dire si elle continuerait à protéger Gilmore. Tout dépendrait des sentiments qu'elle éprouvait encore à son égard.

Il se remémora le week-end précédant la soirée. Helena l'avait prévenu que Joan était un peu bizarre. « Il faudra être gentil avec elle », avait-elle insisté, ce qui avait suffi à régler son sort. Joan correspondait en tout point à la description d'Helena : une jeune femme vêtue sans recherche, affligée d'un accent faubourien à couper au couteau, chez qui la laideur, la naïveté, la gaucherie et le prosaïsme semblaient élevés au rang d'œuvre d'art.

Wachmann avait bien essayé de lui trouver quelques qualités, mais en vain. Un cas désespéré, avait-il conclu.

Il s'était amusé de son intérêt visible pour Gilmore. Avant la soirée, elle l'avait rendu fou en le suivant dans la maison comme son ombre sous le regard moqueur d'Helena, avec laquelle il avait fini par disparaître, afin de lui échapper. Privée de l'objet de son désir, Joan s'était alors tournée vers Wachmann :

— Tu étudies quoi, déjà ?

Il traversait la pièce chargé d'une lourde caisse de boissons alcoolisées qu'ils devaient emporter à Marshfield.

— Je suis aux Beaux-Arts.

— Tu es peintre ?

La question était moins bête qu'il n'y paraissait. Certains étudiants des Beaux-Arts n'avaient jamais touché à un pinceau de leur vie et s'en trouvaient très bien, mais ce n'était pas son cas.

— Ça m'arrive, avait-il dit.

— Tu fais quel genre de choses ?

« Quel genre de choses ? » Drôle de façon de parler du travail d'un artiste, s'était étonné Wachmann.

— Un peu de tout, répondit-il, pantelant à cause du poids de la caisse.

Il se dirigea vers la porte qu'il réussit à ouvrir d'une main sans lâcher la caisse. Joan, assise sur le canapé, n'avait pas esquissé un geste pour l'aider.

— Quel est ton préféré ? demanda-t-elle.

— Mon quoi ?

— Ton tableau préféré.

— Peint par moi, ou par quelqu'un d'autre ?

Elle réfléchit quelques instants.

— Par toi.

Wachmann n'hésita pas une seconde.

— Il y a quelque temps, j'ai peint des papillons. Je suis assez satisfait du résultat.

Des papillons..., se dit-il. Elle va me croire cinglé. Il faillit préciser que ce n'était pas le genre de papillons qui décoraient les cartes d'anniversaire, mais au fond, il se fichait de ce qu'elle pensait. De toute façon, il ne pouvait rien expliquer sans montrer le tableau en question, et il n'en avait pas l'intention.

— Je pourrais le voir ?

— Peut-être demain. Dans l'immédiat, je suis occupé.

— S'il te plaît. Montre-le-moi maintenant. Ça ne te prendra pas cinq minutes.

— Il est là-haut, dans ma chambre. Par ailleurs, il risque de ne pas te plaire.

Sans lui laisser le temps de réagir, elle se précipita au pied de l'escalier et commença à monter.

— Ne va pas là-haut ! cria-t-il.

Posant la caisse par terre, il s'élança. Déjà, Joan avait ouvert la porte. Il la rejoignit en quelques enjambées, stupéfait de son audace.

— Quelle chambre bien rangée ! Moi qui croyais que les artistes vivaient dans le chaos !

— Justement. Beaucoup tentent de donner un sens au chaos dans lequel ils vivent.

— On ne le croirait pas, à voir la plupart de leurs productions.

— Je doute que tu sois bien placée pour juger.

Soit elle ne comprit pas sa remarque, soit elle l'ignora, il ne savait trop. Choqué par la manière dont elle avait violé son intimité, il restait à la porte, attendant qu'elle sorte.

Elle se tourna vers lui. Un instant, il crut qu'elle allait quitter la pièce, au lieu de quoi elle demanda :

— Alors, où est-il ?

— Où est quoi ?

— Ce tableau avec des papillons.

Il regrettait amèrement de lui en avoir parlé. Plus pour se débarrasser d'elle que pour satisfaire sa curiosité, il s'accroupit près de son lit, tira une toile glissée dessous et l'appuya au mur.

Elle l'étudia, inclinant sa tête ronde à gauche, puis à droite, tel un gros oiseau maladroit.

— On dirait un entrejambe de femme.

— C'était le but.

— Et tu as peint des papillons jusqu'à son…

Quelle lourdeur, quelle incapacité à s'exprimer avec un minimum d'élégance, songea Wachmann. Il ne put s'empêcher de comparer sa réaction à celle, tellement plus troublante, d'Helena : « Et si tu en peignais quelques-uns sur moi aussi ? »

Elle avait retiré sa jupe avant de s'asseoir sur le lit, un triangle de soie cachant à peine sa toison pubienne, et il était allé chercher dans un tiroir ses flacons d'encre de couleur, où il avait plongé un petit pinceau en poil de martre pour peindre sur elle des papillons identiques à ceux du tableau. Sa tâche terminée, il lui avait présenté un miroir où elle avait contemplé le reflet de ses cuisses.

« Satisfaite ? » avait-il lancé. Elle avait soulevé le triangle de soie. « Voilà le plus beau des papillons », avait-elle répondu en découvrant les lèvres humides de son vagin, irrésistibles, chatoyantes comme les ailes d'une espèce exotique.

— Quel est le nom de ces papillons ? s'enquit Joan.

— Des vulcains.

Sa réaction, bien plus émouvante et inattendue que celle qu'aurait pu avoir Helena, prit Wachmann complètement au dépourvu. Elle leva vers lui ses yeux déformés par les verres grossissants de ses lunettes et murmura :

— Ils sont magnifiques.

Ce fut sans doute cette courte phrase qui l'incita, au cours des mois suivants, à faire son portrait de mémoire. Ce n'était certes pas son œuvre la plus réaliste : il dessinait Joan non pas telle qu'elle apparaissait au monde extérieur, mais telle que lui la voyait depuis ces quelques mots, une âme féminine et sensible, emprisonnée par un sort cruel dans un corps qui lui répugnait. Il avait voulu représenter la souffrance qui l'avait ému en elle.

Il lui aurait fait cadeau de ce portrait si, effrayé par l'amour dévorant de la jeune femme pour Gilmore, il n'avait eu peur d'être à son tour l'objet de sa passion en mettant son projet à exécution. Il aurait été obligé de la rejeter, alors qu'il ne voulait surtout pas la blesser. Elle ne le méritait pas.

Joan avait ensuite inspecté la pièce du regard, ses murs couverts de croquis, certains exécutés sur des morceaux de papier scotchés à même la tapisserie, d'autres encadrés et accrochés avec soin.

— Ça fait quel effet, d'être artiste, de voir les choses à sa façon et de pouvoir les représenter pour les donner à voir aux autres ?

Wachmann avait remis le tableau où il l'avait pris et sorti un carton à dessin caché derrière la tête de lit. L'ouvrant sur le sol, il avait invité Joan à en découvrir le contenu.

Elle avait feuilleté les différents portraits, jusqu'au moment où, comme il s'y attendait, elle s'était interrompue en tombant sur un nu de Gilmore. Comment allait-elle réagir ? Peut-être serait-elle choquée. Helena aurait ri. Elle aurait envisagé le ménage à trois dont Driver soupçonnerait plus tard l'existence entre eux.

— Il sait ? s'était contentée de dire Joan.

— Non, et d'ailleurs, toi non plus tu ne sais rien. Ce nu ne signifie pas que je sois homosexuel. Seulement que je suis capable d'apprécier la beauté d'un corps, masculin ou féminin.

— J'aimerais l'avoir.

— Impossible.

— Il ne le verra jamais, je te le promets.

— Ce n'est pas le problème. En te le donnant, je t'encouragerais à désirer quelque chose qui n'est pas pour toi.

Il n'y était pas allé par quatre chemins. Joan parut gênée.

— Je ne me rendais pas compte que ça se voyait autant.

— Ça se voit, tu peux me croire.

Et il s'était tu, pour la laisser se faire à l'idée qu'elle se ridiculisait.

— Je sais bien que je suis laide, avait-elle dit peu après.

Il n'avait pas essayé de la persuader du contraire. Il aurait dû mentir, et elle n'aurait pas été dupe. Alors qu'il fermait le carton à dessin et le remettait derrière la tête de lit, elle avait ajouté :

— Je sais aussi qu'il ne quittera jamais Helena pour moi.

— Il ne quittera sans doute jamais Helena pour personne.

— Quel homme sensé la quitterait ?

Wachmann avait revu le sexe humide, le sourire voluptueux, presque vulgaire, éclairant les yeux superbes, et l'acte sensuel auquel il s'était livré comme on commet un crime, avec le même sentiment de danger, de honte et de dégoût mêlés, souhaitant trouver un jour quelqu'un qui répondrait pareillement à son désir.

— Viens, il faut charger la voiture, avait-il dit à Joan.

Après avoir tourné la clé dans la serrure derrière elle, il l'avait suivie dans l'escalier.

9

Le lendemain de la visite de Rigby, dans la matinée, Driver quitta son pavillon bien chauffé. À peine dehors, il eut l'impression que ses poumons s'emplissaient de minuscules particules de glace. Vingt ans plus tôt, déjà, au bord du lac artificiel durant une vague de chaleur estivale décrite par la presse comme l'une des plus accablantes que le pays ait connues, il avait eu froid, à Marshfield.

Il ne s'expliquait pas pourquoi. Aucune raison objective ne justifiait cette fraîcheur, cette façon dont l'eau paraissait absorber la chaleur de l'été. En tout cas, le froid estival annonçait un hiver glacial.

Dans son boulot, Driver avait appris à attendre, debout, parfois longtemps. En l'occurrence, il se félicitait d'être simple spectateur plutôt que plongeur. Non seulement il n'aurait, pour rien au monde, voulu s'immerger dans cette eau opaque et glacée, mais il avait encore moins envie de manipuler les restes d'un cadavre englouti depuis des années. Il avait déjà vu des corps décomposés après un long séjour sous l'eau et connaissait l'alternative : avec un peu de chance, on avait un squelette, sinon – et cela semblait être le cas, à en croire la description de Vaughan –, il fallait affronter une vision de cauchemar.

Driver refusait de se représenter Helena ainsi. Sur chacune des photos fournies par ses parents, il avait été frappé par sa beauté, et il trouvait injuste que la mort rendît repoussant un corps autrefois si séduisant.

Alors qu'il marchait vers sa voiture, les paroles de Rigby décrivant la découverte de Vaughan lui revinrent : « La mâchoire lui est restée dans la main. Il n'est pas près de l'oublier. »

Aucun doute là-dessus.

Un kilomètre et demi après avoir quitté l'A 40, Gilmore s'engagea sur une route goudronnée à une seule voie qui contournait l'ancienne commune de Marshfield. Il la suivit jusqu'au taillis qui abritait autrefois la plaine inondable des vents du nord. Désormais, il dominait une vaste étendue d'eau aussi lisse qu'une feuille d'acier. Aussi morne. Aussi grise.

De ce poste d'observation, Gilmore apercevait, contenue par un ruban hors d'un périmètre de sécurité, une foule à l'aspect pitoyable, sous la pluie fine comme de la poussière, à peine perceptible mais incessante. Presque figés, les badauds dévisageaient les policiers, les médecins légistes, les représentants des médias. Une immobilité qui n'était pas due au froid, pensa Gilmore, mais à l'atmosphère menaçante propre à Marshfield.

Les reporters avaient très vite compris quel profit ils pouvaient en tirer, et des photos de la maison telle qu'elle se présentait jadis avaient déjà paru dans les journaux. Gilmore n'en avait pas été surpris. Tout reporter digne de ce nom se serait précipité aux archives locales. Mais aucun document ne montrait les murs envahis par le lichen et le sol couvert de limon. Les lecteurs avaient donc dû faire un effort d'imagination pour se représenter, à partir des interviews données par Vaughan, exactement ce qu'il avait vu.

Une lueur vacillante au fond de l'eau attira l'attention de Gilmore et lui permit de localiser les plongeurs. Comme eux, il pouvait reconstituer le décor avec précision. Il avait passé des week-ends à meubler cette maison, avec Helena.

Il eut soudain un coup au cœur, qu'il attribua au souvenir de cette façon qu'elle avait de lever les yeux vers lui. Il croyait avoir oublié son visage. À présent, il savait qu'il ne s'effacerait jamais de sa mémoire. Pas complètement, en tout cas. Même s'il disparaissait plusieurs années durant, il serait toujours là, prêt à refaire surface, à sourire, à mourir.

Il quitta le sentier et se fraya un chemin à travers les arbres jusqu'à ce qu'ils s'éclaircissent, laissant apparaître devant lui les eaux du lac, uniformément sombres. Elles étaient si étales, si opaques qu'on aurait dit du ciment coulé d'une rive à l'autre. Seule la vedette qui traversait le lac fendait leur surface grise.

Les plongeurs allaient remonter le corps et l'arrimer au bateau, après l'avoir préalablement enveloppé dans une sorte de linceul en plastique blanc. Gilmore les avait déjà vus faire en des circonstances comparables, près d'autres plans d'eau où l'avait mené une fascination morbide. Chaque fois, il avait suivi de bout en bout le déroulement des opérations en se demandant si, un jour, il assisterait au même genre de scène à Marshfield.

Il s'avança jusqu'au périmètre de sécurité, et revit les lieux tels qu'il les avait connus. À l'époque, une large rivière peu profonde coulait là, et débordait périodiquement – comme une canette qu'on aurait renversée –, rendant une grande partie des champs inexploitables. C'était d'ailleurs leur caractère marécageux qui avait fait de ces terres un sanctuaire pour les plantes et les oiseaux, parmi lesquels beaucoup d'espèces rares. Ils avaient tous disparu en même temps que leur milieu naturel. Définitivement rayés de la carte.

À quelques mètres de Gilmore, sur sa gauche et de l'autre côté du périmètre de sécurité, se tenait un homme dont il avait vu la photo dans la presse : Rigby, à la haute silhouette décharnée si étrangement semblable à celle de Driver – enfin, à celle de Driver vingt ans auparavant, rectifia Gilmore. Puis son regard se porta de nouveau sur la surface du lac, où les plongeurs réapparaissaient. Il lui sembla qu'ils étaient restés au fond pendant une éternité, alors que l'opération n'avait duré en tout qu'une vingtaine de minutes. Ils firent signe à la vedette, et Gilmore les regarda de loin arrimer à la coque les restes du cadavre.

Pétrifié, il vit la vedette se rapprocher à toute vitesse. Le pilote semblait avoir décidé d'accoster le plus près possible du périmètre de sécurité pour que la foule ne perde rien du spectacle. Sans doute par crainte de s'échouer, il s'arrêta finalement à plusieurs mètres de la rive, obligeant les plongeurs à se remettre à l'eau pour détacher le cadavre et le ramener sur la terre ferme.

Ils le déposèrent à même le sol, et la foule s'avança spontanément, contenue tant bien que mal par des policiers en uniforme.

Gilmore resta où il était, conscient qu'il aurait du mal à reconnaître dans ces os enchevêtrés le visage qu'il avait caressé en s'émerveillant de la douceur de sa peau. L'impression de fragilité que cela lui suggérait lui évoquait une aile d'oiseau sensible au moindre choc. Mentalement, il habilla les os de chair, comme un médecin légiste habille un crâne d'une couche d'argile et de chevilles en bois pour tenter de l'identifier.

Alors qu'il allait faire demi-tour, la tête courbée sous la pluie, il sentit qu'on lui bloquait le passage avec autant d'obstination qu'il en mettait à refouler le passé. Il leva les yeux, et son irritation fit place à l'effroi.

— Le monde est petit, Ian…

Comment ne s'était-il pas douté que Driver risquait d'être là ? Avec la couverture médiatique dont bénéficiait l'affaire, il aurait dû envisager cette éventualité. Les deux hommes se mesurèrent quelques instants du regard. Gilmore baissa les yeux le premier.

Il résista à l'envie de s'enfuir, de prendre ses jambes à son cou. Malgré la panique qui s'emparait de lui, il comprenait que cela ne servirait à rien. Il n'y avait pas de fuite possible. Où qu'il aille, Driver le retrouverait, déterminé à voir s'accomplir la prophétie qu'il avait énoncée dans la salle d'interrogatoire de St Aldate :

« Je vous aurai, Ian. Peut-être pas aujourd'hui, ni avant plusieurs années… Mais un jour, je vous aurai… »

10

Gilmore avait disparu. La foule s'était refermée sur lui comme une vague. Driver descendit jusqu'au périmètre de sécurité pour appeler Rigby et Dalton. Abandonnant le cadavre, ils s'approchèrent du ruban que l'ancien policier, logé à la même enseigne que tous les curieux, n'avait pas le droit de franchir.

— J'ignorais que vous étiez là, dit Rigby.

— Je craignais de vous déranger, répondit Driver.

En clair, il ne voulait pas m'entendre le dissuader de venir, pensa Rigby.

— Que se passe-t-il ? demanda-t-il.

— Je viens de voir Gilmore.

— Quand ça ?

— Il y a un instant.

— Vous êtes sûr que c'était lui ?

— Sûr et certain.

— Il est gonflé ! s'exclama Dalton. Où est-il ?

— Parti. Il a disparu aussitôt.

Je le comprends, se dit Rigby. Driver devait être la dernière personne que Gilmore s'attendait à trouver à Marshfield. Et la réciproque était sans doute vraie.

— Il n'a pas dû être spécialement content de vous voir…

— Il a eu l'air plutôt surpris, reconnut Driver. Il devait me croire mort depuis longtemps.

Rigby ne fit aucun commentaire. Il ne bougeait pas. Driver ajouta :

— Vous n'essayez pas de le rattraper ?

Alors que Dalton faisait franchir le périmètre de sécurité à Driver pour l'emmener près des restes du cadavre, Rigby répondit par ces mots :

— Il faut identifier ce cadavre avec certitude avant de se déchaîner contre Gilmore. Par ailleurs, je ne vois pas l'utilité de lui reposer les questions qui n'ont pas permis de le confondre il y a vingt ans. Autant le laisser tranquille jusqu'à ce qu'on ait du nouveau.

— Ce cadavre est un élément nouveau. À votre place, j'aurais convoqué Gilmore dès hier, déclara Driver.

— Mais vous n'êtes pas à ma place.

Driver n'insista pas. Ça ne servirait à rien de se mettre Rigby à dos, et il devait se faire une raison : il avait pris sa retraite, il n'était plus chargé de l'affaire Marshfield.

— Ne vous en faites pas, Bill, reprit Rigby. On sait où il est. Le moment venu, si nécessaire, on l'arrêtera sans problème.

— Ah bon ? s'étonna Driver.

— Il n'a jamais quitté Oxford.

Devant le laconisme de Rigby, Driver, exaspéré, s'exclama :

— Allez-vous me dire où il habite, ou bien est-ce un secret d'État ?

— À Milton. Dans un lotissement récent.

— Il travaille ?

— Pour une société d'Abingdon qui vend des logiciels.

Driver n'en revenait pas. Curieusement, il attendait mieux de Gilmore.

— Vous avez conscience que même si le dossier dentaire prouve qu'il s'agit bien d'Helena Warner, ça ne suffira pas à détruire l'alibi de Gilmore, sauf si Poole et Wachmann reviennent sur leur déposition.

— Poole et qui ? marmonna Dalton.

— Wachmann, répondit Driver.

— Quel rôle jouent-ils dans l'affaire ?

— Joan Poole était l'amie d'Helena, enfin, si on peut dire…

— Et Wachmann ?

— En première année à Worcester College, lui aussi. Gilmore étudiait les lettres classiques, Wachmann les beaux-arts. Ils partageaient une maison au nord d'Oxford.

À l'époque, Driver ne s'expliquait pas ce choix. Pourquoi avoir échangé le confort relatif de la vie en résidence universitaire contre une minuscule bicoque éloignée du centre et mal chauffée ? Pendant la garde à vue de Gilmore, il s'y était rendu avec Slater, un inspecteur stagiaire, pour questionner Wachmann.

— Vous êtes bien installés. Vous vivez ici depuis combien de temps ? avait demandé Driver au jeune homme.

— Depuis le début du second semestre. Où est Ian ?

— Au commissariat.

— Encore ?

— Encore.

— Pourquoi vous acharner sur lui ?

« Parce que c'est un assassin », avait failli répliquer Driver, mais il s'était retenu à temps.

— Quel genre de type est Gilmore ?

— Quel genre de question est-ce là ?

— Vous le connaissez, vous partagez une maison avec lui, vous devez bien avoir un avis.

— Je ne vous suis plus. Quel genre de type sur quel plan ?

Driver avait délibérément marqué une pause avant de répondre.

— Commençons par l'alcool. Est-ce que Gilmore boit ?

— Ça lui arrive. Pas souvent.

— Plus que de raison ?

— Ça lui arrive. Pas souvent.

— Il réagit comment ?

— Ben… il est soûl, avait dit Wachmann d'un ton résigné, presque désabusé.

Driver n'avait pas relevé l'insolence.

— Et alors ?

— La plupart du temps, il dort.

— Vous l'avez déjà vu s'énerver, se montrer agressif ?

— Maintenant que vous en parlez, il a en effet l'habitude d'assassiner les gens après son deuxième verre de vin, mais ce détail mis à part, c'est un charmant garçon.

Driver se dit qu'il l'avait cherché. Il abandonna la partie et se dirigea vers la cuisine. Wachmann lui emboîta le pas, refusant de le laisser circuler sans surveillance dans la maison et se demandant sûrement ce que Slater faisait dans les chambres à l'étage.

De là-haut, on découvrait un jardin tout en longueur qui descendait jusqu'au canal et se prolongeait par un ponton en bois à moitié pourri. C'était ce que voyait Gilmore par la fenêtre de sa chambre, située au-dessus de la cuisine.

Slater avait fouillé la pièce, trouvant dans une armoire, derrière des panneaux grossièrement fixés pour former un double fond, plusieurs revues pornographiques – les plus hard que Driver ait jamais eues entre les mains. Il les avait montrées à Wachmann.

— Allez-y, jetez un coup d'œil. Ce n'est sans doute pas la première fois que vous les voyez ?

Wachmann les avait feuilletées rapidement, avec une expression effarée qui tenait lieu de réponse. Malgré tout, pour des raisons qui échappaient à Driver, le jeune homme avait tenté de défendre Gilmore.

— Cette maison, on la loue. Ian n'est pas responsable de la présence de revues qu'un précédent locataire a cachées derrière cette armoire.

— Ah bon ? Vu leur prix, on peut s'étonner que ce propriétaire éventuel ne les ait pas emportées.

Devant le silence de Wachmann, Driver avait insisté.

— Allons, elles appartiennent à Gilmore, non ?

Toujours pas de réponse, mais Driver avait décelé un certain effroi dans le regard de Wachmann.

— Que craignez-vous de Gilmore ?

— Rien.

— Vous le couvrez tous les deux, Joan et vous. Pourquoi ?

Wachmann avait alors tourné les talons.

— J'ai un cours.

— Ça peut attendre.

— J'ai des examens en fin de semestre.

— Vous ne serez peut-être pas en mesure de les passer.

Une fois encore, pas de réponse.

— Bon, je commence à bien aimer cette histoire, Richard. Alors on va tout reprendre depuis le début. Que s'est-il passé à la fin de la soirée ?

Driver avait tiré une certaine satisfaction de l'agacement de Wachmann.

— Je vous l'ai déjà dit. Je suis rentré ici en voiture.

— Seul ?

— Seul.

— Vous n'aviez rencontré personne, ce soir-là ?

— Non.

— Beau garçon comme vous l'êtes ? Vous ne seriez pas homosexuel, par hasard ?

— Non.

— Le contraire m'aurait étonné. Donc, vous êtes revenu ici. Et Gilmore ?

— Il a déposé Helena et Joan à Somerville College. Et il est rentré, lui aussi.

— Mais sans Helena.

— En effet.

— Ça ne vous surprend pas ?

— Qu'est-ce que ça a de surprenant ?

— Ils étaient amants. Je n'ai pas fait de longues études, Richard, il faut excuser mon manque de tact, mais je me serais plutôt attendu à ce que Gilmore ramène Helena ici pour terminer la nuit avec elle, au lieu de la déposer à son collège.

— Il était tard, et de toute façon, il y avait Joan.

— Elle aurait pu dormir ici…

« Avec vous », avait failli ajouter Driver, avant de se raviser. Par ailleurs, il avait vu Joan… Wachmann ne risquait pas de répondre à ses avances, en admettant qu'elle lui en ait fait.

— … Sur le canapé, précisa finalement Driver.

Wachmann, qui avait lu dans ses pensées, accueillit ces mots avec une indifférence méprisante.

— Helena était très belle, reprit Driver. Je parie qu'avec elle vous n'auriez pas fait le difficile.

— Vous me dégoûtez.

— Vous étiez insensible à sa beauté ?

— Je n'ai pas dit ça.

— Donc, vous aviez envie d'elle ?

— Je n'ai pas dit ça non plus.

À voix basse, l'entraînant à l'écart comme pour suggérer qu'il s'agissait d'une question strictement confidentielle, Driver demanda à Wachmann :

— Vous ne formiez pas un *ménage à trois*, j'imagine ?

— Là encore, je ne vous suis plus. J'étudie les beaux-arts, pas le français.

Driver ne put s'empêcher de rire, et il changea de sujet :

— Donc, ce soir-là, Gilmore n'avait pas bu ?

— Bon sang, combien de fois dois-je le répéter ?

— Autant de fois qu'il le faudra. Où allez-vous ?

— Je vous l'ai dit, j'ai un cours.

Wachmann avait enfilé sa veste et se dirigeait droit vers la porte.

— Je n'ai pas terminé.

— Alors arrêtez-moi. Ou fichez le camp d'ici.

Driver avait provisoirement opté pour la seconde solution, sachant d'expérience qu'un jour viendrait où

Wachmann perdrait son aplomb. Dans une salle d'interrogatoire, devant un juge, peu importait. Tôt ou tard, ce jour viendrait.

À Marshfield, l'ancien inspecteur prit congé du commissaire Rigby, traversa le bois pour regagner sa voiture, et sentit, plus qu'il ne vit, le lac artificiel s'éloigner, tandis qu'il remontait la petite route.

Ces revues porno… Curieusement, il n'avait jamais réussi à imaginer Gilmore émoustillé par ce genre de magazines. Ça ne lui ressemblait pas. Mais ça ne lui ressemblait pas non plus d'avoir tué quelqu'un. Or, même si Driver nourrissait quelques doutes, il avait au moins une certitude : c'était Gilmore, l'assassin.

11

Le journal que Joan achetait le dimanche contenait un long article accompagné d'une photo du lac artificiel. À sa lecture, elle prit conscience qu'après deux jours passés à s'interroger sur ce qu'on avait sorti du lac, elle ne savait toujours pas quels sentiments lui inspirait toute cette affaire. Depuis le début, elle s'attendait à ce genre de découverte, dont elle avait longtemps cru qu'elle ne lui ferait ni chaud ni froid.

D'où sa surprise d'avoir ressenti un tel choc et celle, encore plus étonnante, de n'avoir pu retenir le flot de larmes qui lui avaient inondé les joues.

Elle inspecta son appartement du regard : quelle aurait été la réaction d'Helena si elle avait vu comment elle vivait ? Joan s'entendait déjà lui répondre : « C'est du provisoire, Helena, jusqu'à ce que je retombe financièrement sur mes pieds et que je puisse m'offrir quelque chose de mieux. » Aujourd'hui encore, Joan se serait excusée d'être moins riche, moins brillante et moins belle que son amie. Si Helena avait été vivante, elle aurait certainement eu un appartement merveilleux, un emploi merveilleux, un mari merveilleux.

Mais Helena n'était plus là. Helena était morte. C'était écrit noir sur blanc, et bien que Joan le sût depuis des années, il avait fallu qu'elle lise cet article décrivant la découverte du cadavre pour le croire vraiment.

Elle se leva, alla à la fenêtre. De la salle de séjour qui avait sans doute été autrefois une chambre, elle apercevait les logements sociaux sur le trottoir d'en face. L'extrémité d'un lotissement qui s'étendait sur des kilomètres à la ronde. Depuis des années, Joan s'était faite à l'idée d'échouer un jour dans l'une de ces petites maisons, comme ses parents. Le sort en avait décidé ainsi, comme de la couleur de sa peau, ou de ces inexplicables accès de dépression qui s'abattaient sur elle et pouvaient durer plusieurs mois.

Elle retourna s'asseoir, reprit son journal. L'article disait que la police n'avait toujours pas établi avec certitude l'identité du cadavre. Joan aurait pu faciliter grandement la tâche des enquêteurs en les contactant pour leur donner le nom d'Helena, mais ils auraient voulu savoir d'où elle le tenait, et il lui aurait fallu s'expliquer. Difficile de leur avouer qu'elle avait aidé à cacher le cadavre. Elle imaginait leurs réactions : « Pourquoi ne pas en avoir parlé, à vos parents ou à la police ? Pourquoi avoir gardé le silence ? » Pourquoi, en effet, gardait-on le silence en pareilles circonstances ? Pourquoi le client d'une prostituée retrouvée morte refusait-il de se faire connaître pour que la police le raye de la liste des suspects ? Pourquoi s'abstenait-on soigneusement de signaler l'accident ou le cambriolage dont on était témoin au cours d'une aventure extraconjugale ?

Non, Joan ne pouvait se manifester. Sinon, on découvrirait tôt ou tard que, même si elle ne connaissait Gilmore que depuis vingt-quatre heures, elle s'était retrouvée au lit avec lui la nuit de la mort d'Helena.

Elle devinait sans peine ce que Driver aurait fait de cette information s'il en avait eu connaissance.

C'était un homme intègre, soucieux de respecter les règles du jeu, un homme avide de vérité et prêt à aller jusqu'au bout. Il lui avait rendu visite plusieurs fois chez ses parents.

Dans ces années-là, elle ne se formalisait pas de l'environnement sordide dans lequel elle vivait, des vêtements étendus sur son lit comme un cadavre – chemisier fleuri mal assorti au pantalon écossais, chapeau informe pareil à une tête décapitée –, de l'odeur rance de son existence étriquée.

Elle n'avait d'ailleurs jamais remarqué cette odeur avant que sa mère ne fasse monter Driver jusqu'à la chambre qu'elle partageait avec sa sœur Cathy. Devant la grimace de l'inspecteur, soudain honteuse, elle avait entrouvert la fenêtre, laissant filtrer à l'intérieur le grondement de la circulation, le crissement des pneus sous la pluie.

Driver avait dû voir plus d'une chambre semblable à la sienne, des chambres qu'il associait peut-être à la pauvreté ou à la délinquance ; Joan, elle, les associait à son enfance, au mode de vie de sa famille, qui atterrait et fascinait à la fois Helena, comme si elle avait découvert une nouvelle sous-espèce.

Bien sûr qu'elle vivait dans la crasse et, à l'époque, déjà, elle s'était promis d'y remédier. À présent, toutefois, en regardant autour d'elle, elle se rendait à l'évidence : jamais elle ne ferait cet effort.

Malgré son air dégoûté, Driver ne s'était pas déplacé pour lui faire la morale ou lui donner des conseils : il venait l'informer qu'il la soupçonnait d'en savoir plus long qu'elle ne le prétendait sur la disparition d'Helena.

Joan avait pris soin d'afficher une indignation qu'elle n'éprouvait pas, une colère entièrement feinte. Dans le même temps, elle se demandait si Driver comprenait que les informations qu'elle détenait sur la mort d'Helena lui donnaient un certain pouvoir, qu'elle pouvait réactiver à tout moment.

— Vous vivez ici depuis longtemps, Joan ?

— Depuis ma naissance.

— Alors, comment avez-vous rencontré Helena ?

La question semblait logique, et ses implications n'avaient pas échappé à Joan. Driver voulait savoir ce qui avait pu rapprocher deux jeunes filles de milieux si différents.

— Quand nous avons toutes les deux été acceptées au lycée privé local.

— Et depuis, vous étiez amies.

— Helena était ma meilleure amie.

— Pourtant, vous êtes à l'université de Southampton, où vous faites des études de…

— Journalisme.

Driver avait mis quelques minutes à digérer l'information, le temps de jauger Joan, de chercher en vain chez elle les qualités requises pour réussir dans cette profession.

— Vous comptez vous installer à Warrington après l'obtention de votre diplôme ?

— Non.

— Pourquoi ?

De la pièce du dessous, des voix s'élevaient, le ton montait pour couvrir le bruit de la télévision.

— Je veux partir d'ici, avait répondu Joan, impassible.

— Je vous comprends, avait dit Driver, et il devait être sincère.

D'instinct, elle avait compris qu'ils étaient du même monde. Sans doute venait-il d'une autre ville du Nord, mais d'un lotissement aussi modeste que le sien. Sans réussir à identifier son accent avec précision, elle reconnaissait dans son langage certaines tournures familières. Peut-être une autre banlieue de Manchester. En tout cas, un milieu possédant les mêmes valeurs et la même culture qu'elle. Du coup, Joan était sur ses gardes, pesant chaque mot au cas où l'inspecteur lirait dans ses pensées.

— Donc, Helena est partie pour Oxford tout auréolée de gloire, tandis que vous avez dû vous contenter de Southampton…

Il marqua une pause, la regarda, et, avec un large sourire, lui demanda :

— Comment avez-vous réagi ?

Bonne question, se dit Joan.

— J'étais très heureuse pour elle.

Un long silence suivit, qui apprit sûrement à Driver tout ce qu'il voulait savoir. Il continua de sourire.

— Vous étiez très heureuse… Quelle magnanimité… J'imagine qu'Helena l'était aussi pour vous.

— Évidemment.

Joan avait répondu un peu plus sèchement qu'elle ne l'aurait souhaité, mais c'était dit, elle ne pouvait plus revenir en arrière, et Driver avait bien sûr tout enregistré.

— Votre diplôme en poche, vous chercherez un emploi ? poursuivit-il.

— Oui.

— Vous pensez en trouver un facilement ?

— Non.

— Vous êtes réaliste. Ça ne se trouve pas du jour au lendemain. Encore que je ne parle pas d'expérience, Dieu merci. Je suis entré dans la police dès que j'ai quitté l'école.

Il ajouta, se penchant vers elle comme pour lui confier un secret :

— Vingt ans sur le terrain…

Joan ne fut pas dupe. C'était un avertissement, elle le savait.

— J'ai enquêté sur un certain nombre de disparitions, déclara-t-il, toujours avec le sourire. Et je peux me vanter de savoir, disons par instinct, si la personne disparue a fait une fugue… ou si elle a été victime d'un meurtre.

— Ça doit vous être utile.

— En effet. C'est même essentiel.

— Je ne vois pas en quoi.

— Vraiment pas ?

— Vraiment pas.

— Alors, je vais vous expliquer. Si je pense qu'il s'agit d'une fugue, je dis à mes supérieurs qu'il est inutile de mettre trop de monde sur l'affaire, surtout quand le jeune est majeur. À cet âge-là, on est assez grand pour prendre ses responsabilités, vous ne trouvez pas ?

Joan acquiesçant, Driver continua :

— En revanche, si je pense qu'il s'agit d'un meurtre, je remue ciel et terre.

— Pour Helena, vous pensez qu'il s'agit de quoi ?

— À vous de me le dire.

Devant le silence de Joan, Driver lui demanda :

— Quand avez-vous vu Helena pour la dernière fois ?

— Je vous l'ai déjà dit. Elle m'a invitée à une soirée le week-end dernier.

— Comment y êtes-vous allée ?

— Par le train.

— Quel jour ?

— Vendredi.

— Quand avait lieu la soirée ?

— Samedi soir.

— Qui l'organisait ? demanda Driver comme s'il l'ignorait.

— Richard.

— À quelle occasion ?

— Rien de particulier.

— Juste pour le plaisir ?

— Tout à fait.

— Il y avait combien d'invités ?

— Une vingtaine.

— Vous connaissiez quelqu'un, à part Helena, Ian et Richard ?

— Non.

— Absolument personne ?

— Non.

— À quelle heure vous êtes-vous séparés ?

— Vers 2 heures du matin.

— Un peu inattendu, non ?

— Pourquoi ça ?

— Les soirées d'étudiants ont plutôt tendance à durer toute la nuit.

— Pas toujours. Et puis, la compagnie des eaux avait mis des pancartes partout pour avertir de la montée des eaux. On avait peur que ça aille plus vite que prévu et qu'on n'ait pas le temps de quitter la maison.

— Dans ce cas, pourquoi y avoir organisé la soirée ?

— C'est Richard qui a eu l'idée. Demandez-le-lui.

Joan connaissait d'avance la réponse de Richard. Il ferait remarquer qu'il était né dans cette maison, qu'il y avait grandi, et qu'il avait le droit de décider quand et comment lui dire adieu. Si le moment choisi était dangereusement proche de celui où les lieux de son enfance seraient recouverts par les eaux, ça ne regardait que lui.

— Donc vous vous êtes séparés vers 2 heures du matin, et ensuite vous êtes rentrés tous les quatre à Oxford.

— Exact, dit Joan.

— Où Helena et vous avez-vous passé le reste de la nuit ?

— À Somerville College.

— Pourquoi pas avec Richard et Ian ?

— Il n'y avait pas la place, enfin…

Driver paraissait savoir ce qu'elle allait ajouter, que Gilmore se serait fait un plaisir de partager son lit avec Helena, mais que même si elle, Joan, avait eu envie de rejoindre Richard dans le sien, il n'aurait manifesté aucun empressement.

— Vous auriez pu dormir sur le canapé.

— Ça ne me disait rien.

— D'accord. Et le lendemain matin, vous avez fait quoi en vous réveillant ?

— On a sauté le petit déjeuner et fait la grasse matinée. Et puis on est allées déjeuner chez Richard et Ian.

— Et après le déjeuner ?

— Ian est parti en voiture dans le Surrey. Écoutez, vous savez déjà tout ça…

— Pourquoi est-il rentré chez ses parents ?

— Il voulait récupérer des billets pour un concert au Free Trade Hall.

Driver réfléchit quelques instants, comme chaque fois que Joan mentionnait ces billets. C'était presque devenu un rite, chez lui, de marquer une pause, puis de prendre l'air perplexe et de lancer d'un ton incrédule :

— Pourquoi ne leur a-t-il pas demandé de les lui envoyer ?

— Aucune idée.

— Il a bien dû lui falloir deux heures, pour aller dans le Surrey.

— Sans doute.

— Un peu disproportionné, non ? Après tout, pourquoi Ian n'a-t-il pas racheté des billets ? Ça lui serait sûrement revenu moins cher que de dépenser une fortune en essence.

— Je ne sais pas. Demandez-le-lui.

En fait, Joan savait qu'en apprenant le prix des billets en question, plus de trente livres pièce, Driver comprendrait qu'un étudiant à court d'argent pouvait légitimement préférer faire deux heures de voiture pour les récupérer plutôt que d'en acheter d'autres. C'était un si bon alibi.

— Comment avez-vous passé le reste de l'après-midi ?

— Dans la maison des deux garçons, avec Helena et Richard.

— Et le soir même, vous repreniez le train pour Southampton.

— Helena m'a accompagnée à la gare.

— C'est donc la dernière fois que vous l'avez vue vivante.

D'un ton théâtral à la limite de l'insolence, Joan répondit dans un soupir :

— Hélas, oui.

— Attention, Joan…

L'inspecteur avait parlé d'une voix douce, mais Joan frissonna.

— Je voulais juste dire que je ne l'avais pas revue, c'est tout.

— Vous avez une idée de ce qu'elle a pu faire en quittant la gare ? demanda Driver, imperturbable.

— Non.

— Elle ne vous avait pas confié ses projets pour la fin de la journée ?

— Non.

— Vous ne croyez pas qu'elle est allée retrouver Gilmore ?

Driver avait touché la corde sensible.

— Il était dans le Surrey. Vous le savez, alors pourquoi cette fascination ?

— Pourquoi ? Bonne question. Peut-être parce que c'est un personnage fascinant.

— Tant mieux, si c'est ce que vous pensez.

— J'en suis convaincu. Et vous aussi.

La perspicacité de l'inspecteur la glaça.

— Parlez-moi de Gilmore, reprit-il.

— Je ne sais pas grand-chose de lui.

— Vraiment ?

— Vraiment.

— Il vous plaisait ?

— Je ne le connaissais que depuis la veille.

— Vous ne répondez pas à ma question.

— Franchement, je n'ai pas trop fait attention à lui.

— Moi, je crois que si.

— Eh bien, vous vous trompez.

Comme s'il n'avait pas entendu, Driver insista :

— Vous auriez aimé coucher avec lui ?

Joan prépara soigneusement sa réponse et baissa les yeux.

— Je suis encore vierge, monsieur Driver… De toute façon, inutile de se voiler la face, je n'étais pas Helena.

— Ce qui veut dire… ?

— Qu'il ne m'aurait même pas regardée.

— Peut-être que si, en l'absence d'Helena.

— Les hommes comme Ian ne s'intéressent pas aux femmes comme moi.

— Vous vous sous-estimez.

— Non, j'essaie d'être honnête avec moi-même. N'est-ce pas d'ailleurs ce que vous attendez de moi ? L'honnêteté ?

Driver éluda la question.

— Si Helena ne se trouvait pas avec Gilmore après vous avoir quittée, où a-t-elle pu aller ?

La tentation était forte d'insinuer qu'elle avait pu aller n'importe où, avec n'importe qui, mais Joan n'y céda pas.

— À mon avis, elle est retournée au collège. Mais ne me demandez pas si elle est arrivée à destination.

— Qu'aurait-elle fait là-bas ? Vous avez une idée ?

— Travaillé, selon toute vraisemblance.

— Pourquoi dites-vous ça ?

— Elle savait qu'elle devait surveiller ses résultats, si elle voulait décrocher son diplôme avec mention.

— Vous parlez toujours d'elle au passé.

— Vous aussi.

Driver avait souri. Mais c'était un sourire pensif.

— Donc, Gilmore se trouvait dans le Surrey…

— On l'a déjà dit !

— … et il ne comptait pas regagner Oxford avant le lendemain matin, c'est-à-dire…

— Le lundi.

— Ah oui. Le lundi…

Il était passé maître dans l'art de poser les mêmes questions, dans le même ordre, puis de feindre soudain l'impatience, de laisser poindre un certain agacement dans sa voix.

— Reprenons depuis le début, s'il vous plaît. Comment s'est déroulée la soirée à Marshfield ?

— Je vous l'ai déjà dit.

— Redites-le-moi. Par le menu.

— Bon sang ! Combien de fois vais-je devoir… ?

— Autant de fois qu'il le faudra.

Joan répéta mot pour mot tout ce qu'elle lui avait déjà raconté, et quand elle arriva au bout de son récit, Driver laissa le silence s'installer. Elle resta assise, immobile sous le regard de l'inspecteur.

— Je ne vous crois pas, déclara-t-il brusquement, avec un sourire.

— C'est votre droit.

— Non, c'est ma conviction profonde.

Joan s'était alors penchée vers lui d'un air complice.

— Et au sujet d'Helena, quelle est votre conviction ?

Se penchant à son tour vers elle avec le même air complice, Driver avait répondu :

— Qu'elle est morte à Marshfield.

— Où est le cadavre, dans ce cas ?

— « Cadavre »... Quel mot étrange pour parler d'une amie ! Car vous étiez bien l'amie d'Helena, non ?

— Son amie dévouée. Alors, ce cadavre, où est-il ?

— Quelque part dans les marais.

— Pourquoi ne faites-vous pas de recherches ?

— Vous le savez très bien.

Il avait raison. Elle savait pourquoi. Les eaux avaient complètement recouvert la maison, et Driver était persuadé qu'on ne retrouverait pas le cadavre d'Helena. Il ne lui serait jamais venu à l'esprit qu'il pouvait avoir été caché dans une penderie. Quel individu sensé aurait choisi cette cachette dans un pays de marais ? Il n'était cependant pas exclu que la police décide de fouiller la maison. Joan ne put s'empêcher de vérifier :

— Pourquoi ne pas envoyer des plongeurs ? Ils découvriraient peut-être quelque chose.

— Inutile. On ne trouvera rien.

Parfait, pensa Joan.

— Si vous en êtes sûr..., dit-elle.

— Sûr et certain.

— Dans ce cas, à votre place, j'abandonnerais tout de suite.

C'était la dernière chose à dire à quelqu'un comme Driver. Son sourire avait disparu, et même prononcées à voix basse, ses paroles avaient donné la chair de poule à Joan.

— Pas moi, Joan. Jamais je n'abandonnerai.

Un silence lourd de menaces avait plané quelques instants, puis Driver s'était levé d'un bond en lançant un dernier avertissement :

— Je reviendrai.

12

Fidèle à sa parole, Driver était revenu. Chaque fois, Joan lui avait répété la même chose. Et chaque fois, il lui avait répondu : « Vous mentez. »

Comment le savait-il ?

Car il avait raison. Bien sûr qu'elle mentait. Pendant l'un des silences qui ponctuaient toujours cette affirmation, rompant avec ses habitudes, il lui avait demandé à quoi elle pensait. Devant son attitude presque paternelle, Joan, à qui ses parents n'avaient jamais témoigné beaucoup d'intérêt ni d'affection, avait été prise au dépourvu.

— À Ian.

Aussitôt, elle s'en était voulu de sa faiblesse.

— Vous pensez souvent à lui ?

— Non. Je me demandais juste comment il prenait la disparition d'Helena.

Elle n'avait pas d'autre moyen pour tenter de savoir sans risque comment allait Ian, comment il réagissait, et s'il n'était pas en train de craquer sous la pression.

— Lui ne parle jamais de vous. Je ne crois pas qu'il pense souvent à vous, sauf pour se demander si vous continuez à le couvrir, avait simplement dit Driver.

Elle n'avait pas prévu ce genre de réponse, dont la franchise et la brutalité la blessèrent. Elle doutait d'avoir su cacher à Driver la douleur portée par ce coup de poignard, surtout quand il insista :

— Vous ne comptez pas pour lui, Joan. Pourquoi le couvrez-vous ?

Devant son silence, il ajouta :

— Que s'est-il passé entre vous cette nuit-là ?

— Rien, souffla-t-elle.

Ce mensonge lui coûtait particulièrement. Une partie d'elle-même était prête à nier la présence de Ian pour le protéger, mais l'autre partie aurait voulu crier au monde entier qu'ils avaient fait l'amour.

Elle n'en avait pas honte, au contraire. Il y avait eu entre eux à la fois de la tendresse et de la brutalité, quelque chose de très physique. Parfois, elle se disait que c'était sa seule véritable expérience sexuelle. Mais elle redoutait qu'en passant aux yeux de la police pour une fille facile, on la soupçonne d'être plus impliquée dans la mort d'Helena qu'elle ne voulait l'avouer.

Jusqu'alors, elle ne savait rien, ou presque, de la sexualité. En tout cas, elle ne s'attendait pas à avoir aussi mal, même si elle avait lu que ça arrivait. Lorsque Ian avait fini par découvrir qu'elle avait envie de lui, il était déjà fou de rage et n'avait pas fait preuve avec elle de la plus grande douceur. Et au moment où il lui avait demandé : « Que ferais-tu si Helena nous surprenait ? », elle avait compris que même en lui faisant l'amour, il pensait à Helena. Curieusement, ça lui avait paru normal. Certes, elle était déçue, mais elle avait tellement l'habitude d'être éclipsée par Helena que ça ne l'étonnait pas.

Avait-il deviné que pour elle, c'était la première fois ? Sans doute pas. Les hommes ont sur les femmes beaucoup d'idées préconçues, et il avait dû considérer qu'une jeune fille vierge ne se précipiterait pas ainsi dans le lit du premier venu.

Encore qu'il n'eût pas été un étranger pour elle. Au fil des mois, sa correspondance avec Helena lui avait permis de mieux le connaître. Il serait absurde de prétendre qu'elle était tombée amoureuse de lui à travers les lettres d'Helena, mais elle avait ainsi découvert ses goûts, ses activités favorites, ses ambitions. Elle aurait pu lui dire sur lui-même des choses que sa propre mère ignorait, et, rétrospectivement, elle pensait qu'il aurait été horrifié s'il avait soupçonné qu'Helena confiait les détails les plus intimes de leur vie sexuelle à son ancienne amie de lycée.

Cela dit, ces détails intimes ne tenaient qu'une petite place dans les récits d'Helena. Celle-ci décrivait pour l'essentiel sa vie à Oxford, dans un monde qui paraissait totalement aux antipodes de Warrington. Un monde où il faisait plus chaud, où les hivers étaient plus courts, les gens plus grands, plus minces, plus intelligents. Oxford semblait à des années-lumière de l'humidité, de la grisaille et du chômage dans lesquels se déroulait sa morne existence.

Avec le recul, évidemment, Joan se rendait compte que les lettres d'Helena avaient joué le même rôle que ces romans de gare qui entraînent leurs lectrices dans un monde imaginaire où chacune d'elles se prend pour l'héroïne, où le beau ténébreux inconnu est l'homme dont elles rêvent chaque nuit. Joan s'était sûrement vue plus d'une fois dans les bras de Ian ; en s'offrant à lui, elle avait simplement consommé une relation qu'elle avait eu la faiblesse de croire possible.

Elle avait eu tort, bien sûr, mais perdre sa virginité en dehors du mariage est souvent une erreur, comme elle l'avait découvert lorsque Ian, la repoussant, s'était rhabillé et avait quitté la pièce sans un mot.

Quelle serait la réaction de Ian s'ils se revoyaient après tout ce temps ? En vingt ans, elle avait perdu le peu de fraîcheur qu'elle possédait à dix-neuf ans : son visage rond s'était épaissi, les verres épais de ses lunettes faisaient ressortir ses paupières fripées, mais de toute façon, personne ne s'était jamais retourné sur elle dans la rue. C'était la vie. Et elle avait appris à s'en accommoder.

Tout en se demandant comment Ian prenait la découverte du cadavre, Joan regarda la fin de l'article en dernière page du journal. Au-dessus, une photo de la foule massée derrière le périmètre de sécurité répondit à ses interrogations : elle y distinguait un visage reconnaissable entre mille. Elle n'avait pas vu Ian depuis une vingtaine d'années, mais c'était bien lui, et dans un premier temps, elle fut stupéfaite qu'il ait eu la témérité d'assister à la remontée du cadavre. Ensuite, devant l'absurdité de la situation, elle éclata de rire. Ça n'avait pourtant rien de drôle.

Au cours des mois suivant la disparition d'Helena, Joan avait tenté de contacter Ian, en vain. En octobre de la même année, il devait entrer en deuxième année à Worcester College, mais elle apprit qu'il n'y était pas retourné et que le collège, sous prétexte de confidentialité, refusait de communiquer l'adresse de ses parents.

Elle lui avait écrit à Oxford, mais toutes ses lettres lui étaient revenues, intactes, et elle s'en était finalement félicitée. Malgré leur ton détaché, Ian n'aurait eu aucun mal à lire entre les lignes et à comprendre qu'elle était toujours amoureuse de lui. Mais au moins, il aurait su que même s'ils s'étaient rencontrés, avaient fait l'amour et s'étaient séparés en deux jours à peine, elle avait eu le temps de s'attacher à lui. Dire qu'il s'agissait d'amour serait ridicule. Elle en avait conscience. À l'époque, pourtant, elle était persuadée qu'elle l'aimait, d'où sa difficulté à accepter que cette brève expérience sexuelle qui était tout pour elle ne représentât rien pour lui. Et qu'elle-même ne représentait rien pour lui.

Il lui avait fallu des années pour s'y résigner.

13

La ferme semblait délabrée, inhabitée. Couvertes de lierre, cachées par les arbres, ses dépendances se fondaient dans le paysage comme si la végétation avait repris ses droits.

Une camionnette s'arrêta sur ce qui avait dû être une allée, ses pneus lisses écrasant les herbes folles. Le véhicule, véritable arc-en-ciel ambulant, arborait tous les signes du zodiaque peints en rouge, bleu et or. Quand la portière du passager s'ouvrit, une femme apparut, serrant contre sa hanche un enfant qui se débattait pour qu'elle le pose.

Il finit par lui échapper et glissa à terre, accrochant au passage ses ongles à la longue jupe en coton où scintillaient des fils d'argent. Il s'élança vers son père barbu, dont les dreadlocks et les oreilles percées d'un anneau d'ivoire constituaient des terrains d'exploration fascinants pour les petits doigts potelés d'un garçonnet de quatre ans.

— On est arrivés, papa ?

— On est arrivés.

L'homme prit son fils dans ses bras et le hissa sur le toit de la camionnette, où étincelaient une lune et un soleil fluorescents.

— On s'installe. Pour quelque temps, en tout cas, ajouta-t-il.

La jeune femme frissonna, dans son mince châle en acrylique.

— On est où ?

— À Burford.

— Ça se trouve où ?

— Sur la commune d'Oxford, à la périphérie.

Elle regarda la campagne autour d'elle, les collines qui ondulaient au loin.

— C'est un peu isolé.

— Tant mieux. On sera tranquilles.

Ils se dirigèrent vers la maison à la cheminée branlante, aux murs aussi épais que la pierre des bâtiments entourant la cour du fond.

— Il va falloir défoncer la porte. Ça ne devrait pas poser de problème, dit l'homme.

Sa compagne ne l'écoutait plus. Immobile devant la maison, elle se demandait s'il était raisonnable de rester.

— Je ne sais pas, dit-elle. J'ai comme un pressentiment.

Il ne répondit pas. Il avait l'habitude de ces pressentiments. Il ne leur reconnaissait guère qu'un mérite, celui de se dissiper avec le temps.

Il alluma un feu, mais sans doute à cause du bois humide et d'un conduit de cheminée bouché, des nuages de fumée envahirent la pièce. Les poumons irrités, l'enfant et ses parents se mirent à tousser, tandis que la pièce se réchauffait à peine.

— J'ai froid, se plaignit la jeune femme.

L'homme tira un vieux matelas sur le sol.

— Pour cette nuit, ça ira.

L'enfant s'agrippa à la jupe de sa mère.

— On va habiter là, maman ?

— Pour quelque temps, oui.

— J'ai faim.

De nouveau, elle n'écoutait plus. Le lierre recouvrait les fenêtres, s'accrochant aux vitres fixées par du mastic qui s'effritait sous les doigts. Çà et là, entre les feuilles de lierre, on apercevait les granges du fond. Elles avaient un air inquiétant. Abandonnées. Menaçantes.

— J'ai toujours ce même pressentiment.

L'homme désigna le matelas.

— Assieds-toi. Ça va passer.

— Maman, je peux sortir ?

— D'accord, mais reste derrière la maison.

L'enfant courut vers une porte menant à la cuisine au sol dallé, à l'évier en porcelaine. Dès qu'il fut dehors, sa mère s'assit en tailleur sur le matelas.

— Je hais cet endroit.

Elle devait être dans un mauvais jour, pensa l'homme. Une histoire de cycle lunaire. De toute façon, les femmes étaient vraiment bizarres.

— Je vais faire du thé, dit-il.

Il remplit une casserole avec l'eau d'une bonbonne apportée de la camionnette, la mit à bouillir dans la cheminée, la versa dans deux tasses où il fit infuser le même sachet. Sa compagne avait l'air épuisée, personne ne lui aurait donné vingt-quatre ans. S'il n'y avait pas leur fils… Mais là était le problème. Ce gosse, il ne pouvait plus s'en passer. Au fond, on n'avait pas tort de dire que les liens du sang étaient plus forts que tout.

Il s'assit sur le matelas près de la jeune femme, la prit par l'épaule, s'efforça de faire taire son agacement lorsqu'elle le repoussa.

Elle s'allongea, et il s'installa près d'elle. Le matelas avait beau être humide, une douce tiédeur émanait de ce corps qui se refusait momentanément à lui. Il but le thé qu'elle avait laissé dans sa tasse où flottait encore le sachet, puis se réinstalla près d'elle, fermant les yeux pour ce qui lui parut un bref instant.

Il les rouvrit au même moment qu'elle ; en bougeant, elle avait réveillé son désir, mais il se rappela son geste de refus. Machinalement, il jeta un coup d'œil à sa montre arrêtée pour laquelle le temps n'existait plus.

— Où est Bo ? demanda la jeune femme.

Il n'y avait aucun bruit, aucune cavalcade, aucun appel pour les inciter à venir voir où il était, ce qu'il faisait. Pourtant, quand ils se redressèrent, ils le découvrirent debout dans l'embrasure de la porte, le visage grave, ses grands yeux noisette fixés sur eux sans les voir.

— Qu'est-ce qui ne va pas ?

Il courut vers sa mère, se pelotonna dans sa jupe aux fils d'argent, enfouit sa tête entre ses seins.

Elle lui caressa les cheveux, effleura du doigt son visage.

— Que se passe-t-il ?

Il ne répondit pas, préférant se blottir tout contre elle.

Son père se leva, traversa la pièce, puis la cuisine, et se précipita dehors.

Les granges délimitaient une sorte de cour fermée, d'où on ne pouvait sortir, pour aller dans les champs, que par une grille. Le sentier y conduisant disparaissait sous l'herbe sèche ; on enfonçait partout jusqu'aux genoux.

Les traces laissées par le garçon menaient à une petite porte en bois dans le mur d'une grange, assez largement entrouverte pour qu'un enfant puisse s'y faufiler. Lorsque le père de Bo la poussa, la charnière du haut céda et la porte tomba, révélant un étroit passage.

Il donnait sur un espace encombré de trayeuses hors d'usage. Devant des box métalliques était installée une mangeoire remplie d'une eau à l'odeur fétide. On ne voyait rien à travers la pellicule huileuse qui en recouvrait la surface, mais sur le sol à côté, quelques taches d'humidité révélaient que le garçonnet y avait brièvement trempé la main, et l'homme fit de même. Il y avait quelque chose là-dedans, quelque chose qui ressemblait à du savon.

Non, pas du savon, se dit-il au contact d'une substance souple qui, accompagnant le mouvement de l'eau, lui caressait les doigts. Dans un premier temps, il ne parvint pas à identifier ce que c'était. Mais soudain, il comprit, et fut bouleversé à l'idée que son fils, malgré son jeune âge, avait dû lui aussi sentir assez vite de quoi il s'agissait.

Des cheveux, se répétait-il. Mon Dieu. C'étaient des cheveux.

14

Dalton, qui s'apprêtait à quitter le commissariat, dut lutter contre la tentation de laisser sonner le téléphone.

— Dalton à l'appareil.

Devant lui, son bureau était en ordre, débarrassé de la paperasserie qui l'avait occupé la majeure partie de la journée.

— Où ça ? demanda-t-il en attrapant un bloc-notes.

Il griffonna les détails qu'on lui donnait, son stylo bondissant sur la page, comme mû par une force surnaturelle.

— Vous êtes sûr qu'il n'y a pas d'erreur ?

— Des collègues ont vérifié. Il n'y a pas d'erreur.

Dalton raccrocha et composa le numéro de Rigby. Le commissaire était rentré chez lui plus tôt que d'habitude à cause de l'anniversaire de sa femme, qu'il emmenait dîner au restaurant avec ses beaux-parents. Je préfère être à ma place qu'à la sienne, pensa Dalton.

Comme il s'y attendait, il tomba sur le répondeur.

— Frank, c'est John, dit-il après le bip sonore.

Presque aussitôt, l'épouse de Rigby décrocha.

— Allô ?

— Sheila, il faut que je parle à Frank. C'est urgent.

Un silence éloquent lui répondit.

— Je vais le chercher, finit-elle par soupirer d'une voix résignée.

Leur soirée était à l'eau, elle le savait.

— Désolé, dit Dalton.

À l'autre bout du fil, il y eut seulement le bruit du combiné qu'elle posa près du téléphone et celui de ses hauts talons sur le parquet bien ciré aux tons miel. Il l'imagina en train de traverser le séjour, ses cheveux mi-longs d'un brun soyeux, sa jupe courte mettant en valeur ses jambes fines. Rigby avait de la chance, le salaud. Difficile de le nier.

Dalton entendit le brouhaha d'une conversation, puis Rigby prit le combiné.

— J'espère que c'est important, lança-t-il d'un ton rogue.

— On a un cadavre, laissa tomber Dalton.

Il y eut un silence.

— Où ça ?

— Dans une grange, à Burford.

Dalton lui donna quelques indications pour s'y rendre et attendit qu'il les ait notées.

— Contactez McPherson. Demandez-lui de nous retrouver là-bas, ordonna Rigby.

Après avoir raccroché, il resta quelques instants dans l'entrée.

Les meurtres étaient rares, à la Thames Valley Police, et, quand il y en avait, il s'agissait souvent d'affaires de drogue ou de crimes passionnels. Entre la découverte de Marshfield et ce nouveau cadavre, Rigby avait du pain sur la planche. Sa première réaction fut la perplexité.

Il pensa soudain à Driver. Certes, il n'avait pas bénéficié d'une ascension fulgurante dans la police grâce au programme de promotion accélérée, mais Rigby ne pouvait s'empêcher de lui envier son expérience.

15

Il était 21 h 30, et le crépuscule avait fait place à une obscurité presque totale. La pluie cinglait si fort le pare-brise que les essuie-glaces n'essuyaient rien du tout, et la voiture de Rigby avançait en cahotant sur la route de plus en plus mauvaise qui le contraignait à réduire l'allure.

La pluie ne gênait pas le commissaire. Il la préférait au verglas qui ne manquerait pas de s'installer dès qu'elle s'interromprait et que la température baisserait, et il espéra que sa femme était arrivée sans encombre au restaurant. L'imaginant en train d'arborer un sourire radieux pour donner le change à ses parents, il envisagea brièvement de démissionner et de se faire postier. « Je t'aime. » C'étaient les derniers mots qu'il lui avait murmurés avant de s'engouffrer dans sa voiture, direction Burford. Il lui disait toujours qu'il l'aimait lorsqu'il la quittait, quelle que soit l'occasion, en partie parce que c'était la vérité, en partie parce qu'il avait conscience que le métier de flic devenait de plus en plus dangereux. Ces derniers temps, on n'était plus sûr de rien.

— Parfois, j'ai peur que tu ne rentres pas, qu'un jour on frappe à la porte pour m'apprendre que tu t'es fait tuer, lui disait-elle fréquemment.

Cette éventualité traversait l'esprit de Rigby plus souvent qu'il ne voulait bien l'avouer, mais il se contentait de serrer son épouse contre lui et de lui répéter qu'il l'aimait, qu'elle ne devait pas s'inquiéter, qu'il reviendrait entier.

Chassant ces sombres pensées, il regarda autour de lui. Il connaissait mal la région de Burford et les petites routes de campagne se ressemblaient toutes, surtout avec une visibilité réduite au minimum par l'obscurité et une pluie cinglante.

Il aperçut une lueur et, au sortir d'un virage, il eut la confirmation qu'il s'agissait de phares de voitures. Dalton ainsi qu'une équipe de policiers spécialisés étaient déjà sur les lieux.

Il s'arrêta devant un groupe de véhicules et se gara tout contre la haie. Comme il ouvrait sa portière, il vit Dalton courir vers lui sous la pluie.

— Qui a trouvé le cadavre ?

— Des squatters.

— Où sont-ils ?

— Au commissariat. Ils n'avaient pas d'autre endroit où aller.

C'était l'affaire des services sociaux ; Rigby ne se préoccupa pas davantage de leur sort, ni des questions qu'il leur poserait plus tard. Entendant une voiture s'arrêter derrière la sienne, il se retourna. Elle appartenait à McPherson. Le médecin légiste en descendit. Lui, au moins, avait des vêtements adaptés aux conditions météo. Le temps que l'homme de l'art rabatte sur sa tête la capuche de sa veste de chasse, Rigby et Dalton l'avaient rejoint.

— Vous n'avez pas traîné ! s'étonna le commissaire.

— Simple proximité géographique. Allons voir, répondit McPherson.

Les trois hommes se dirigèrent vers la grange le long d'un sentier couvert d'herbes sèches qui leur fouettaient les jambes, tandis que Dalton expliquait les circonstances de la découverte du cadavre.

Tout en enregistrant les détails fournis par son collègue, Rigby étudiait la grange. Une architecture typique de la région des Cotswolds, des murs en pierre d'au moins cinquante centimètres d'épaisseur, des portes dont le bois avait pourri depuis longtemps. En équilibre instable, les ardoises du toit s'écaillaient, mais le reste du bâtiment semblait solide. Les trois hommes y pénétrèrent par le même passage que le garçonnet et son père.

Les policiers avaient réussi à éclairer les lieux et, en suivant McPherson à l'intérieur, Rigby et Dalton découvrirent les box métalliques et la mangeoire en pierre juste devant. Une étable, se dit Rigby. Il se représenta les vaches dans les box, passant la tête à travers les barreaux pour atteindre la nourriture pendant qu'on les trayait.

Ses yeux se posèrent sur la mangeoire, sur la pellicule gluante à la surface de l'eau. Une odeur pestilentielle s'en dégageait, et il recula instinctivement pour regarder McPherson prélever des échantillons avant de chercher et de trouver la bonde de vidange.

L'eau s'écoulait laborieusement en un mince filet de pourriture liquide. Au fur et à mesure que le niveau baissait, Rigby avait l'impression de voir le cadavre monter lentement à la surface.

— Nom de Dieu ! s'exclama Dalton.

Une fois le corps entièrement visible, McPherson préleva de nouveaux échantillons. Muni de gants et d'un masque qui lui donnaient l'apparence d'un chirurgien, il piquait, grattait, pinçait avec des instruments barbares. À ce spectacle, Rigby ne put se défendre du sentiment que le cadavre reposant dans la mangeoire n'avait jamais rien eu d'humain, comme s'il n'avait pu être que d'origine monstrueuse ou extraterrestre. Ce n'était pas son stade de décomposition avancée qui horrifiait Rigby, plutôt cette aura de mort qui flottait dans l'air, et qu'il n'avait encore jamais perçue avec autant d'acuité.

— Homme ou femme ? demanda-t-il.

— Femme, répondit McPherson.

— Strangulation ? Noyade ?…

— Aucune idée pour le moment, mais c'est un cadavre plus intéressant que la moyenne.

— En quoi ?

— Il est en cours de saponification.

« Saponification »… Le genre de mot qui ressemble à un éternuement.

— Saponi… quoi ? s'enquit Dalton.

— Un phénomène qui peut se produire lorsqu'un cadavre reste trop longtemps dans l'eau.

— Quelle en est la cause ?

— La graisse se solidifie et forme une substance cireuse. En adhérant aux os, elle permet au corps de garder sa forme. Souvent, comme ici, il n'y a pas assez de graisse aux extrémités pour que le phénomène ait lieu et les empêche de se décomposer.

Presque machinalement, Rigby jeta un coup d'œil aux longs bras blancs qui se terminaient par des mains réduites à l'état de squelette, comme si quelqu'un en avait arraché la chair avec un couteau.

— Ça prend combien de temps ?

— Trois mois minimum.

— Et combien de temps se conserve un cadavre dans ces conditions ?

— Une fois la graisse solidifiée, il peut rester intact pendant des années.

— À première vue, celui-ci est là depuis longtemps ?

— Des examens seront nécessaires pour le confirmer, mais je dirais plusieurs années au moins. La chair ressemble à du savon. Si vous la touchez, vous comprendrez.

Rigby n'avait aucune intention de la toucher s'il pouvait l'éviter, ni avec les doigts, ni après avoir enfilé des gants, ni même avec un bâton.

— Quand le processus arrive à son terme, la chair prend la consistance de la craie, ajouta McPherson.

— Ces examens, ils prennent beaucoup de temps ?

— Deux ou trois heures. On aura les résultats demain matin.

— Tenez-moi au courant, dit Rigby.

Il quitta la grange avec Dalton, et ils se dirigèrent vers la ferme. Ils entrèrent par la cuisine, où ils trouvèrent des policiers en blouse blanche occupés à réunir des indices avec un soin méticuleux. Bien que leur seul équipement consistât en des pinces à épiler, ils semblaient bien décidés à tout déplacer, sauf les murs. Il y avait de fortes chances pour que leurs efforts ne donnent rien, mais qui sait ? Mieux valait assurer ses arrières.

Un jouet était resté sur le rebord de la fenêtre. Un Power Ranger.

— Comment réagit le gosse ? demanda Rigby.

— Difficile à dire. Il a compris de quoi il s'agissait, aucun doute là-dessus.

Rigby se représenta les doigts d'un garçonnet de quatre ans plongeant dans l'eau et rencontrant une masse qui n'avait rien à faire là. Il imagina le même garçonnet au cours des années à venir, réveillé la nuit par un cauchemar incompréhensible – et dont la signification lui échapperait à jamais.

— Quelqu'un l'aidera bien à y voir clair, ajouta Dalton.

Rigby en doutait.

Il y avait des traces sur une des vitres, des traces laissées par les mains d'un enfant qui y avait appuyé son visage pour regarder la grange.

— Pauvre petit bonhomme, soupira Rigby.

16

Imaginant le hall médiéval tel qu'il devait être deux cents ans auparavant, Cora Bowerman se demandait ce que diraient ses ancêtres s'ils le voyaient à présent. Les lambris étaient toujours là, mais de la galerie du premier étage, on découvrait désormais le sommet d'un énorme cube de béton érigé sur les fondations. Sa surface grisâtre, au même niveau que le sol du hall, était appelée à disparaître sous un socle surmonté d'une statue.

La demeure ancestrale semblait changer d'identité, commencer une nouvelle vie, et Cora se félicitait de ne pas avoir accepté l'invitation de son ancienne dame de compagnie à séjourner chez elle le temps des travaux. Elle voulait rester jusqu'au bout, pour suivre les transformations en cours, mais aussi pour veiller sur sa maison remplie d'inconnus.

Ouvriers pour la plupart, ils ne lui inspiraient aucune méfiance particulière ; au contraire, elle appréciait leur compagnie et s'amusait de leur déférence à son endroit, sans doute due au fait qu'ils la considéraient comme une vieille excentrique. Ce qu'elle était certainement, mais quelle importance ? Qu'est-ce qui avait encore de l'importance ?

Elle descendit par un escalier anciennement réservé aux domestiques et conduisant au sous-sol. Là, elle aperçut Wachmann en train d'inspecter une pièce qui servait autrefois de garde-manger. Elle l'observa un moment, admirant la délicatesse, inhabituelle chez un homme, avec laquelle il soulevait et reposait les objets ayant attiré son attention. James aussi avait cette délicatesse, et c'était une raison supplémentaire de rester à Chaggfords. La présence de Wachmann si près d'elle lui rappelait James, réveillant quantité de souvenirs enfouis dans sa mémoire. Elle s'approcha. Alerté par le bruit de ses pas, il se retourna.

— Attention, vous allez tomber ! dit-il.

De justesse, Cora évita un chenet solitaire, au milieu d'un assemblage d'objets hétéroclites qui avaient accompagné son enfance : nécessaire à chaussures, soufflet, pain de savon de la taille d'une brique, et aussi lourd. Combien de fois avait-elle vu Alice passer et repasser sa brosse sur des pains de savon identiques… Alice, éternellement courbée pour astiquer le sol au pied de l'escalier. Alice aux bras pâles qui ne voyaient jamais le soleil, aux mains prématurément vieillies, avec leurs doigts rougis et leurs articulations gonflées.

— Si je tombe, je me relèverai, répliqua Cora.

Devant elle, le cube de béton avait tout d'un monolithe. Lisse, d'un gris sinistre, il ressemblait à un tombeau attendant d'être gravé.

— Ce que c'est laid ! dit Cora.

— Une fois la statue installée, on ne le verra pas du hall.

— Je n'en comprends toujours pas la nécessité.

— Le plancher n'aurait pas supporté le poids d'une statue et d'un socle aussi volumineux.

— Avec la statue de mon père, il n'y a pas eu de problème !

— Elle était plus petite, et son socle était posé sur une corniche comme celle-ci, expliqua Wachmann, désignant un pan de mur au-dessus de leur tête.

Comme il levait les yeux, il remarqua plusieurs crochets métalliques vissés dans une poutre. À quoi pouvaient-ils servir ? Il lui fallut un moment pour comprendre que la pièce devait être une ancienne chambre froide où l'on suspendait le gibier pour le laisser faisander, parfois pendant des semaines.

— Cette corniche pouvait supporter le poids de la statue de votre père, mais elle n'aurait pas été assez solide pour celle de James, insista-t-il.

Cora détourna la tête et Wachmann ajouta, avec une clairvoyance qui la stupéfia :

— Vous n'aimez pas cette pièce.

— Elle n'a rien de très différent des autres, c'est un ancien garde-manger…

— Pour moi, peut-être, mais pas pour vous. Qu'est-ce qu'elle vous rappelle, Cora ?

Des étagères garnies de confitures et de conserves, des volailles pendues aux crochets, qui vous fixaient de leur œil vitreux. Et l'incrédulité qui se lisait sur le visage de ma mère.

— Rien, répondit-elle.

Mais son regard s'attarda sur un coffre cerclé d'étain près du soufflet, et Wachmann, aussi attentif à ce genre de détail que James l'avait été, y posa la main. On aurait dit un petit cercueil, songea-t-il, soulevant le couvercle et s'attendant presque à découvrir le cadavre d'un enfant mort-né.

— À quoi servait-il ? demanda-t-il.

— À conserver de la glace.

Cora eut la sensation qu'un souffle froid comme la mort s'en échappait et venait tournoyer autour d'elle. Elle entendait encore la voix de sa mère : « Que caches-tu dans ce coffre, Cora ? » et sa propre réponse : « Ne l'ouvre pas, maman. Je t'en supplie, ne l'ouvre pas. » Mais sa mère avait soulevé le couvercle et découvert le nouveau-né.

Alors que Cora se croyait protégée par l'épaisseur des murs, ses cris étouffés, appels au secours adressés à un Dieu auquel elle ne croyait plus, avaient filtré par une bouche d'aération jusqu'au jardin où se promenait sa mère – une mère capable de distinguer entre les plaintes d'un animal pris au piège et celles d'une femme en train d'accoucher. De la souffrance, encore et toujours, pensa Cora, et celle-là était atroce, viscérale, comme si elle avait croupi nue au fond d'une oubliette, dans le froid, avec seulement un os à ronger. Peut-être un avant-goût de la mort, se dit-elle.

Par terre, sous la corniche, une plume attira son attention. Malgré ses couleurs passées, c'était celle d'un faisan. Essayant de retrouver à quelle date le domaine avait perdu ses bois et son garde-chasse, Cora calcula que cette plume était là depuis cinquante ans au moins. Elle se baissa pour la ramasser.

— Pour mon album de souvenirs sur la vie à Chaggfords…

Sur ces mots, elle quitta le sous-sol. Wachmann la suivit dans l'escalier, jusqu'à une pièce où le personnel des cuisines prenait autrefois ses repas. Cora les revit tous, assis autour de la grande table rectangulaire, à présent remplacée par un lit, une armoire en bois de rose et deux fauteuils confortables.

— Entrez donc, dit-elle à Wachmann sans se retourner.

Il s'avança.

— C'est ici que vous avez vécu, ces derniers mois ?

— Oui.

— Pourquoi au rez-de-chaussée ?

Elle ne pouvait lui avouer la vérité. Elle ne le connaissait pas suffisamment pour lui révéler, comme au docteur Thurston, qu'enfant, elle se réfugiait souvent dans le quartier des domestiques afin d'échapper à son père.

— Je ne sais pas trop. Je m'y sens bien.

Elle ouvrit les portes-fenêtres, qui donnaient sur un potager en friche. Les orties et les mauvaises herbes n'avaient jamais été si hautes. Bientôt, un camion viendrait chercher la terre et les gravats, puis tout disparaîtrait sous une couche de goudron. L'une des premières choses à partir serait la statue déboulonnée de son père. Elle gisait dans la verdure, une tige de métal dépassant de son cou. Sa tête au nez cassé avait roulé un peu plus loin.

Wachmann effleura le marbre qui lui parut doux au toucher, presque fragile.

— Visage autoritaire, déclara-t-il.

— C'était un homme autoritaire.

Wachmann décolla du socle un morceau de cire, faisant apparaître une initiale. Il lança un coup d'œil interrogateur à Cora, mais elle ne confirma pas ses soupçons : à chaque anniversaire de la mort de James aux commandes de son avion, elle avait dû se livrer à une cérémonie du souvenir. Il l'imaginait en train d'allumer les bougies, de les poser sur le socle et de regarder, année après année, la cire couler sur le marbre, recouvrant l'inscription qui y était gravée.

Ils revinrent vers la maison, Wachmann tripotant nerveusement le morceau de cire qui s'effritait entre ses doigts. « Tu étais poussière, tu redeviendras poussière. » Dès qu'il ferait chaud, la cire fondrait au soleil.

De retour dans la chambre de Cora, il ferma les portes-fenêtres. Les herbes folles avaient pris racine jusqu'au ras des vitres, à l'assaut desquelles montaient leurs tiges vertes. Livrées à elles-mêmes, elles auraient fini par fissurer le verre pour pousser à l'intérieur de la pièce. Elles ignoraient que leur règne touchait à son terme, qu'un jour ou l'autre des machines les arracheraient à leur territoire. Et peut-être qu'une fois sa statue dévoilée, un autre type de machine lui ferait subir le même sort à lui, Wachmann.

Cora lui montra les quelques objets qu'elle comptait emporter : ses derniers vêtements présentables, l'armoire en bois de rose, son fauteuil préféré, le piano dont elle ne jouait jamais. Et des photos, bien sûr, essentiellement de sa famille, mais aussi d'un ou deux chevaux ayant appartenu à sa mère. Sans oublier le portrait à l'huile de Slipper, l'épagneul king-charles qui avait dormi quatorze ans au pied de son lit, presque jusqu'à son dernier jour.

— Voilà. C'est le résumé de mon existence, de ce qui représente quelque chose pour moi. Je ne prendrai rien d'autre.

— Et la statue de James ?

— Elle restera ici.

— Pourquoi ?

Elle ne répondit pas, de peur qu'il ne comprenne pas comment elle pouvait s'offrir une statue aussi coûteuse et envisager de l'abandonner aussitôt dévoilée. La statue de James resterait dans le hall de Chaggfords, à l'abri du vandalisme. Tout ce que demandait Cora, c'était de pouvoir l'admirer lorsqu'on la dévoilerait. Ensuite, comme James, elle s'envolerait pour ne plus revenir. Plus jamais.

17

Gilmore était assis devant une pile de dossiers dont le contenu ne l'intéressait pas plus que ses collègues, ou que la société qui l'employait.

Son bureau se trouvait à sept ou huit kilomètres du centre d'Oxford, et de la fenêtre, on apercevait la campagne traversée par l'A 40. Mais Gilmore ne regardait pas par la fenêtre. Pas souvent, en tout cas. Depuis quelque temps, ces immenses étendues le mettaient mal à l'aise. Elles lui rappelaient Marshfield et ses terres inondables près d'Abingdon, lesquelles lui rappelaient à leur tour des événements qu'il préférait oublier.

En général, il restait à son bureau et se concentrait sur son travail. Il connaissait parfaitement les logiciels qu'il vendait et les attentes des utilisateurs. Il résolvait leurs problèmes sans même se servir de cette intelligence qu'un de ses professeurs avait autrefois qualifiée de brillante. Mais c'était celle d'un jeune homme de dix-neuf ans. Gilmore en avait trente-huit à présent, et se sentait usé par toutes ces années passées dans des emplois et des environnements qui le laissaient totalement froid.

La porte s'ouvrit, et la tête de Mike Foley apparut :

— On se retrouve au Cross Keys vers 20 heures ?

— Entendu.

Il s'efforça de venir à bout des dossiers qui s'étaient accumulés durant la matinée. En vain. Périodiquement, la panique s'infiltrait dans les moindres recoins de son esprit, semant le désordre parmi ses pensées qui se mettaient à tourner comme les grumeaux de lait en poudre à la surface de sa tasse de thé.

Il avait beau écraser un à un ces grumeaux d'un coup de cuiller en plastique blanc tout en parcourant rapports et notes de service, il restait hanté par le souvenir du face-à-face imprévu avec Driver près du périmètre de sécurité.

Étrange, à quel point, malgré son amour pour Helena, il avait parfois du mal à revoir son visage, alors qu'il lui suffisait de penser à Driver pour que ses traits lui reviennent aussitôt en mémoire. Il était vieilli, changé, voûté, mais c'était bien lui, et sa réapparition soudaine rappelait à Gilmore qu'aussi longtemps que Driver serait en vie, il représenterait une menace.

Le téléphone sonna. Il le regarda. Le laissa sonner. Enfin, il décrocha d'une main tremblante.

— Gilmore, dit-il d'une voix mal assurée.

— Ian ?

— Sue !...

Sa voix trahissait un immense soulagement.

— Tu as l'air tendu...

— Tu m'as quitté. Le mot sur le réfrigérateur, tu te souviens ?

À son tour, elle parut nerveuse.

— J'ai oublié quelques affaires.

Si tel était le cas, il n'avait rien remarqué. Plus exactement, il n'avait pas remarqué leur présence parmi les objets laissés par les femmes qui l'avaient précédée. Était-ce parce qu'il choisissait presque toujours le même genre de femme ? Ou parce que celles qui gravitaient autour de lui avaient tendance à utiliser le même genre d'objets – brosse à cheveux en soie de sanglier, masque adoucissant au lait d'avoine, brillant à lèvres et autres accessoires ultra-féminins nichés près de son rasoir ?

— Dis-moi lesquelles, je te les enverrai.

Il y eut un silence.

— Enfin, Ian, je ne comptais donc pas du tout pour toi ? Tu n'as même pas appelé ! Même pas essayé de savoir pourquoi j'étais partie !

Il imagina son visage, cette expression de chagrin qu'il connaissait si bien. Pourtant, il ne voulait pas lui faire de peine et, en d'autres circonstances, il se serait sans doute déclaré désolé que ça n'ait pas marché entre eux ; mais il aurait aussitôt ajouté que tout était bien fini.

Sue prononça quelques mots qu'il ne comprit pas, et qu'il ne lui demanda pas de répéter car une seule chose lui occupait l'esprit : la perspective que, d'une minute à l'autre, la police vienne le chercher pour l'interroger.

Devant son silence, Sue revint à la charge.

— Comme je le disais, je pense qu'on devrait prendre le temps de parler…

Brusquement, il perdit patience.

— Écoute, Sue, j'ai du travail. Tu me veux quoi, au juste ?

— Je pensais…

Il savait très bien ce qu'elle pensait. Qu'en le quittant, elle l'amènerait peut-être à réagir, à s'engager vis-à-vis d'elle. Les femmes qui l'avaient précédée n'y étaient pas arrivées ; elle n'y parviendrait pas davantage.

— Tout est fini, dit-il, et il raccrocha.

Pendant un long moment, il fut assailli de remords. Il était allé trop loin, Sue ne méritait pas ça. Il envisagea de la rappeler pour lui présenter des excuses, mais s'il le faisait, il finirait par accepter de la rencontrer pour une discussion sans espoir sur une relation sans avenir. Il n'appela donc pas, et le remords fit lentement place à l'inquiétude.

Que Driver n'ait pas réussi à le faire parler n'avait en rien diminué le respect qu'il éprouvait pour lui. Ni la crainte qu'il lui inspirait. Au cours de l'enquête, il ne s'était pas passé de journée sans que Driver ne vienne le chercher dans le Surrey pour le ramener à Oxford, l'installer dans la même petite pièce nue et l'interroger, en commençant toujours de la même façon :

— Bon. On reprend tout depuis le début, d'accord ?

Puis c'étaient les questions auxquelles il avait déjà répondu un nombre incalculable de fois : « Quand avez-vous vu Helena pour la dernière fois ? », « Quels vêtements portait-elle ? », « Où êtes-vous allés ? », « Avez-vous fait l'amour ? », « Vous êtes-vous disputés ? »

« L'avez-vous tuée ? »

Il s'était contenté de répéter, autant de fois qu'il le fallait, qu'il n'avait rien fait. Qu'il ne savait rien. Et que non, il n'avait pas la moindre idée de ce qui était arrivé à Helena. Pas la moindre idée.

C'était Joan qui lui avait sauvé la mise. D'un calme olympien derrière ses grosses lunettes, elle n'avait pas modifié d'un iota sa version des faits, parvenant à convaincre Driver qu'elle était la dernière personne à avoir vu Helena vivante et fournissant du même coup à Ian un alibi en béton.

Driver ne comprenait pas pourquoi Joan aurait menti pour couvrir Gilmore s'il n'y avait rien entre eux. Or personne ne les avait jamais vus ensemble ; les parents de Joan et ses camarades n'avaient jamais entendu parler de lui, les parents de Gilmore n'avaient jamais entendu parler d'elle, et il n'y avait aucune preuve que les deux jeunes gens se soient rencontrés auparavant.

Adoptant le point de vue de Driver, Gilmore en était arrivé à la conclusion qu'après avoir eu les photos d'Helena entre les mains et découvert sa beauté, l'inspecteur avait dû se rendre à l'évidence : il était peu probable que Gilmore ait eu par ailleurs une liaison avec une obscure jeune fille de Warrington au physique ingrat. En tout cas, il avait fini par capituler. Du jour au lendemain.

Quelle ironie, songea Gilmore. Il aurait suffi d'un interrogatoire supplémentaire, juste un seul, pour que, à bout de nerfs, il craque et passe aux aveux. Il se rappelait chaque mot de la lettre qu'il avait rédigée : « Papa, je t'écris avant de tout avouer à la police, parce que je veux que tu sois le premier à savoir… »

Il l'avait gardée dans sa poche, pour la donner à son père quand Driver viendrait le chercher comme il l'avait fait chaque matin depuis la disparition d'Helena ; mais ce matin-là Driver n'était pas venu, et Gilmore n'avait pas résisté au choc de ce soulagement imprévu. Pour la première fois depuis la soirée à Marshfield, il avait pleuré. Assis sur le canapé, la tête dans les mains, il avait sangloté à perdre haleine. Il revoyait encore le visage de son père. Jamais il n'oublierait son expression, ni la façon dont il l'avait pris dans ses bras, le berçant comme lorsqu'il était enfant.

— N'aie pas peur, répétait-il. Je ne les laisserai pas te faire du mal. Je te le jure…

Plus tard, Gilmore avait détruit la lettre. L'heure n'était plus aux aveux. Il doutait que l'occasion se représente un jour.

À l'époque, il s'était interrogé : pourquoi Driver avait-il brutalement cessé de le harceler ? Au fil des ans, il avait compris que sans cadavre ni preuves matérielles du meurtre d'Helena, l'inspecteur n'avait pas eu le choix. À en juger par la rapidité avec laquelle il avait clos le dossier, il avait dû agir sur ordre d'un supérieur qui avait besoin de lui pour une affaire plus urgente, où la présence de quelques indices permettait cette fois d'espérer un résultat. Dans l'affaire Helena Warner, il n'y avait rien. Et même si à Oxford on voyait rarement une étudiante sans histoires disparaître dans la nature, que pouvait Driver sans aucun élément prouvant qu'elle avait été tuée ?

Gilmore leva la tête. Au-dehors, une petite pluie tombait du ciel grisâtre sur les immeubles alentour. Assis à son bureau, il tirait une seule et maigre consolation de cette plongée dans ses souvenirs : au moins ses parents n'étaient-ils plus en vie.

Son seul espoir à ce stade semblait être d'empêcher quiconque de fournir à la police des informations contre lui, éventualité à laquelle il ne croyait guère.

Mais après les événements de ces derniers jours, il préférait ne rien laisser au hasard. Malheureusement, il n'avait plus aucun moyen de joindre les intéressés. Joan devait habiter Warrington, où elle avait encore de la famille. Si tel était le cas, sans doute pourrait-il demander à Foley de retrouver ses coordonnées en s'introduisant dans un serveur informatique. Idem pour Wachmann.

Il ne fallait pas exclure que ce dernier vive quelque part dans le Warwickshire, mais c'était peu vraisemblable. Avec l'argent reçu après leur expropriation de Marshfield, ses parents avaient acheté une ferme à Thornley Heath. Gilmore y avait passé un week-end, juste avant la disparition d'Helena, et avait fait leur connaissance. La mère de Wachmann l'avait alors très bien accueilli. Après le drame, en revanche, chaque fois qu'il téléphonait, elle lui parlait avec réticence, comme si elle avait eu peur. Elle devait connaître une partie de la vérité, mais laquelle ? Gilmore décida d'aller à Thornley, à la fois pour découvrir ce qu'elle savait et s'assurer qu'elle ne le révélerait à personne.

18

Merle Wachmann n'avait pas défait ses bagages. Ses vêtements attendaient depuis la veille dans les valises près de son lit : fatiguée par quatorze heures de vol pour rentrer de Johannesburg, elle n'avait pas eu le courage de s'en occuper.

Un mois plus tôt, elle avait confié la ferme à un régisseur compétent. Son mari n'aurait jamais permis cela de son vivant, mais il n'était plus là. Merle l'avait enterré huit semaines auparavant, et son décès avait réveillé chez elle un irrépressible besoin de partir en voyage.

Elle s'était sentie vaguement coupable de trahir le souvenir d'Ernst, mais elle avait de la famille en Afrique, des cousins qu'elle n'avait pas revus depuis près de vingt ans.

Le jour de son départ, les bêtes, transies par le vent glacial, étaient frileusement blotties en petits groupes. Aplatie sur le sol, l'herbe des prés avait définitivement perdu sa couleur verte. Desséchée. Brûlée par le gel. Morte.

Ernst n'aurait sûrement pas remarqué le froid : il ne craignait pas l'hiver et, au fil des ans, Merle avait renoncé à le convaincre de prendre des vacances au soleil. Il refusait de quitter la ferme, pour une semaine comme pour vingt-quatre heures. Ce n'était même pas la peine de discuter.

De temps à autre, elle l'avait planté là pour aller à Cheltenham, Londres ou Oxford. Peu importait, pourvu que ce soit une grande ville et qu'elle puisse s'y rendre en voiture dans la journée. Toujours seule lors de ces escapades, elle en voulait à son mari de ne faire aucun effort, ne fût-ce que par reconnaissance envers ceux qu'elle fournissait quotidiennement depuis leur mariage.

À deux reprises, dans un accès de désespoir, elle avait voulu le quitter pour de bon, mais chaque fois elle était revenue, pétrie de remords et mue par le même sens du devoir que tant de femmes de sa génération. Chaque fois, elle avait résolu de mieux se conduire à l'avenir, d'être une meilleure épouse, plus patiente et loyale, non seulement aux yeux des autres, mais aussi dans le secret de son âme. Personne ne l'avait obligée à épouser un fermier, et elle savait qu'après les difficultés rencontrées à Marshfield, Ernst avait dû voir ses rêves se réaliser en s'installant à Thornley.

Pas Merle. N'étant pas fille d'agriculteur, cette vie rurale ne lui convenait ni moralement ni physiquement. En été, le vent et le soleil lui brûlaient la peau. En hiver, c'étaient le vent et le froid. Quelle que soit la saison, ce vent mauvais la tourmentait, s'engouffrant dans ses vêtements, dans sa vie, et la transperçant jusqu'aux os. Il lui semblait parfois avoir passé toutes ces années depuis son mariage à tenter de s'en abriter. Mais il était tout-puissant, omniscient et hargneux, et quand il finissait par la retrouver, blottie dans un coin comme le bétail ou desséchée comme l'herbe, il soufflait encore plus fort, rien que pour lui apprendre.

Deux mois plus tôt, alors qu'elle se tenait près de la tombe de son mari, de violentes rafales avaient emporté les paroles du pasteur. Elle ne doutait pas que celui-ci eût dit tout ce qu'il fallait – qu'Ernst Wachmann était un fermier travailleur et un bon époux – mais elle et les autres personnes présentes avaient dû se fier à leur intime conviction car nul n'avait entendu l'oraison funèbre. Merle avait regardé les mots se former sur les lèvres du pasteur, elle avait entendu sa voix s'enrouer à force d'essayer, en vain, de couvrir le fracas du vent. Elle aussi avait connu ce sentiment d'impuissance.

De loin, le village aux maisons serrées autour de l'église paraissait pittoresque. En réalité, hormis une épicerie aux rayons à moitié vides, un bureau de poste presque toujours fermé et la tombe d'Ernst, il n'avait rien à offrir à Merle. Les mondanités se résumaient aux rares cérémonies et kermesses à l'occasion desquelles on servait du thé et des gâteaux secs dans la salle des fêtes de la mairie, et la conversation tournait toujours autour des mêmes sujets : la maladie de la vache folle, les expropriations, les braconniers. Merle avait l'impression d'être la seule femme du Warwickshire à ne pas posséder de bottes en caoutchouc. S'en acheter aurait représenté une capitulation : elle ne pourrait plus s'échapper, ces terres la retiendraient à tout jamais, elle y finirait enterrée aussi profond qu'Ernst l'était à présent. Or, à soixante et un ans, elle s'accordait neuf bonnes années pour profiter de la vie. Elle trouvait que ce n'était pas trop demander.

Debout près de la tombe, elle s'était remémoré l'époque où la liberté qu'elle gagnerait à la mort de son mari lui semblait si lointaine, si inaccessible qu'elle avait sombré dans la dépression. Ernst avait fini par appeler le médecin, qui était passé la voir dès le lendemain et lui avait demandé à quoi elle attribuait son état dépressif. Sans même le regarder, elle avait tourné la tête vers une fenêtre ouvrant sur les marais.

— Ça paraît pourtant évident.

— Pour vous, peut-être, mais pas pour moi. De quoi s'agit-il ?

Elle avait tenté de lui raconter un cauchemar qu'elle faisait, toujours le même, dans lequel elle arrachait le papier peint, le déchirant en bandes de quelques centimètres de large. Au fur et à mesure qu'elle le décollait du mur, des cadavres d'oiseaux des marais tombaient à ses pieds, des oiseaux emmurés vivants.

— Comment ce cauchemar commence-t-il ?

— J'entre dans une pièce aux murs recouverts de plusieurs sortes de papier peint. Je ne comprends pas pourquoi il n'y a pas le même partout, ni pourquoi il forme des bosses par endroits, alors je commence à l'arracher.

Le médecin s'était levé.

— Je vais vous prescrire quelque chose.

Elle avait détourné le regard de la fenêtre, des marais, de la rivière, des roseaux.

— C'est-à-dire ?

— Une sorte de tranquillisant. Léger. Pour vous aider à vous en sortir.

Après avoir rédigé l'ordonnance, il s'était attardé un instant dans l'embrasure de la porte et avait ajouté :

— Je ne suis pas psychologue, madame Wachmann, mais je me demande tout de même si, parfois, vous ne vous sentez pas comme un oiseau pris au piège qui attend qu'on lui rende sa liberté. Ce serait une explication possible, vous ne croyez pas ?

Elle s'était mise à rire, et il n'avait pas insisté, la laissant marcher dans ses cauchemars sur des volatiles surgis des marécages pour l'y entraîner avec eux.

Mais tout ça, c'est du passé, songea Merle. La liberté qui lui avait été si longtemps refusée ne tarderait pas à devenir réalité. Son mois en Afrique du Sud l'avait aidée à faire le point : elle avait décidé de mettre la ferme en vente et d'émigrer. Des problèmes l'attendaient sûrement en Afrique du Sud, mais au moins serait-elle à des milliers de kilomètres de ces étendues vertes et monotones, de ce froid glacial, de ce sentiment d'inutilité qu'elle éprouvait à rester là.

Elle passa du salon élégant à la cuisine, qui l'était beaucoup moins. Année après année, elle en avait tant vu défiler, des ouvriers agricoles, des représentants en aliments pour bétail, des conseillers de firmes agroalimentaires, des vétérinaires et des banquiers. Tous, ils apportaient du dehors cette boue que Merle avait fini par renoncer à faire disparaître complètement du sol dallé. Désormais, la porte de la cuisine leur était fermée. « Je vous en prie, pas de visites, contactez-moi par courrier », avait-elle insisté. Et, respectant ce qui leur semblait une preuve de son chagrin encore vif, deux mois après l'infarctus d'Ernst, ses interlocuteurs n'avaient pas remis les pieds sur les dalles de la cuisine, à présent brillantes de propreté.

Merle se fit du thé, prit un journal et retourna au salon, où la moquette étouffa le bruit de ses pas.

Ouvrant le quotidien pour savoir ce qui était arrivé en son absence, elle s'installa dans le confortable fauteuil jusque-là réservé à Ernst.

Alors qu'elle parcourait les titres, elle prit soudain conscience qu'avec un peu de chance une autre femme qu'elle serait bientôt assise dans cette pièce. Une autre femme qui passerait ses journées à contempler des bâtiments modernes, mais totalement dépourvus de charme ; à espérer des mondanités qui n'existaient pas dans cette partie du pays où l'on prenait Leamington Spa pour le centre du monde ; à projeter de s'enfuir tout en restant là jour après jour, par amour pour son mari.

C'était la ferme qui avait tué Ernst. Le travail. Le vent. Le froid. Le travail, surtout. Cette pression constante pour prendre de vitesse les saisons, la météo et les banquiers. Sans oublier Richard. Lui aussi avait tué Ernst. Mais elle évitait de penser à Richard. Du jour où il était sorti de leur vie, Ernst avait fait comme s'il n'existait pas : son nom n'apparaissait plus dans la conversation, et les visiteurs qui demandaient s'ils avaient des enfants s'entendaient répondre, sur un ton qui décourageait toute question supplémentaire, que leur fils unique travaillait dans une exploitation agricole du Transvaal.

En deuxième page du journal, un titre retint l'attention de Merle. Le nom de Marshfield avait attiré son regard et elle lut deux fois l'article d'un bout à l'autre.

Son premier réflexe fut de le chasser de son esprit, de tourner la page. Puis, se ravisant, elle le relut une troisième fois. Quelques jours plus tôt, on avait retrouvé les restes d'un cadavre dans une maison engloutie par les eaux du lac artificiel, cadavre qui, une fois remonté à la surface, avait été identifié comme étant celui d'Helena Warner. La police demandait à toute personne ayant des informations de se faire connaître.

Il n'y avait qu'une maison engloutie à Marshfield. Et c'était leur ancienne ferme. Merle n'avait pas besoin de fouiller dans sa mémoire pour en être sûre. Dieu savait combien d'années elle avait passées à regarder par la fenêtre dans l'espoir qu'apparaisse, comme par un coup de baguette magique, une ville avec ses galeries marchandes et ses cafés remplis de monde. Mais chaque fois, elle n'avait vu que les roseaux, les marais, les oiseaux. Aucun autre signe de vie. Pas la vie au sens où elle l'entendait, en tout cas.

Quelques instants plus tard, à peine consciente de ce qu'elle faisait, sans avoir touché à son thé, elle se dirigea vers la porte. Machinalement, elle s'était déchaussée, et elle avait froid aux pieds, sur les dalles glacées, mais quelle importance ?

Sous le porche, là où Kipper continuait de guetter son maître qui ne reviendrait jamais, l'attendait une paire d'élégantes bottes en cuir qui n'avaient jamais connu la boue. Du moins, pas sur le trajet qui séparait la ferme de l'église. Merle les enfila et sortit. Pour une fois, elle ne sentait ni le vent, ni la menace de la pluie qui tomberait avant son retour. Elle n'avait pas pris son manteau, et déjà elle grelottait. Elle fuyait sa maison – ou plus exactement cet article de journal, dont les mots noir sur blanc dansaient devant ses yeux comme s'ils s'étaient imprimés sur sa rétine.

Impatient de se mettre au travail, le chien s'élança vers elle, tachant sa jupe de son poil gras. Les bêtes se dispersèrent dans toutes les directions comme des boules de billard lorsqu'il se mit à décrire des cercles autour d'elles en aboyant. Merle aurait voulu le rappeler qu'elle n'aurait pas pu. Ernst, lui, se serait contenté de pousser son sifflement aigu qui aurait pu fendre le vent. Mais qu'importaient le chien, le bétail, ou les ornières figées par le gel ? Elle ne se rendait pas compte qu'elle trébuchait, qu'elle tombait, qu'elle pleurait ; elle ne s'inquiéta pas davantage, lorsque le chien bondit à l'intérieur de l'enclos où la vieille jument d'Ernst, réfugiée sous un arbre, poussa un hennissement. Merle Wachmann ne voyait plus rien, n'entendait plus rien. Elle n'avait qu'une chose en tête : elle devait absolument contacter son fils.

19

Rigby reconnut aussitôt l'odeur d'antiseptique qui ne parvenait pas à masquer celle, presque animale, de la mort.

Il avait dû enfiler une combinaison verte, et chausser des sortes de sacs en plastique trop grands qui le faisaient déraper sur le sol carrelé du laboratoire. Pas vraiment l'endroit rêvé pour se mettre en appétit avant le déjeuner.

McPherson commença l'autopsie, le micro fixé à sa blouse enregistrant chacun de ses mots :

— Sexe : féminin. Taille : un mètre soixante-dix. Cheveux : châtain foncé…

Rigby contempla derrière lui la série d'éviers en acier inoxydable, le tuyau branché sur l'un des robinets. Il suivit du regard la conduite d'évacuation des eaux usées le long du mur, et respira par la bouche, en prévision de la puanteur qui envahirait la pièce lorsque McPherson ouvrirait le corps.

— Strangulation, dit le médecin légiste.

Rigby reporta son attention sur le cadavre juste à temps pour voir McPherson désigner une ligne rougeâtre allant d'une oreille à l'autre.

— Elle a été étranglée par-derrière.

— Avec quoi ?

McPherson releva l'empreinte de strangulation, à l'aide d'un long ruban de Scotch.

— Il faudra tenir compte de la présence éventuelle de fibres, mais à première vue, je dirais avec du fil de fer, plutôt qu'avec du tissu ou une corde.

Il procéda à l'examen préliminaire, allant méthodiquement de la tête aux pieds, palpant le torse, l'abdomen et chacun des membres sans les quitter des yeux une seconde.

Il demanda à Rigby de l'aider à retourner le cadavre et répéta l'opération, toujours de la tête aux pieds, relevant toute marque anormale. Il étudia avec un soin particulier les meurtrissures le long de la colonne vertébrale, les attribuant au fait que le meurtrier avait dû traîner sa victime sur le sol jusqu'à la mangeoire.

L'examen préliminaire terminé, il pratiqua une incision qui, partant de l'oreille droite, descendait en arc de cercle sur le thorax, avant de remonter vers l'oreille gauche. Une fois tous les organes visibles, il examina le cou en détail, enfonçant son scalpel dans les tissus pour vérifier son hypothèse.

Rigby essaya de se représenter à quoi ressemblait la victime avant que son visage ne devienne cette boule de chair en décomposition. Il se rappela ce qu'il avait éprouvé en voyant le corps remonter à la surface, au fur et à mesure que la mangeoire se vidait. C'était une illusion d'optique, mais qui lui rappelait ses peurs d'enfant, lorsqu'il nageait en mer ou dans une rivière et sentait quelque chose lui effleurer les jambes : il craignait en se débattant de ramener lentement un cadavre à l'air libre.

McPherson pratiqua une nouvelle incision le long du sternum, puis ouvrit la cage thoracique. L'odeur nauséabonde qui se répondit les fit tous les deux reculer.

Rigby fut soulagé de constater à quelle vitesse travaillait McPherson. Le médecin légiste parlait peu, seulement si c'était absolument nécessaire. Rigby ne comprenait même pas comment il parvenait à articuler. Pour parler, il faut du souffle, et lui-même retenait le sien le plus longtemps possible, à la manière d'un plongeur.

McPherson retira ensuite le cuir chevelu avec son scalpel et scia la boîte crânienne, mettant le cerveau à nu. Il parlait vite à présent, en rafales.

— L'intérieur du crâne peut révéler d'anciennes blessures qui donnent des indices sur le mode de vie de la victime. Dans les cas où les coups ont été portés avec un instrument contondant, les fractures du crâne correspondent aux dégâts des méninges et de la surface des hémisphères cérébraux. Ici…

Rigby en avait assez entendu. Il interrompit son interlocuteur.

— Vous êtes sûr de la cause du décès ?

— Oui.

— Alors j'y vais.

— C'est la faim qui vous tenaille ? demanda McPherson, jovial.

— Si on peut dire, répondit Rigby avec un sourire crispé.

20

Gilmore ignora les factures et le journal qui attendaient sur son paillasson, mais se baissa pour ramasser l'unique lettre. Une enveloppe bleu pâle, gonflée par les pages qu'elle contenait. Rien qu'à la voir, il savait qu'elle venait de Sue.

Il l'emporta dans le séjour. Sans l'ouvrir, il la posa sur l'accoudoir du canapé et la contempla en buvant son café.

La voix d'un présentateur de télévision aurait normalement dû servir de fond sonore au petit déjeuner, qu'il s'était habitué à prendre seul, depuis le départ de Sue, mais les médias s'intéressaient toujours à Marshfield, et il ne supportait pas l'idée de voir surgir le lac artificiel sur l'écran. Le téléviseur restait donc éteint, et, à défaut de pouvoir rompre le silence, Gilmore se surprit à tenter d'imaginer l'appartement dans lequel Sue avait élu domicile.

Apparemment, il appartenait à une amie, se trouvait en plein centre d'Oxford, et, d'après le mot que Gilmore avait fini par lire, c'était un arrangement provisoire. Ce qui signifiait qu'à brève échéance Sue devrait à nouveau changer d'adresse. Il en déduisait qu'elle attendait de voir si le choc de son départ allait le faire réfléchir.

Il n'avait pas besoin qu'on le fasse réfléchir. Il avait parfaitement déchiffré les signaux envoyés par Sue. Les mêmes que ceux envoyés par les femmes qui l'avaient précédée, lesquelles avaient elles aussi plié bagage en comprenant, comme elle finirait par le comprendre, qu'un homme prisonnier du passé ne peut pas prendre d'engagements pour l'avenir. Voilà comment Sue se retrouvait à tourner en rond dans un appartement où elle ne se sentait pas chez elle, espérant lui arracher des mots qu'il ne dirait ni au téléphone, ni par lettre, ni pour faire amende honorable.

Il se demanda si elle lui manquait vraiment, sans réussir à se prononcer. Le contact de son corps contre le sien lui manquait, sa manière de se blottir comme un bébé et de dormir la tête sur son épaule, et aussi la douceur qu'elle semblait avoir apportée dans son existence. En revanche, il ne regrettait ni son regard lourd de reproches, ni ses remarques sarcastiques qui lui donnaient le sentiment de se résigner à un avenir que certains auraient qualifié de glauque.

Pour Gilmore, l'adjectif « glauque » symbolisait le passé, pas l'avenir. De toute façon, lui-même n'avait pas d'avenir. Aussitôt, la voix de Sue résonna à ses oreilles : « Ne dis pas n'importe quoi, Ian. Tout le monde a un avenir ! »

Non, pensa-t-il. Pas tout le monde. Quelques individus s'en privaient définitivement en commettant des actes impardonnables, même aux yeux des plus indulgents.

Il saisit l'enveloppe bleue. Devait-il la renvoyer sans l'ouvrir ? Malgré son épaisseur et son poids, il n'arrivait pas à croire que Sue pût se montrer prolixe, sur le papier ou dans la vie. Elle parlait peu ; c'était une qualité qu'il appréciait chez elle. Certaines des femmes avec lesquelles il avait vécu lui faisaient fuir la maison par leur bavardage incessant, et il allait alors chercher refuge dans l'arrière-salle du Cross Keys, où il s'attablait devant une bière avec Mike Foley. Il s'imaginait à présent assis dans son bureau minuscule, dont les cloisons en placoplâtre lui donnaient l'impression d'être installé, comme son ordinateur, à l'intérieur d'une grande boîte qu'on aurait posée là où il restait de la place – vision assez proche de la réalité.

L'enveloppe toujours à la main, il appuya sur une touche de son téléphone portable qui composa automatiquement le numéro de son collègue.

— Oui ?

— C'est moi, Mike, je ne viendrai pas ce matin.

— Qu'est-ce qui t'arrive ?

— Je suis mal fichu. J'ai dû attraper un virus.

— Il y en a pas mal qui traînent, ces temps-ci.

Il y en avait toujours, se dit Gilmore. Assez, en tout cas, pour fournir une bonne excuse.

— Écoute, tu pourrais me rendre un service ?

— Quel genre ?

— Tu sais te servir d'un ordinateur…

— C'est mon métier.

Oui, mais pas d'entrer par effraction dans des serveurs, pensa Gilmore, gardant toutefois ses réflexions pour lui.

— Ça te serait difficile, de me retrouver l'adresse de quelqu'un ?

— Ça va te coûter cher.

— Combien ?

— Une bière.

En d'autres circonstances, Gilmore aurait sans doute souri.

— J'essaie de retrouver la trace d'amis à moi. Des gens que j'ai connus il y a une vingtaine d'années.

— Pourquoi ?

— Il y a d'abord une femme. Joan Poole, dit Gilmore, éludant la question.

Alors qu'il s'interrompait pour laisser à Foley le temps de noter, il eut conscience de l'ironie de la situation. Dire qu'après avoir si longtemps pris soin d'éviter Joan, il en était réduit à employer les grands moyens pour la contacter avant la police…

— Date de naissance ?

— 1956. Je n'en sais pas plus.

— Dernière adresse connue ?

Gilmore eut presque le même mouvement de recul qu'autrefois en recevant les lettres de Joan, à la vue des enveloppes crème au dos desquelles s'étalait en majuscules l'adresse de l'expéditrice.

Pour la plupart, ces lettres avaient été postées à Southampton, mais Joan avait écrit les deux dernières dans la maison de ses parents, à Warrington. Malgré le temps écoulé, Gilmore n'avait pas oublié le foyer sordide dépeint par la jeune femme la nuit où Helena était morte. Alors qu'il lui tournait le dos, scrutant l'obscurité qui s'étendait sur les marais, Joan lui avait décrit, assise sur le matelas, un univers dont il ne soupçonnait même pas l'existence.

Il avait failli perdre patience, agacé de l'entendre prédire qu'en dépit de ses efforts pour s'en sortir, elle était condamnée à retourner tôt ou tard mener une vie sans intérêt dans sa banlieue sinistre. « Je ne vois pas pourquoi. Avec de la volonté, tu peux changer ton destin », avait-il répliqué.

— Rosamund Road, Blackwater Estate, Warrington, dit-il à Foley.

— À quelle époque ?

— Vers 1975.

— C'est tout ?

— C'est tout.

— Tu ne me donnes pas beaucoup d'indices.

— Je sais, répondit Gilmore.

Le suspense ne dura pas longtemps. Foley s'introduisit dans le serveur de la Sécurité sociale, retrouva le numéro d'immatriculation de Joan grâce à son nom et à son ancienne adresse, apprit qu'elle touchait une allocation chômage et obtint sa nouvelle adresse qu'il communiqua à Gilmore.

— Désolé de t'avoir fait attendre, ajouta-t-il d'un ton ironique.

— Je m'incline. Aucun ordinateur ne te résiste.

Un bref instant, à l'annonce de l'adresse, Gilmore éprouva un sentiment de pitié. Finalement, Joan n'avait pas échappé à son destin, ni même à sa banlieue sinistre.

— J'aime mieux ne pas savoir tout ce que tu as découvert sur tes collègues, reprit-il à l'intention de Foley.

— Si tu crois que je passe mon temps à chercher ce que gagnent les gens, où ils habitent et quelle voiture ils ont, tu te trompes. J'ai mieux à faire dans l'existence !

Gilmore se le représenta dans son studio, soir après soir, avec son ordinateur pour seule compagnie. Il n'y avait pas de femme dans sa vie et il ne s'intéressait qu'au cricket, au cinéma et à l'informatique. Sans oublier sa curiosité presque malsaine pour la vie privée de Kim Basinger.

— Tu es un génie, déclara Gilmore.

— Tu peux le dire. Candidat suivant ?

— Celui-là risque de se révéler plus coriace. Il est sans doute parti pour l'Afrique il y a une vingtaine d'années.

— Son nom ?

— Richard Wachmann.

— Date de naissance ?

— 1956.

— Tu n'as rien de plus précis ?

Gilmore se creusa la tête pour retrouver quand Wachmann avait fêté son anniversaire, du temps où ils partageaient une maison au nord d'Oxford. En vain.

— Pas que je me souvienne, soupira-t-il.

— Dernière adresse connue ?

— Thornley Heath, Warwickshire.

— À quelle époque ?

— Je ne sais pas exactement.

Cette fois, l'attente fut plus longue. Pendant que Foley jurait entre ses dents à l'autre bout du fil, Gilmore s'impatientait, perdant espoir au fur et à mesure que les minutes passaient.

— Tu trouves quelque chose ? finit-il par demander.

— Rien depuis 1976. Il va me falloir plus de temps.

— Tu crois pouvoir y arriver ?

— S'il est en Afrique, pas sûr. Mais rappelle-moi un peu plus tard.

— Quand ça ?

— Essaie en début d'après-midi. Je ferai une tentative à l'heure du déjeuner… Au fait, tu reviens quand ?

Gilmore l'ignorait. Il avait l'intention d'aller voir Merle Wachmann à Thornley, et ses projets pour les jours suivants dépendaient de l'accueil qu'elle lui réserverait.

— Peut-être demain. Je te rappelle.

— Entendu.

Gilmore posa son téléphone et se décida à ouvrir la lettre de Sue. Il s'attendait à voir apparaître un beau papier vergé, légèrement plus clair ou plus foncé que l'enveloppe, sans doute avec un filigrane.

Celui qu'il découvrit était exactement du même bleu que l'enveloppe et parfaitement lisse, sans filigrane. Seulement couvert d'une jolie écriture penchée.

Toutes les femmes écrivent-elles ainsi ? se demanda-t-il. Ou bien est-ce moi qui les empêche de se confier, le temps que dure notre vie commune ? Peut-être éprouvent-elles le besoin de se libérer une fois que tout est fini, ne serait-ce que pour pouvoir aller de l'avant ? Mais à en croire la citation extraite d'un texte religieux qui figurait dans sa lettre, Sue ne semblait pas vouloir aller de l'avant.

Elle s'était retranchée derrière cette citation pour exprimer ses sentiments envers lui, et il s'étonnait de la présence de ces phrases d'inspiration biblique dans ce qui était surtout une lettre d'amour. Durant les mois qu'ils avaient passés ensemble, jamais ils n'avaient parlé de Dieu. Comme si Sue avait senti que c'était un sujet à éviter, qui le mettait mal à l'aise, qu'il craignait même d'aborder. Elle écrivait pourtant que ces quelques lignes traduisaient ses sentiments mieux qu'elle n'aurait su le faire, et pour cette raison, Gilmore les relut attentivement.

> *Jamais je ne t'abandonnerai. Je t'accepte comme tu es. Tu es pardonné. Je connais toutes tes souffrances. Je les ai toujours connues. Sans que tu en aies conscience, quand tu souffres, je souffre aussi. Je connais aussi tous tes petits stratagèmes pour tenter de cacher, à tes yeux et à ceux d'autrui, les horreurs que tu as commises. Mais pour moi, tu es beau...*

Ces mots lui rappelaient Joan : c'était tout à fait le genre de citation qu'elle aurait pu mettre dans ses lettres. Ni son visage ingrat ni son corps obèse ne parvenaient à masquer sa sensibilité, et bien qu'elle eût été incapable d'écrire ce genre de texte, après l'avoir lu quelque part, elle s'en serait souvenue en pensant à Gilmore et le lui aurait envoyé, comme Sue l'avait fait, dans l'espoir d'influencer ses sentiments.

Cet espoir était vain.

Intellectuellement, Gilmore appréciait la beauté de la citation, mais elle ne réussissait pas à l'émouvoir. Elle le laissait même totalement froid, et il regretta de ne pas avoir retourné cette lettre comme il avait retourné toutes celles de Joan. Sans les ouvrir.

Il la roula en boule, la lança dans un coin de la pièce et la regarda se défroisser dans les secondes qui suivirent, gardant la même forme, les mêmes angles, mais augmentant si légèrement de volume que le changement était à peine visible à l'œil nu.

21

Gilmore trouva sans difficulté la petite route à la sortie du village et la suivit jusqu'à l'embranchement, où elle se transformait en un long chemin sinueux conduisant vers la ferme.

Il ralentit pour mieux voir les bâtiments. Vingt ans plus tôt, ils étaient cachés par les haies aux tons verts et or qui quadrillaient le paysage. À présent, ces frontières naturelles séparant les champs avaient disparu, et la ferme attirait le regard, au milieu d'une plaine aussi vaste et monotone que celle de Marshfield.

La disparition des haies était-elle due au remembrement ? Difficile à dire. Beaucoup d'exploitations ressemblaient à celle-ci, mais Gilmore savait le père de Wachmann très attaché à Marshfield et à ses immenses étendues désertes. Peut-être avait-il tenté de les recréer à Thornley. Si tel était le cas, il avait réussi.

Sur le ciel aussi lourd et gris qu'une serpillière se détachaient quelques nuages, aussi peu ragoûtants que le voile de crasse surnageant à la surface d'un seau d'eau sale. On aurait dit un ciel de la vallée de la Tamise, comme si Ernst Wachmann l'avait amené avec lui, en même temps que le bétail, les outils et les machines agricoles. Gilmore nota un autre changement : si sa mémoire était bonne, il avait senti autour de lui, lors de sa première visite à Thornley, la présence rassurante de toute une faune invisible. Rien de tel, désormais. Il n'y avait plus que les sillons immobiles de la terre labourée, et la maison en pierre grisâtre flanquée de bâtiments préfabriqués. Pour que la ressemblance avec Marshfield soit complète, il ne manquait guère que les hautes herbes, la rivière peu profonde et sinueuse, et les oiseaux au vol nonchalant qui nichaient dans les roseaux.

Gilmore ralentit encore à cause des ornières et s'arrêta derrière la maison. Alors qu'il descendait de voiture, Merle Wachmann apparut, un chien sur les talons. Ses bottes étaient couvertes de terre, le bas de son élégante jupe en laine taché de boue.

Elle s'arrêta net, l'air surpris et vaguement inquiet, mais dès que Gilmore prononça son nom, elle le reconnut.

— Ian, murmura-t-elle, sans l'ombre d'un sourire.

Elle se dirigea vers la porte de la cuisine, l'ouvrit, puis se retourna vers lui. Elle avait les yeux rouges et les paupières gonflées, comme si elle avait pleuré.

— Il faut que je vous parle, déclara-t-il.

Elle hésita.

— J'attends quelqu'un.

— Je ne resterai pas longtemps.

Elle ne bougea pas. Il ajouta :

— Il fait froid, Merle. Vous ne m'invitez pas à entrer ?

À contrecœur, elle poussa la porte et se débarrassa de ses bottes avant de le précéder dans la cuisine. Au premier coup d'œil, il repéra ce qui avait changé depuis vingt ans.

La première fois qu'il l'avait vue, une veste de chasse dégoulinante pendait à une patère derrière la porte ; une écuelle à moitié pleine attendait sur une feuille de papier journal près du fourneau ; sur la table, des factures, des revues agricoles et une assiette de gâteaux secs entouraient les vestiges d'un repas pris à la hâte. Désordre habituel pour une cuisine de ferme.

À présent, la pièce était impeccable, jusqu'au sol dallé qui avait l'éclat patiné du vieux bois.

Quant à Merle, toujours séduisante, seuls quelques détails trahissaient son âge. La peau de son cou avait perdu son élasticité et un fin réseau de rides était apparu à l'angle de ses paupières. À l'exception de ses pieds, elle semblait vêtue comme si elle devait partir d'une minute à l'autre déjeuner au restaurant. Se sentant observée, elle chercha du regard les chaussures qu'elle avait abandonnées un peu plus tôt.

— Vous avez sûrement lu les journaux, reprit Gilmore.

Elle acquiesça de la tête.

— Il faut que je vous parle, à vous et à Ernst, continua-t-il.

Il croyait Ernst aux champs, indifférent comme toujours à l'heure, au mauvais temps et à la solitude de sa femme.

— Ernst est mort il y a deux mois.

Gilmore sursauta.

— De quoi ?

Ce furent les seuls mots qui lui vinrent à l'esprit.

— D'un infarctus.

Il lui fallut quelques minutes pour encaisser la nouvelle.

— Et Richard ? Où est-il ?

— Je boirais bien quelque chose, dit Merle au lieu de répondre à sa question.

Sans attendre d'y être invité, il la suivit jusqu'au salon, aussi confortable et cossu que dans son souvenir. Un plateau était posé sur la table basse, sur lequel reposaient une théière et une tasse en porcelaine blanche à fin liséré doré. Sur le thé qui refroidissait dans la tasse s'était formée une pellicule de lait. Elle a quitté la maison précipitamment. Je me demande bien pourquoi, se dit Gilmore en pensant aux chaussures abandonnées.

— Asseyez-vous, je vous en prie.

Pendant qu'il s'installait dans un fauteuil, elle ouvrit une petite armoire, versa deux whiskies dans un verre et lui en tendit un.

— Marshfield… Ça ne finira donc jamais, soupira-t-elle.

Elle lui sourit.

— Il m'arrive même de rêver que nous vivons encore tous les trois là-bas. Sans doute à cause de la vue qu'on a d'ici. La ressemblance est troublante, vous ne trouvez pas ?

Gilmore lui rendit son sourire.

— En effet, on s'y tromperait… Si je peux me permettre, pourquoi êtes-vous restée avec Ernst ?

Les doigts de Merle se crispèrent sur son verre.

— De mon temps, les choses étaient différentes. Les femmes ne quittaient pas leur mari si facilement.

Non, songea Gilmore. Elles se contentaient de mourir à petit feu. Une mort physique, parfois, mais surtout psychique.

— Merle, il faut que je contacte Richard. C'est urgent.

— C'est pour cette raison que vous êtes venu ? Pour retrouver mon fils ?

Une certaine nervosité transparaissait dans sa voix, et Gilmore pesa chaque mot avant de répondre.

— Nous nous sommes perdus de vue, après la disparition d'Helena.

— Je sais.

— Alors où est-il ?

Lentement, l'air songeur, elle but une minuscule gorgée dans le verre qui semblait trop massif pour sa petite bouche parfaitement dessinée. Gilmore attendit qu'elle sorte de sa rêverie.

— Pas une seule fois, durant toutes les années que nous avons passées à Marshfield, Richard n'a manifesté le moindre intérêt pour les travaux agricoles. Il refusait d'aider son père. Ne supportait pas de vivre avec nous. Puis il a décrété qu'il ne supportait pas Oxford non plus et nous a confié sa véritable envie : devenir fermier dans le Transvaal…

Tout en parlant, elle surveillait les réactions de Gilmore.

— … Nous avions hérité de terres, là-bas. Ça paraissait une bonne solution. Pas besoin d'emprunter. Le domaine était là, attendant que quelqu'un le reprenne.

Gilmore avait du mal à croire à cette histoire. Wachmann partageait les goûts de sa mère. Comme elle, il aimait les vêtements bien coupés, les mets raffinés, le confort.

— Merle, le cadavre retrouvé à Marshfield, ou ce qu'il en reste, est celui d'Helena. Je pense que vous l'avez compris.

Alors même qu'il prononçait ces mots, Gilmore eut la certitude que Merle connaissait la vérité.

— Nous passions nos week-ends à Marshfield. Ça aussi, vous l'aviez compris, n'est-ce pas ? ajouta-t-il.

— Ça ne nous regardait plus. Une fois la ferme vendue, ce qui s'y passait n'était plus de notre ressort, encore qu'Ernst…

Elle s'interrompit, et Gilmore fut impressionné par son tact, sa répugnance à dire du mal d'autrui, et aussi sa féminité. Elle avait la finesse d'une poupée de porcelaine, dont les rides auraient figuré les fêlures. Sa présence dans cet univers glauque et boueux paraissait totalement incongrue.

— Ernst ?

Après un temps d'hésitation, Merle reprit.

— … Lorsqu'il a découvert que vous utilisiez la maison, il était furieux. Si je ne l'en avais pas empêché, il serait allé vous déloger.

Cela n'étonnait pas Gilmore. Lors de sa seule et unique rencontre avec Ernst Wachmann, il avait senti que ce dernier avait peut-être réinvesti son capital à Thornley, mais qu'il avait laissé son cœur dans les marais de Marshfield. Et au fond, ça n'avait rien d'extraordinaire. Quand un homme a passé sa vie à cultiver des parcelles, à s'acharner pour faire venir des récoltes sur une terre vouée à les noyer plutôt qu'à leur donner vie, il se crée nécessairement un lien qu'une vente ne suffit pas à rompre – surtout quand elle n'est pas voulue.

— Il faut vraiment que je reprenne contact avec Richard. Pouvez-vous me donner son adresse ?

— Malheureusement, non. J'ignore où il se trouve.

— Mais vous disiez à l'instant qu'il était fermier dans le Transvaal… Merle, il faut absolument me donner cette adresse.

— Il n'en est pas question… Je… Je sais depuis des années que cette jeune fille est morte.

— Quoi que vous sachiez, ou croyiez savoir, donnez-moi au moins une chance de vous expliquer…

Elle évitait son regard. Mauvais signe, pensa-t-il.

— … Je suis aussi venu vous supplier de ne rien révéler à la police. De ne pas réveiller le passé. Je sais que c'est beaucoup demander…

Il l'observait attentivement, voyait sa réserve naturelle faire place à la peur au fur et à mesure qu'elle prenait conscience de son isolement, de son impuissance.

— Merle…

Elle se leva brusquement.

— Je vous en prie… Je préfère que vous partiez.

Le vent, dont aucun obstacle naturel ne ralentissait la course, était glacial et cinglant. En quelques secondes, le temps de rejoindre sa voiture, Gilmore fut complètement gelé. L'habitacle lui parut un havre de chaleur et de paix.

Prendre la route par ce temps ne lui disait rien, mais il n'avait pas le choix : il devait aller directement de Thornley à Warrington. La perspective de revoir Joan lui souriait moins que jamais, et pourtant il ne pouvait plus reculer.

Alors qu'il faisait une marche arrière et jetait un coup d'œil vers la maison comme s'il s'attendait à voir Merle apparaître à la fenêtre, il remarqua la pierre, qui s'effritait par endroits, l'allée couverte de boue, le potager en friche. Ébranlées par les rafales de vent, les gouttières rouillées menaçaient de se décrocher, et Gilmore éprouva un sentiment de désolation devant cette ferme solitaire, à l'abandon, et devant la façon dont tout, même lui, semblait se désagréger, lentement, mais sûrement.

22

Assis dans son bureau aux murs beiges et au calme propices à la concentration, Rigby lisait le rapport d'autopsie que venait de lui faxer McPherson : la victime dont on avait découvert le cadavre à Burford avait bien été étranglée par-derrière. Une conclusion sans surprise.

Son propre rapport, qui devait trôner sur le bureau d'un de ses supérieurs, concluait, lui, que l'enquête était quasiment au point mort. Inoccupée depuis vingt ans, la ferme ne contenait aucun indice intéressant. Aucun vêtement ni objet personnel n'avait été retrouvé dans la grange, la maison, ou les champs alentour. Et aucune piste ne semblait permettre de remonter jusqu'au meurtrier, ni de comprendre son mobile. En outre, l'Oxfordshire regorgeait de granges abandonnées. Les agriculteurs répugnaient à les détruire, dans l'espoir d'obtenir un jour l'autorisation de les convertir en habitations. Ils se débrouillaient pour les maintenir en état, offrant du même coup mille cachettes potentielles à un assassin désireux de dissimuler un corps. Et malgré l'absence de preuves, Rigby se demandait s'il n'y avait pas d'autres cadavres dissimulés dans les environs.

En tout cas, ils n'avaient pas affaire à un meurtre ordinaire. Une inspection de l'intérieur de la grange avait révélé la présence d'un dispositif sommaire grâce auquel un mince filet d'eau de pluie s'écoulait dans la mangeoire pour l'empêcher de se vider complètement : le cadavre avait été caché là non seulement parce que, a priori, personne ne viendrait l'y chercher, mais aussi parce que, avec un peu de chance, il finirait par y pourrir.

Cette découverte n'avait rien de rassurant. Certes, tous les meurtriers se débarrassent des cadavres dans le but qu'ils ne soient pas retrouvés ou qu'ils se décomposent jour après jour, détruisant ainsi les preuves de leurs actes. Mais jamais Rigby n'avait vu pareille ingéniosité dans l'horreur.

D'après le rapport de McPherson, le cadavre de Burford avait pu rester de trois à quinze ans dans sa mangeoire. Nous voilà bien avancés, soupira Rigby. Au moins McPherson confirmait-il que la victime était une femme entre vingt-cinq et trente ans, et que son corps avait été immergé aussitôt après le meurtre. Elle avait sûrement été violée, mais après tout ce temps, on ne pouvait le prouver. Le cadavre était trop ancien. « Saponifié ». Quel mot horrible, se dit Rigby. Et quelle fin atroce.

Il ouvrit un second rapport, dans lequel McPherson établissait que le cadavre de Marshfield était celui d'une très jeune femme – guère plus de vingt ans – tuée par des coups ayant entraîné une fracture de l'occiput.

Une série de photos prises à Marshfield avant que le cadavre soit remonté à la surface accompagnaient le rapport. Rigby les passa en revue, se félicitant de savoir qu'elles avaient été prises sous l'eau. Faute de quoi, il n'aurait pas été en mesure de deviner ce qu'elles représentaient, tant elles étaient floues.

En revanche, celles des restes du cadavre ramenés sur la rive du lac artificiel étaient parfaitement nettes, avec en gros plan des détails que Rigby se serait bien dispensé de regarder. Mais il le fallait. C'était son métier.

Difficile de croire qu'un homme ait pu autrefois faire l'amour à cette femme. Son corps n'avait plus rien d'humain. Pourtant, même sans le rapport de McPherson, Rigby aurait deviné qu'il s'agissait d'un cadavre de sexe féminin. L'ossature du visage était délicate, le crâne, à peine plus gros que celui d'un enfant.

Le témoignage de Vaughan lui revint en mémoire : « J'ai d'abord cru que c'était une blague. De très mauvais goût. » Et puis il avait voulu toucher, et la mâchoire lui était restée dans la main.

Tu parles d'une blague…

Il tenta de chasser de son esprit l'idée que l'affaire de Marshfield et celle de Burford puissent être liées. Les deux cadavres avaient été retrouvés dans l'eau. Et alors, ça prouvait quoi ? Burford était à cinquante kilomètres de Marshfield ; une vingtaine d'années séparaient peut-être les deux meurtres ; et Helena Warner avait eu le crâne fracassé, alors que l'inconnue de Burford était morte étranglée. Non, les deux affaires n'avaient apparemment rien à voir. Pourtant, Rigby sentit de nouveau se réveiller en lui, tel un parasite qui ne lui laissait pas de répit, l'instinct auquel Driver faisait si souvent référence.

Rigby n'était pas le genre d'homme à croire aux pressentiments. Il préférait des preuves, concrètes si possible, et comme dans l'immédiat rien de concret ne permettait de relier les deux meurtres, il écarta cette hypothèse, l'attribuant à un fantasme né d'une peur archaïque de l'eau, de la mort et de la décomposition.

La sonnerie du téléphone interrompit ses réflexions. Il décrocha, sans quitter des yeux les photos d'Helena Warner.

— Rigby.

— Driver, annonça Dalton.

— Passez-le-moi.

Il attendit que Dalton les mette en communication, et avant que Driver ait pu dire un mot, il déclara :

— Le médecin légiste a consulté le dossier dentaire d'Helena Warner. Tout concorde.

Driver ne répondit pas tout de suite. Il doit savourer sa victoire, pensa Rigby.

— Auriez-vous une heure à me consacrer ? lui demanda-t-il.

— Quand ?

— Maintenant, c'est possible ?

— Je suis là dans vingt minutes.

Rigby avait relevé dans sa voix une note de satisfaction, qui n'allait pas tarder à faire place à une amère déception.

Un agent conduisit Driver jusqu'aux bureaux de la brigade criminelle. Les lieux avaient tellement changé depuis son départ en retraite qu'il ne les reconnaissait plus. Où qu'il se tourne, il y avait un ordinateur. Rien à voir avec le commissariat d'antan. Le travail devait être plus rapide. Plus efficace. Et toute la paperasserie qui faisait partie intégrante du métier, depuis toujours, semblait avoir été comprimée, réduite à des piles bien rangées dans les trieurs posés sur les bureaux autour de lui.

De lourdes armoires métalliques occupaient tout un mur. Une place pour chaque chose, même pour Dalton qui faisait défiler le menu d'un ordinateur en buvant un café dans une tasse en polystyrène.

Certaines choses ne changent pas, se dit Driver. Il se rappelait ces tasses et le café du distributeur, au goût de plastique et de lait en poudre.

— Un café ? proposa Rigby en le faisant entrer dans son bureau.

— Il faudrait me payer !

Rigby se contenta de sourire et l'invita à s'asseoir. Driver inspecta le bureau du regard, les murs beiges, les plantes vertes, les stores. Le luxe, comparé à ce qu'il avait connu.

— Vous ne vous refusez rien, dit-il.

— Je passe la moitié de ma vie ici. Autant que je me sente comme chez moi, répliqua Rigby.

Driver avait le sentiment d'avoir passé beaucoup plus que la moitié de sa vie à l'étage inférieur.

— De mon temps, c'était différent, déclara-t-il.

Rigby n'en doutait pas.

— J'aurais besoin que vous me fournissiez quelques éclaircissements sur deux ou trois points du dossier. Depuis notre conversation de l'autre jour, je l'ai lu en entier et je voudrais m'assurer que j'ai tout compris.

— Allez-y.

— Très bien. Richard Wachmann est né et a grandi à Marshfield. Un ordre d'expropriation a contraint ses parents à vendre leur exploitation à ce qui était alors la compagnie des eaux de la Thames Valley. Le week-end où a eu lieu cette fameuse fête, l'ancienne maison de Richard était sur le point d'être engloutie par les eaux du lac artificiel.

— En effet.

— Il a donc invité une vingtaine d'amis à une soirée d'adieux. À l'époque, il partageait une autre maison, au nord d'Oxford, avec Ian Gilmore, qui faisait bien sûr partie des invités et qui a amené sa petite amie, Helena Warner.

— C'est un peu plus compliqué que ça. Helena et Gilmore passaient leurs week-ends ensemble à Marshfield.

— Mais ils ne vivaient pas ensemble dans la maison d'Oxford.

— Non.

— Pourquoi ?

— Aucune idée.

À peine Driver eut-il prononcé ces mots qu'il revit le sourire narquois de Joan, lorsqu'il lui avait demandé pourquoi Helena et Gilmore ne vivaient pas ensemble. « Posez la question à Ian », avait-elle rétorqué.

Ce qu'il avait fait, sans obtenir de réponse satisfaisante.

— Joan Poole était au lycée avec Helena, ce qui explique qu'Helena l'ait invitée à la soirée, reprit Rigby.

— Elle était alors étudiante à Southampton. Elle a fait le voyage en train, est arrivée à Oxford le vendredi, a passé la soirée du samedi à Marshfield et a repris le train le dimanche.

— Helena l'a d'ailleurs accompagnée à la gare.

— D'après la version de Joan. Personnellement, j'en doute.

— En admettant qu'elle ait dit vrai, elle serait donc la dernière personne à avoir vu Helena vivante.

— En admettant qu'elle ait dit vrai, oui.

— Mais vous ne la croyez pas.

— Non. Helena Warner n'a jamais quitté Marshfield, j'en mettrais ma main au feu.

— Quelle raison aurait eue Joan de mentir ?

— Elle couvrait Gilmore.

— Pourquoi ?

— Si seulement je le savais ! J'ai été longtemps convaincu qu'elle et Gilmore se connaissaient déjà avant ce week-end, sans pouvoir le prouver. Apparemment, c'était la première fois qu'ils se voyaient. Je n'y comprenais rien.

— Elle avait sans doute peur.

— Je ne crois pas. Ça paraîtrait logique, mais j'aurais plutôt tendance à penser qu'elle était amoureuse de lui.

— Ça ne tient pas debout. Si Gilmore a tué Helena et que Joan le savait, elle pouvait difficilement tomber amoureuse de lui.

— L'attirance physique a ses raisons que la raison ne connaît pas. Ça ne tient peut-être pas debout, mais ça reste ma conviction. Avec Wachmann, par contre, les choses sont différentes. Lui avait réellement peur de Gilmore. Et c'est pour ça qu'il le couvrait.

— Pourquoi aurait-il eu peur de Gilmore ?

— Comment le savoir ? Gilmore avait pu le convaincre qu'il serait condamné pour complicité. Ou le menacer de représailles. Ou le faire chanter, à cause de faits antérieurs à Marshfield. Ça pouvait être n'importe quoi.

— En tout cas, Joan et lui ont couvert Gilmore. Vous croyez possible qu'ils reviennent sur leur témoignage ?

— Demandez-le-leur. Faites votre enquête, déclara Driver.

Facile à dire, pensa Rigby.

— On va sûrement vérifier quelques éléments, répondit-il.

Driver fut alerté par son manque d'enthousiasme.

— Qu'entendez-vous par « quelques éléments » ?

Rigby prit une profonde inspiration.

— Qu'il n'est pas certain qu'on mette tous nos moyens sur cette affaire.

— Mais comment pouvez-vous…

— Laissez-moi terminer. Il y a vingt ans, au moment où les faits venaient de se produire, vous n'avez pu inculper personne…

— Je n'avais pas de cadavre.

— Voyons, Bill, Gilmore ne passera pas aux aveux pour la simple raison qu'on a retrouvé le cadavre. Vous le savez aussi bien que moi : le premier avocat venu démontrera qu'Helena a très bien pu quitter Marshfield avec les autres, le dimanche, au petit matin, et y revenir durant les trois jours qu'il a fallu aux eaux du lac artificiel pour tout engloutir. Elle a pu être tuée par n'importe qui. À moins d'amener Wachmann et Poole à avouer qu'Helena n'a jamais quitté Marshfield, on n'a pas une chance.

— Interrogez-les à nouveau, persuadez-les de cesser de couvrir Gilmore.

— Pourquoi le feraient-ils ? Il y a vingt ans, ils ont tous les deux répété la même version comme une leçon apprise par cœur.

— Alors, vous n'allez même pas essayer ?

— Comme je le disais, on va vérifier certains éléments, mais honnêtement, je ne crois pas que ça donne grand-chose…

Driver ne répondit pas.

— Je sais que ça vous déçoit, dit Rigby.

— C'est long, vingt ans. Si pendant tout ce temps ils ont été rongés par le remords, ils voudront peut-être soulager leur conscience.

— Vous savez bien que c'est peu probable, et on ne peut pas mettre tous nos moyens sur une affaire qui risque à nouveau d'être classée sans suite.

— Les moyens… C'est donc la seule chose qui compte ? Et la justice, alors ?

L'homme se révélait plus coriace que Rigby ne l'imaginait. Naïvement, il croyait que Driver accuserait le coup, mais en silence, et qu'il finirait par se résigner.

— Bill, reprit-il, vous avez été un très bon flic, j'aurais même deux ou trois choses à apprendre de vous, mais les faits sont là : il n'y a pas d'éléments nouveaux.

— Un cadavre, vous n'appelez pas ça un élément nouveau ?

— Ça ne suffit pas, Bill, désolé…

Driver resta silencieux.

— Je comprends votre déception, croyez-le.

Driver ayant l'air d'en douter, Rigby ajouta :

— Écoutez, Bill, vous avez dû apprendre par les journaux qu'on avait découvert un cadavre dans une grange de Burford...

— Difficile de l'ignorer. Deux jeunes femmes assassinées retrouvées en quelques jours dans la région... Le torchon local n'avait pas été à pareille fête depuis longtemps.

— C'est moi qui suis chargé de l'enquête.

— Je ne savais pas. Vous avez un suspect ?

— Rien. Pas l'ombre d'une piste, et le meurtre remonte à plusieurs années. Vous savez ce que ça signifie. Je risque fort de devoir clore le dossier, faute d'éléments.

— Il est un peu tôt pour en décider.

— Sans doute, mais à moins d'un miracle, c'est ce qui va se passer.

— Où voulez-vous en venir ?

— J'essaie de vous dire que, dans chaque affaire de meurtre, il y a un facteur chance et que, parfois, il faut savoir regarder les choses en face et laisser tomber.

— Ça n'a jamais été un problème.

— Alors pourquoi ne pas vous y résoudre dans l'affaire Helena Warner ?

— J'aimerais bien le savoir. Je n'y arrive pas, c'est tout.

— On n'a pas toujours le choix. Parfois, quelqu'un d'autre décide pour vous.

— Et dans le cas présent, ce quelqu'un, c'est vous ?

— Je n'ai pas dit ça.

— Mais vous n'avez pas l'intention d'enquêter sérieusement.

— Je n'ai pas dit ça non plus. Je me borne à répéter qu'on n'a aucune preuve que Gilmore soit l'assassin.

— On a un cadavre.

— Ça ne suffit pas. Désolé, Bill, mais à part vérifier certains éléments, je ne vois pas ce que je peux faire.

Driver se leva brusquement.

— Autre chose ?

— Bill…

— Très bien. J'y vais.

Rigby le regarda quitter la pièce. Il ne pouvait le retenir, et même s'il l'avait pu, il n'aurait su que lui dire. Il y avait des affaires limpides, et d'autres où tout était perdu d'avance. Dans le cas de Marshfield, il était clair depuis le début que Driver n'avait aucune chance, et apparemment il ne s'était jamais rendu à l'évidence. Peut-être l'heure était-elle venue pour lui de se faire une raison.

23

En sortant du commissariat, Driver regagna sa voiture. Sa déception initiale faisait place non pas à la résignation, mais à une certaine prise de conscience : Rigby n'avait pas entièrement tort. Vingt ans plus tôt, Poole et Wachmann avaient, contre toute attente, couvert Gilmore sans faillir. Il fallait qu'ils aient de bonnes raisons pour se risquer à protéger un homme qu'ils savaient coupable d'un meurtre. Car ils le savaient coupable, Driver en était certain.

Tout comme il était certain qu'au fond Rigby voyait juste en affirmant que la découverte du cadavre ne constituait pas un élément nouveau. Rien ne prouvait qu'Helena n'ait pas quitté Marshfield pour y retourner une dernière fois avant que la maison ne fût engloutie, même si, personnellement, il en doutait. Les autorités compétentes avaient annoncé que l'eau monterait au rythme de deux ou trois centimètres par heure, mais on ne pouvait jamais prévoir ce genre de chose avec certitude. Des pluies soudaines à quelques kilomètres de là pouvaient provoquer une montée plus brutale, et dans les jours suivant la fameuse soirée, Marshfield était une zone dangereuse. Helena le savait, et Driver la croyait trop intelligente pour s'y aventurer. Mais si elle l'avait fait ? Si, pour un motif inconnu, elle était retournée sur les lieux et avait été assassinée par un individu que personne ne soupçonnait à l'époque ? Ce n'était pas totalement à exclure et, malgré la découverte de son cadavre, aucun jury d'assises ne conclurait à la culpabilité de Gilmore si Joan ou Richard ne modifiaient pas leur témoignage. Là encore, Rigby n'avait pas tort ; il y avait peu de chances qu'ils le fassent aussi longtemps après les faits. Mais avait-il pensé à la mère de Wachmann ?

Driver ne gardait que de vagues impressions de ses rencontres avec elle : son parfum délicat, la pâleur de sa peau, le raffinement presque éthéré dont avait hérité son fils.

Celui d'un artiste…

En voyant quelques-unes de ses œuvres, Driver avait une nouvelle fois regretté de si mal connaître l'histoire de l'art. S'il s'inclinait devant le talent de Wachmann, c'était seulement parce qu'il reconnaissait le sujet de ses toiles. Une rangée de maisons. Une église. Une femme mangeant une poire. Rien à voir avec ces tableaux cubistes dont on ne savait jamais s'ils représentaient un visage ou deux. Driver ne comprenait rien à l'art abstrait. Il lui préférait un certain classicisme, mais pour se faire une idée sur la question, le seul moyen était de se documenter sérieusement. Ce qui le ramenait à Merle Wachmann.

Vingt ans plus tôt, il l'avait d'abord crue d'un naturel réservé ; sa seconde rencontre avec elle l'avait toutefois convaincu qu'elle était surtout paralysée par la peur. Elle savait quelque chose et, faute d'avoir su gagner sa confiance, il n'avait pu découvrir quoi. Après toutes ces années, peut-être pouvait-il espérer arriver à ses fins. Il n'y avait qu'une seule façon d'en avoir le cœur net : retourner à Thornley pour interroger de nouveau Merle Wachmann. Avec un peu de chance, elle aurait un mot, un regard entendu ou un geste révélateur qu'il pourrait invoquer pour persuader Rigby de rouvrir l'enquête sur ce meurtre englouti dans les profondeurs du passé.

Il n'avait pas revu la ferme de Thornley depuis si longtemps qu'il avait oublié à quoi elle ressemblait, mais les cahots de son break sur le chemin défoncé par des pneus de tracteur se chargèrent de lui rafraîchir la mémoire. Il découvrit soudain la maison, à travers un rideau de pluie que les essuie-glaces s'efforçaient en vain de chasser du pare-brise.

Son attention fut attirée par des bâtiments préfabriqués, aux murs du même gris que le ciel et qui écrasaient de leur taille la maison et ses dépendances. Cet univers désolé rappelait Marshfield d'une manière troublante, comme si la main qui avait modelé l'exploitation avait répandu sur les grands champs immobiles l'atmosphère lugubre du lac artificiel. Et là vivait Merle Wachmann, la plus raffinée des femmes. Quelle existence sinistre, quand on y réfléchissait…

Driver se demanda si Richard était resté en contact avec Gilmore et Joan, ou si, d'un commun accord, ils avaient décidé de s'ignorer. Pour avoir vu se désagréger des couples, des entreprises, parfois même des familles entières, il savait que les complices d'un meurtre réagissaient de manière différente, s'accrochant les uns aux autres pour se rassurer ou se fuyant au contraire. Qu'en était-il de Gilmore, de Poole et de Wachmann ? Il n'en avait pas la moindre idée.

Il descendit laborieusement de sa voiture, courut jusqu'à la porte de la cuisine pour tenter d'échapper au déluge et frappa. La pluie cinglait la façade grisâtre, ajoutant au climat de désolation, et il eut du mal à reprendre son souffle, assailli par des rafales de vent qui lui glaçaient les poumons.

Devant l'absence de réponse, pour tromper le froid plus que l'attente, il jeta un coup d'œil par la fenêtre de la cuisine.

Alors qu'il remarquait l'éclat presque lustré du sol dallé, la grande table en chêne que plus rien n'encombrait, il sentit une présence derrière lui. Se retournant, il vit un homme qu'il prit d'abord pour le père de Richard, à cause de sa vieille veste de chasse aux coudes usés, aux poches déformées et déchirées. Mais on ne lui donnait guère plus de quarante ans, alors qu'Ernst Wachmann aurait à présent une soixantaine d'années. Sans doute par habitude, il restait debout sous la pluie sans rien dire, attendant que Driver explique ce qu'il faisait là.

Celui-ci put constater une nouvelle fois que la vieillesse n'avait pas que des inconvénients. Avec son apparence de retraité respectable, on ne risquait pas de le prendre pour un voleur.

— J'espérais voir Mme Wachmann, dit-il, criant pour couvrir le fracas de la pluie et du vent.

— Elle devrait pourtant être là, répondit l'homme en s'approchant de la porte.

Il frappa à son tour, sans obtenir davantage de réponse.

Merle Wachmann n'était pas le genre de femme à parcourir l'exploitation, surtout par ce temps, pensa Driver. Elle avait dû s'absenter.

— Vous travaillez pour elle ? demanda-t-il.

— Je m'appelle Barker. Je suis le régisseur.

Il tourna les talons et s'éloigna, mais Driver le rappela.

— Vous croyez que je pourrais faire le tour de la ferme, histoire de m'assurer que Mme Wachmann est vraiment absente ?

Barker ne prit pas la peine de se retourner, mais Driver entendit malgré tout la fin de sa réponse :

— … voir si sa voiture est dans la grange.

Il emboîta le pas au régisseur, sous la pluie qui lui fouettait le visage, chaque goutte lui piquant la peau comme le dard d'un insecte. Un torrent d'eau se déversait d'une gouttière brisée dans un tonneau dont les cerceaux métalliques étaient rouillés ; le bois pourri commençait à se désintégrer. Le mur en pierre de la grange formait un étrange contraste avec ceux du bâtiment préfabriqué juste à côté.

À l'intérieur, l'aile arrière d'une voiture dépassait d'un enchevêtrement de matériel agricole. Le toit du véhicule était recouvert d'une housse beige effrangée par l'usure. Barker avait devancé Driver et s'enfonçait dans les profondeurs de la grange.

— C'était la voiture d'Ernst, cria-t-il. Celle de sa femme devrait être…

Puis le silence se fit, seulement troublé par la pluie et une odeur de moisi.

— Que se passe-t-il ? demanda Driver.

Barker réapparut. Il avait une expression bizarre. D'une voix sourde, le ruissellement de la pluie devant la porte noyant presque ses paroles, il ordonna :

— N'avancez pas.

— Pardon ?

— Ne discutez pas.

Mais Driver avait compris et s'élança vers le fond de la grange, le bousculant presque. Il s'arrêta net sous une poutre en bois qui faisait toute la longueur du bâtiment. Pendant quelques minutes qui lui parurent interminables, il se sentit étourdi, presque en état d'apesanteur.

Derrière lui, Barker murmura :

— Son mari est mort il y a deux mois. Jamais je n'aurais cru…

Remontant le temps, Driver se revit soudain à la prison de St Aldate, le jour où un gardien avait voulu l'empêcher d'entrer dans une cellule. Là aussi, il avait ignoré l'avertissement, bien décidé à se rendre compte par lui-même, et il l'avait regretté ensuite. Le spectacle qui l'attendait l'avait marqué à jamais, lui rappelant constamment dans quel abîme de désespoir pouvaient sombrer certains individus, lorsqu'ils se croyaient seuls face à un avenir sans issue. C'est pour cela qu'il n'avait jamais laissé Gilmore sans surveillance, lors des interrogatoires. Il se souvenait même d'avoir mis en garde le père du jeune homme :

— Il est trop calme, monsieur Gilmore, beaucoup trop calme.

À quoi il s'était entendu répondre :

— Mon fils est innocent. Pourquoi perdrait-il son calme ?

Driver avait eu toutes les peines du monde à expliquer ses craintes. D'expérience, il savait ce que pouvait cacher cette impassibilité. Ce calme était dangereux.

— Ne laissez pas Ian seul, avait-il insisté.

Le message était passé. D'un hochement de tête, le père de Gilmore avait fait sentir qu'il avait compris, répétant néanmoins que son fils était innocent. Driver avait dû prendre sur lui pour ne pas énumérer les raisons qu'il avait d'en douter.

— J'appelle la police, dit-il à Barker.

24

Sous la lumière des projecteurs installés en plusieurs endroits, l'intérieur de la grange était éclairé comme une scène de théâtre. Les murs ressemblaient aux décors peints à la hâte par les assistants d'une compagnie amateur, des fissures trop noires, trop profondes, des pierres semblables à des blocs de polystyrène.

Dehors, le vent était tombé, une averse régulière avait remplacé les bourrasques de pluie, et les policiers chargés de ratisser le terrain s'enfonçaient dans la boue jusqu'aux chevilles. Des ombres apparaissaient et disparaissaient autour des bâtiments, autant de silhouettes qui se déplaçaient en silence, de peur, aurait-on dit, de réveiller les morts.

Il faisait sombre. Le crépuscule semblait s'être installé dès le milieu de la journée – comme si, dans le ciel, une main invisible avait appuyé sur un interrupteur, se dit Driver. Il se sentait inutile, simple badaud que seul son statut d'inspecteur retraité autorisait à rester sur les lieux. Il suivait les opérations en compagnie du commissaire Hillier, de la police du Warwickshire. Ainsi s'était présenté cet homme, assez jeune pour être son fils, qui avait pris possession de la ferme avec une autorité tranquille à la tête de son équipe, laquelle comptait même un médecin légiste du nom de Buchannan.

Dans un premier temps, Hillier avait traité Driver en suspect potentiel. « Qui êtes-vous ? Que faites-vous là ? Quand avez-vous vu Merle Wachmann vivante pour la dernière fois ? » avait-il demandé sans ménagement, rappelant à l'ancien inspecteur la façon dont lui-même avait interrogé Gilmore – « Avez-vous tué Helena Warner ? »

Les deux hommes regardaient Buchannan donner des ordres aux policiers qui détachaient le cadavre, deux d'entre eux le soutenant, tandis qu'un troisième faisait glisser le nœud coulant sans le couper.

Au-dessus de leur tête, des toiles d'araignées poussiéreuses pendaient aux poutres comme des chiffons, et l'une d'elles se prit dans les cheveux de Merle Wachmann, qu'elle recouvrit tel un voile. Les policiers s'efforcèrent de descendre le corps avec un minimum de dignité malgré son poids soudain, ses membres déjà raidis.

Driver s'en voulut de comparer ce spectacle à celui offert par les décorateurs des vitrines des grands magasins installant des mannequins. Ce n'était pas le genre de souvenir qu'il souhaitait garder de Merle Wachmann, mais il savait d'expérience que désormais, chaque fois qu'il penserait à elle, il reverrait sa peau d'albâtre étrangement colorée par les projecteurs. Elle semblait grise à présent, pareille à une porcelaine sans émail, le bout des doigts aussi pâle que si on les avait trempés dans une fine poudre blanche.

Le cadavre de Merle Wachmann fut allongé sur le sol en béton, et les policiers rajustèrent ses vêtements, comme si elle était encore en vie – un geste instinctif, respectueux, que Driver trouva étrangement émouvant.

— À quoi bon ? lança quelqu'un.

Driver retint une réponse bien sentie, préférant observer Buchannan, qui commençait son examen préliminaire. Ses mains gantées de latex ressemblaient elles aussi à celles d'un mort.

Le silence se fit autour du médecin légiste et Driver entendit des rats danser la sarabande sous le toit. Levant les yeux, il aperçut un piège si ancien et si haut perché sur les poutres qu'il imagina soudain Ernst Wachmann sur son échelle, en train de maudire les sales bêtes entre ses dents. Les rats étaient des animaux méfiants. Rusés. Agiles. Trop intelligents pour tomber dans les pièges tendus par Ernst, ils avaient proliféré, dans cette ferme dépourvue de chats – de chats dignes de ce nom, en tout cas.

Lors de la dernière visite de Driver à Thornley, Merle l'avait reçu dans la cuisine, un chat siamois miaulant bizarrement à ses pieds.

— Il doit valoir une petite fortune. Vous n'avez pas peur qu'il s'échappe ? s'était étonné Driver.

— Mes chats restent à la maison. Je ne les laisse jamais sans surveillance, avait-elle répondu.

Buchannan se redressa et retira ses gants.

— Suicide ? s'enquit Hillier.

— On dirait. L'autopsie le confirmera, mais a priori je ne vois pas de raison d'en douter.

Driver regarda la marque laissée par la corde. Elle donnait au cadavre l'apparence d'une poupée à tête amovible, qu'il aurait suffi de faire pivoter légèrement pour qu'elle se détache.

— À quand remonte le décès ?

— À quelques heures, trois au plus.

Les choses auraient-elles été différentes si j'étais venu plus tôt ? se demanda Driver. Sans doute pas. Et si Merle s'était pendue après sa visite, il se le serait reproché jusqu'à la fin de ses jours.

Dehors, la pluie redoubla d'intensité. Elle tambourinait sur le toit, accompagnée par un vent furieux qui transperçait l'ancien inspecteur.

— On ferait mieux de retourner dans la maison, au cas où mes hommes auraient mis la main sur une lettre confirmant le suicide, dit Hillier.

Ils sortirent, dans la boue qui avait si souvent souillé le cuir délicat des chaussures de Merle.

— Tout à l'heure, reprit Hillier, vous me disiez que vous étiez venu voir Mme Wachmann au sujet d'une affaire sur laquelle vous avez enquêté il y a vingt ans…

— La disparition d'Helena Warner. Je pense que Merle Wachmann savait qu'Helena avait été assassinée. Par Ian Gilmore.

— Dans ce cas, pourquoi n'a-t-elle pas contacté la police ?

— C'est ce que j'espérais découvrir.

Ils pénétrèrent dans la maison par la porte de devant. Alors qu'ils traversaient l'entrée, Driver se souvint d'une conversation durant laquelle Merle lui avait décrit la pièce telle que son mari et elle l'avaient trouvée à leur arrivée : les dalles recouvertes d'une croûte de boue, le tapis de l'escalier usé jusqu'à la corde. Face à cet escalier, était accroché un vieux miroir presque sans tain qui ressemblait à une flaque d'eau verdâtre.

« Je l'ai jeté. Le reste aussi. J'ai tout nettoyé. Tout repeint. Cette partie de la ferme était mon domaine », avait dit Merle.

À présent, le sol était moquetté, des gravures égayaient les murs crème. Débarrassée de sa couche de peinture, polie et vernie, la rampe en bois avait des tons miel. Presque un cri du cœur, songea Driver. Merle Wachmann n'était pas une femme de la campagne, mais dès lors qu'elle s'était résignée à s'enterrer à Thornley, elle avait essayé de s'entourer de tout le confort.

Il suivit Hillier jusqu'à la porte de la cuisine et regarda les policiers ouvrir les placards, les refermer, relever les nombreuses empreintes digitales. La plupart appartenaient sans doute à des gens entrés dans cette pièce pour des motifs parfaitement innocents, au cours des jours et des semaines précédents.

— Vous avez du nouveau ? demanda Hillier à l'un de ses hommes.

— Pas de lettre, si c'est ce que vous voulez dire… Mais Mme Wachmann a eu de la visite. Il y avait ça dans le salon. On a relevé les empreintes…

Le policier désignait sur la table de la cuisine deux verres à whisky désormais enfermés dans des sacs en plastique transparent.

Driver crut que son cœur allait s'arrêter.

— Il faut les comparer avec celles de Gilmore, déclara-t-il aussitôt. Si j'étais impatient de parler à Merle Wachmann, peut-être que lui aussi.

— Il est fiché, j'imagine, intervint Hillier.

Driver arbora un sourire satisfait. Au cours de l'enquête sur la disparition d'Helena, il avait pris soin de relever les empreintes de Wachmann, de Poole, de Gilmore, et de tous les invités à la soirée.

— Vous pouvez faxer les clichés à Rigby, répondit-il.

— D'après ce que vous m'avez raconté, Gilmore n'aurait pas eu la bêtise de laisser des empreintes.

Non, pensa Driver. Et en admettant qu'il ait bel et bien rendu visite à Merle, il n'était pas non plus responsable du fait qu'elle ait mis fin à sa morne existence. Hillier interrompit ces réflexions.

— Qu'est-ce qui vous permet d'affirmer que Mme Wachmann savait qu'Helena Warner avait été assassinée ?

Driver était bien embarrassé. En toute honnêteté, il aurait dû reconnaître qu'au fond il ne pouvait rien affirmer.

— Richard Wachmann s'est brouillé avec ses parents. J'ignore pourquoi exactement, mais je sais que c'était lié à la disparition d'Helena.

— Qu'est-il advenu de Wachmann, une fois l'affaire classée ?

— Il a abandonné ses études en même temps que Gilmore. Il n'est jamais entré en deuxième année.

— Et ensuite ?

— J'ai perdu sa trace. Je sais qu'il a passé quelques mois chez ses parents, mais c'est à peu près tout.

Le policier auquel Hillier s'était adressé leva la tête.

— Rien dans la maison n'indique que les Wachmann avaient un fils, déclara-t-il.

— Vous êtes sûr ? s'étonna Driver.

— Ni photos, ni lettres, ni acte de naissance. Rien. Mais d'après le régisseur, Merle Wachmann rentrait d'un voyage en Afrique du Sud.

— Alors, il faut vérifier que Richard n'est pas là-bas. Contactez Rigby et tenez-le au courant, ordonna Driver.

— Bien sûr, vous aviez informé mon collègue de votre visite à Mme Wachmann ? demanda Hillier.

Le silence de Driver était éloquent.

— Dans ce cas, il risque de ne pas goûter la plaisanterie…

Driver ne connaissait pas suffisamment Rigby pour en juger, mais il savait comment lui-même aurait réagi si quelqu'un avait mis le nez dans une enquête dont il était chargé.

— Annoncez-lui ça avec ménagement, recommanda-t-il.

— On essaiera, répondit Hillier avec un sourire goguenard.

25

Dalton avait rarement vu Rigby blêmir de rage, mais l'annonce de la visite de Driver à Thornley lui en donna l'occasion.

Jugeant plus prudent de s'éclipser discrètement, Dalton partit faxer à Hillier les documents concernant Marshfield. Il interrogea ensuite un ordinateur en tout point semblable à ceux installés dans chaque commissariat du pays. À une différence près : les policiers qui avaient tenté de lui soutirer une information prétendaient qu'il était de sexe féminin. À la première fausse manœuvre, cette fichue machine se bloquait aussitôt. Pourtant, contrairement à la plupart de ses collègues, Dalton semblait bénéficier d'un traitement de faveur.

Au fil des ans, dans une multitude d'affaires, elle lui avait déversé ses informations comme autant de marques d'amitié, et il espérait n'avoir rien fait récemment dont elle ait pris ombrage. Il la traitait comme une petite déesse, époussetant son clavier et le recouvrant chaque soir d'une housse en plastique en signe de dévotion. En retour, elle lui divulguait généralement tout ce qu'il voulait savoir.

Rigby avait demandé à Dalton de trouver l'adresse actuelle de Wachmann et de Poole. Pour Joan, la tâche se révéla relativement aisée : grâce à son numéro de Sécurité sociale, l'administration des impôts confirma qu'elle vivait à quelques mètres de son ancien domicile.

Après avoir vérifié qu'il s'agissait bien de la même Joan Poole, Dalton entreprit de retrouver la trace de Wachmann. Il découvrit rapidement qu'au cours des vingt années écoulées, celui-ci n'avait apparemment jamais eu d'emploi, ni acheté de voiture, ni été au chômage, ni quitté une seule fois le pays.

Dalton décida de s'y prendre autrement et d'essayer de localiser le dossier médical de Wachmann, dont il savait au moins qu'autrefois il avait été soigné par le médecin généraliste de Marshfield. Logiquement, pendant son premier semestre à Worcester College, Wachmann avait dû faire transférer son dossier dans un cabinet médical d'Oxford.

Le ronronnement de l'ordinateur tira Dalton de ses réflexions, et les mots « téléphoner au généraliste de Marshfield » se formèrent dans son esprit. Il appela le service des renseignements et composa le numéro.

— Inspecteur Dalton, de la Thames Valley Police. Je suis à la recherche du dossier médical de quelqu'un que vous avez eu comme patient il y a une vingtaine d'années.

Une femme d'un certain âge lui répondit d'une voix ferme.

— Nous n'avons pas le droit de communiquer…

— Je sais, et je ne vous demande pas de le faire. Mais ce dossier a été transféré, et nous avons besoin de savoir où. Ne me dites pas que c'est une information confidentielle…

— Eh bien…

— Allons, ce n'est quand même pas un secret d'État !

— Le nom du patient ?

— Richard Wachmann.

— Ah oui, Richard…

— Ça vous dit quelque chose ? s'enquit Dalton, soudain plus aimable.

— Bien sûr. Depuis le temps que je travaille ici ! Je connaissais toute la famille. Je me rappelle avoir réuni le dossier de Richard.

— Comment ça, « réuni » ?

— Ses parents l'ont récupéré. Ils avaient une autorisation écrite. Le docteur m'a demandé de tout mettre dans une enveloppe.

Dalton n'en revenait pas. Cette secrétaire avait dû voir défiler des milliers de patients au cours de ces vingt années, il n'arrivait pas à croire qu'elle ait gardé ce détail en mémoire.

— Et vous vous en souvenez encore ?

— Ça m'avait paru bizarre. D'habitude, les gens ne réclament pas leur dossier médical, et encore moins celui d'un tiers. Celui de M. et Mme Wachmann a été transféré dans un cabinet de Thornley, selon la procédure habituelle, mais ils sont venus en personne chercher celui de leur fils.

Richard n'avait donc pas fait transférer son dossier à Oxford. Et ses parents l'avaient récupéré un an plus tard, après la disparition d'Helena Warner.

— J'ignorais qu'on avait le droit de réclamer son dossier médical, déclara Dalton.

— C'est pourtant possible. Et même celui d'une tierce personne, avec une autorisation écrite.

— Comme M. et Mme Wachmann.

— Exactement. À l'époque, tout le monde savait que Richard était interrogé par la police au sujet de la disparition de cette étudiante, alors ça m'a frappée.

Dalton réfléchit quelques secondes, un œil sur l'écran de l'ordinateur où le menu ondulait bizarrement, particularité qui avait le don d'énerver ses collègues, mais à laquelle il s'était habitué. Ça l'aidait à se concentrer.

— Savez-vous ce qu'est devenu ce dossier ? demanda-t-il enfin.

— Quelques semaines après la visite des parents de Richard, j'ai reçu un coup de fil. Quelqu'un qui voulait des informations supplémentaires. J'ai passé la communication au docteur.

— Vous rappelez-vous qui était cette personne ?

— Voyons voir…

Dalton la supplia en son for intérieur de faire un effort, de ne pas le laisser tomber maintenant.

— Quelqu'un de Churchill House, répondit-elle.

Il laissa échapper un soupir de soulagement.

— C'est quel genre d'établissement ?

— Une clinique psychiatrique d'Oxford, répondit la secrétaire.

Dalton l'aurait embrassée. Il prit congé, raccrocha, consulta l'annuaire de la région et composa le numéro de Churchill House.

— Inspecteur Dalton, commissariat de la Thames Valley.

— Que puis-je pour vous ?

C'était une voix plus jeune, cette fois, sensuelle et distinguée.

— Je crois savoir que Churchill House a, depuis 1975 environ, un patient du nom de Richard Wachmann. Vous pourriez vérifier si c'est bien le cas ?

— Inutile. Richard est toujours ici.

L'ordinateur s'était remis à ronronner. Dalton regarda la machine avec bienveillance.

— Vraiment ? Il est en ce moment même à Churchill House ?

— C'est un patient du docteur Thurston.

— Thurston ?

— Le psychiatre de la clinique.

— Il faut qu'on lui parle. Quand pourrait-il nous recevoir ?

Dalton patienta, tandis que la secrétaire interrogeait le docteur Thurston. Elle revint l'informer que s'ils venaient maintenant, le médecin les recevrait aussitôt.

Dalton jeta un coup d'œil à sa montre. Quinze heures quinze. Il ne connaissait pas les projets de Rigby, mais celui-ci pourrait sûrement se libérer une heure afin de rencontrer Thurston. Sinon, il suffirait de rappeler pour déplacer le rendez-vous. Il quitta la pièce après avoir raccroché, descendit deux étages et entra dans le bureau de Rigby.

— J'ai retrouvé Joan Poole, annonça-t-il.

Il tendit au commissaire un papier avec l'adresse de Joan.

— Warrington ? marmonna Rigby, encore blême de rage.

— J'ai aussi retrouvé Wachmann…

Rigby lui fit signe de s'asseoir, et Dalton s'installa en ajoutant :

— Il est à Churchill House…

Rigby connaissait la clinique, une ancienne propriété située à la lisière d'Oxford et dont l'architecture ressemblait à celle des collèges. Parfois, les touristes s'y trompaient et demandaient où était l'entrée.

— Thurston peut nous recevoir si on y va maintenant, reprit Dalton.

— Thurston ?

— Le psychiatre qui suit Wachmann. J'ai pensé que vous aimeriez le voir, avant d'interroger Wachmann.

— Autant essayer de savoir ce qui nous attend, approuva sèchement Rigby.

— Et pour Poole, on fait quoi ?

— Je ne peux pas être au four et au moulin. Par ailleurs, Driver a dû rentrer de Thornley, et j'ai deux mots à lui dire.

— Il a cru bien faire.

— Il n'avait pas le droit.

— Pour lui, ça reste un peu son enquête.

Rigby se leva brusquement.

— Il n'avait rien à faire là-bas.

Dalton acquiesça, pour ne pas le contrarier davantage.

— Bon, on devrait prévenir nos hommes pour qu'ils puissent nous joindre en cas de besoin, avant d'y aller, suggéra-t-il prudemment.

Flanqué de Dalton, Rigby alla informer l'équipe chargée de l'enquête, puis il s'engouffra dans le couloir menant à l'ascenseur. À côté de lui, Dalton

— Où es-tu ?

Foley paraissait tendu.

— Pourquoi ?

Au silence de son collègue, Gilmore se douta que des policiers étaient passés à son bureau dans la journée et avaient demandé à le voir.

— C'est bon, reprit-il. J'ai compris.

— Que se passe-t-il ?

— Trop long à expliquer, dit Gilmore, et il raccrocha.

essayait de formuler avec tact ce qui lui trottait dans la tête. À la fin, il décida de ne pas tourner plus longtemps autour du pot :

— Merle Wachmann vient d'être retrouvée morte, commissaire. Si jamais on peut parler à son fils, il vaudrait peut-être mieux…

Rigby, qui venait d'appeler l'ascenseur, se tourna vers lui :

— Vos conseils, vous pouvez les garder pour vous.

L'ascenseur arriva aussitôt et ils montèrent.

— Entendu, commissaire, dit Dalton en appuyant sur le bouton du rez-de-chaussée.

26

Il y avait trois heures de route entre Warwick et Warrington. Gilmore arriva tard dans l'après-midi. Une fois sur place, il lui restait encore à chercher l'appartement de Joan.

La nuit tombait, les lampadaires s'allumaient déjà. Le lotissement se composait surtout de maisons jumelles, chacune avec un petit carré de pelouse ou de terre en friche, mais pas de garage. Les voitures stationnaient de part et d'autre de la rue, à cheval sur le trottoir, pare-chocs contre pare-chocs.

En bas de la rue qu'il cherchait s'alignaient sagement quelques boutiques. Gilmore se gara dans une voie adjacente et rejoignit Rosamund Road à pied. L'appartement se trouvait au-dessus d'un magasin. Après avoir vérifié l'adresse, Gilmore fit le tour du bâtiment. Derrière, on avait construit une maisonnette, au fond d'un jardin réduit à sa plus simple expression. Deux portes se faisaient face, séparées par quelques mètres à peine. Gilmore s'approcha de celle de l'habitation principale.

Il n'y avait pas de sonnette, seulement un heurtoir, sous lequel une simple fente permettait de glisser le courrier. Gilmore y jeta un coup d'œil, distinguant un escalier dont le linoléum crasseux donnait un avant-goût de l'appartement à l'étage.

Il se redressait, lorsque la porte de la maisonnette s'ouvrit sur un homme d'une bonne cinquantaine d'années, qui l'interpella avec un fort accent du Nord.

— Qu'est-ce que vous cherchez ?

L'enseigne au-dessus du magasin étant au nom de « A.A. Turnbull », Gilmore conclut qu'il devait s'agir de son interlocuteur.

— Vous êtes M. Turnbull ? demanda-t-il.

— Qu'est-ce que ça peut vous faire ?

— Je cherche Joan.

— Elle n'est pas là.

— Je suis un vieil ami.

— Je vous l'ai déjà dit, elle n'est pas là. [illegible] voulez lui laisser un message ?

— Non, répondit Gilmore.

Il tourna les talons et descendit l'impasse, se[illegible] regard soupçonneux d'A.A. Turnbull peser su[illegible] l'homme faisait son portrait à Joan, comp[illegible] elle qui était à sa recherche ? Sans doute p[illegible] Gilmore. C'était long, vingt ans, et il ne r[illegible] que de loin au jeune étudiant qu'il était al[illegible] reconnaîtrait si elle le voyait, mais pas à [illegible] description approximative.

Il regagna sa voiture et s'éloigna du[illegible] D'une aire de stationnement, il appela [illegible] téléphone portable. Il le trouva chez lui[illegible] attendait.

— Tu as du nouveau, pour Wachm[illegible]

27

Dalton s'était représenté Churchill House comme une série de pavillons entourant un bâtiment principal d'apparence plus ou moins déprimante. D'où sa surprise de découvrir, sitôt les grilles franchies, un véritable petit manoir et ses dépendances.

Il suivit Rigby, tandis qu'on les conduisait dans une pièce, à l'étage, et là, il contempla par une fenêtre à meneaux des jardins aussi vastes que le parc de Magdalen College. Pour se faire soigner à Churchill House, il fallait sûrement avoir les moyens. Les tarifs devaient être prohibitifs.

Il se retourna en entendant le docteur Thurston entrer dans la pièce, qui ressemblait à un salon, avec ses sièges confortables et ses couleurs apaisantes. Le praticien, courtois et stylé dans son costume sombre, devait avoir la cinquantaine. Comme Rigby, Dalton présenta son badge, puis il essaya de se fondre dans le décor, pendant que le commissaire remerciait leur hôte d'avoir accepté de les recevoir aussi vite. Désignant la pièce d'un geste circulaire, Rigby ajouta :

— C'est ici que vous traitez vos patients ?

— Certains d'entre eux, oui.

— C'est un cadre très confortable.

— Le confort favorise la relaxation. En général, un patient détendu répondra mieux au traitement.

Rigby s'interrogea sur le genre de cadre que pouvaient offrir les hôpitaux publics. Les patients ne devaient pas y bénéficier de soins personnalisés, dans un environnement... Il regarda autour de lui. L'adjectif « somptueux » lui vint à l'esprit. Churchill House ne se refusait rien, et, de toute évidence, le docteur Thurston non plus.

Les trois hommes s'installèrent dans des fauteuils aussi propices à la relaxation que l'avait dit Thurston. J'en ferais bien mon ordinaire, pensa Rigby. Un whisky bien tassé. Un bon livre. Pas de soucis...

— Notre visite concerne l'un de vos patients, un certain Richard Wachmann, commença-t-il.

— Eh bien ?

— Nous souhaiterions l'interroger.

Thurston hocha la tête.

— À quel propos ?

— Sa mère s'est suicidée ce matin.

Dalton s'esclaffa intérieurement. Bravo l'artiste ! Il ne manquait que la présence de Wachmann pour donner un peu de piquant à la scène, mais on ne pouvait pas tout avoir. Conscient de sa maladresse, Rigby essaya de se rattraper.

— Excusez-moi. J'ai eu une journée difficile. J'aurais sans doute dû m'exprimer moins brutalement.

Thurston eut un sourire poli.

— Pour information, nous avons un excellent programme de gestion du stress.

Rigby sourit à son tour, essayant de prendre les choses avec humour.

— Je vous remercie. Nous avons un psychiatre attaché à nos services... En fait, le suicide de Mme Wachmann pourrait être lié à la récente découverte du cadavre d'une jeune femme que Richard a connue autrefois à Oxford. Helena Warner.

Apparemment, ce nom disait quelque chose à Thurston.

— Je ne crois pas trahir le secret médical en vous révélant que Richard et moi avons évoqué sa disparition au cours de nos séances.

— Nous avons un suspect, poursuivit Rigby. Quelqu'un avec qui Richard partageait une maison à Oxford à l'époque des faits...

Cette précision était censée faire comprendre à Thurston que Wachmann ne serait pas inquiété. Le message parut passer.

— ... Nous n'avons aucune preuve matérielle permettant d'inculper cet homme, et nous comptions sur Richard pour revenir sur l'alibi qu'il lui avait fourni alors.

— Aucun tribunal ne condamnera un prévenu pour homicide sur la foi du témoignage d'un patient interné depuis des années.

— C'est entendu, mais Richard pourrait nous donner une piste, un début de preuve. Quoi qu'il en soit, je préférais m'entretenir avec vous avant de l'interroger. À quand remonte son internement ?

— Décembre 1975.

Soit quelques mois seulement après la soirée, pensa Rigby.

— Et depuis combien de temps le suivez-vous ?

— Plusieurs années. Son ancien psychiatre, le docteur Levinson, a pris sa retraite.

— Pourquoi Richard a-t-il été interné ?

— Dépression.

— Grave ?

— Je le crois.

— Il doit être très atteint, pour avoir passé dix-neuf ans ici.

— Malheureusement, il y a des rechutes.

— Quand cela se produit, que faites-vous ?

— Nous lui faisons suivre un traitement ; les symptômes s'estompent, puis ils reviennent. C'est une pathologie cyclique.

— Causée par quoi ?

— Difficile à dire. Au départ, Levinson avait diagnostiqué un syndrome maniacodépressif. Essentiellement, je crois, parce que Richard présentait presque tous les symptômes de cette maladie.

— À savoir ? demanda Rigby, qui ne connaissait pas bien la question.

— Pour simplifier, une alternance entre des périodes d'euphorie et des accès dépressifs très marqués. Mais ce diagnostic étant erroné, inutile de s'y attarder davantage.

— Alors, de quoi Richard souffre-t-il ?

— Je ne peux pas l'affirmer avec certitude.

C'était un aveu inattendu de la part d'un psychiatre, et Rigby insista :

— Vous devez bien avoir une idée ?

— Richard a tendance à nier ses problèmes.

— Vous voulez dire qu'il ne se montre pas très coopératif pendant les séances ?

— C'est un peu ça, oui.

— Avez-vous tenté de lui expliquer que tout espoir de guérison était compromis tant qu'il ne ferait pas plus d'efforts ? demanda naïvement Rigby.

— Je crois surtout qu'il ne veut pas guérir. Une amélioration de son état signifierait qu'on pourrait lui demander de réintégrer la société. Dans le passé, chaque fois que nous lui avons suggéré de quitter Churchill House, il a rechuté.

— Pourquoi ?

— Parce que, ici, il se sent chez lui. En sécurité. Toute mention de son départ éventuel provoque chez lui une angoisse qui réactive sa dépression.

Rigby prit note. À la façon dont Thurston s'exprimait, le séjour de Richard à Churchill House devait toucher à sa fin.

— Seriez-vous sur le point de le mettre dehors ?

— Il y a quelque temps, ses parents nous ont prévenus qu'ils n'auraient bientôt plus les moyens de le maintenir chez nous.

— Pour lui, concrètement, ça signifie quoi ?

— La nécessité d'obtenir un logement des services sociaux, le temps de trouver un emploi et de gagner sa vie. Ou l'internement dans un hôpital public.

— Et apparemment, aucune de ces solutions ne le tente.

— Ici, Richard dispose d'un atelier. Il n'a pas envie de le perdre, ni de pratiquer ses activités dans un petit studio alloué par les services sociaux.

On le comprend, se dit Rigby.

— Vous parliez d'un atelier ? demanda-t-il.

— Richard est un artiste. On a aménagé une ancienne remise spécialement pour lui. On l'aperçoit d'ici.

Thurston se leva, aussitôt imité par Rigby et Dalton, qui le suivirent jusqu'à la fenêtre. La nuit tombait, mais ils aperçurent au loin, dépassant du toit des écuries, celui de la remise, avec son horloge et sa girouette en forme de renard.

— Qui a payé les travaux ?

— Un de nos mécènes : Cora Bowerman.

Thurston regagna son fauteuil. Rigby et Dalton lui emboîtèrent le pas.

— Elle a fait preuve d'une grande générosité en finançant l'aménagement de cet atelier. Elle porte une affection particulière à Richard ? s'enquit Rigby.

Son ironie n'avait pas échappé à Thurston.

— Elle a soixante-dix ans passés, et ces dernières années, Richard n'est pas le seul à avoir bénéficié de sa générosité. Elle vient de nous léguer sa propriété, et prend à sa charge les travaux nécessaires pour la transformer en centre de réadaptation.

— Pour des gens comme Richard ?

Thurston, percevant une fois encore l'ironie de la question, répliqua :

— Il vous sera facile de vérifier que la philanthropie de Cora est liée au refus de son père de la laisser épouser un pilote de la RAF, dont l'avion a été abattu pendant la Seconde Guerre mondiale. Elle a récemment demandé à Richard de faire sa statue.

— Vous semblez très bien connaître son histoire.

— Sous prétexte qu'elle hériterait un jour d'une grosse fortune, son père considérait ce jeune pilote sans le sou comme un coureur de dot. Cora rend donc cette fortune responsable de son malheur. Elle cherche simplement un moyen de moins souffrir. Richard n'est qu'un des bénéficiaires de ses tentatives pour se débarrasser de ce qui a causé son malheur.

Si passionnants que soient les motifs de Cora, Rigby s'intéressait davantage à ceux de Wachmann, et il revint sur un détail évoqué précédemment :

— Vous disiez tout à l'heure que les parents de Richard n'avaient plus les moyens de le maintenir dans votre établissement…

— En effet.

— Se sont-ils réjouis à l'idée qu'il puisse séjourner dans ce nouveau centre de réadaptation ?

Thurston hésita.

— Je ne suis pas sûr d'avoir le droit de vous répondre.

— Ce qui veut dire que la réponse est non. Mais pourquoi ?

— Vraiment, je ne crois pas que…

— Nous enquêtons sur un meurtre, docteur Thurston, même s'il remonte à vingt ans. Pourquoi cette réticence de la part des parents de Richard ?

— Ils voulaient le faire interner dans un hôpital public, révéla le psychiatre, à contrecœur.

Dalton leva soudain la tête.

— Pourquoi ?

— Ils ne souhaitaient pas qu'il revienne un jour sous leur toit.

Le silence s'installa quelques instants.

— Comment expliquez-vous ça ? interrogea Rigby.

— Je n'ai pas d'explication.

— Ils lui rendaient visite ?

— Non.

Rigby ignora la sécheresse dissuasive de la réponse.

— En tout cas, on a eu du mal à retrouver sa trace !

— Pourquoi ?

— Ses parents semblaient l'avoir rayé de leur existence. Pas de photos, pas de lettres, rien. Et rien non plus qui indique s'il avait eu un emploi ou s'il était au chômage.

— Alors comment êtes-vous remontés jusqu'à nous ?

— On a fini par découvrir que ses parents étaient allés en personne chercher son dossier médical chez leur généraliste. Ils vous l'ont confié quand Richard a été interné.

— En effet. Je crois me souvenir que Levinson l'a signalé dans le dossier.

Pour Thurston, l'entretien touchait clairement à sa fin, mais Rigby ne l'entendait pas de cette oreille.

— Je croyais que les dossiers médicaux étaient des documents confidentiels, reprit-il.

— N'importe qui peut récupérer son dossier médical ou celui d'un proche, avec l'autorisation écrite de cette personne.

— Ce qui devait donc être le cas pour les parents de Richard.

— J'imagine. Sinon, on ne le leur aurait pas remis.

— Vous ne trouvez pas bizarre que M. et Mme Wachmann aient pris la peine d'aller chercher ce dossier ?

— Si, un peu.

— Un peu seulement ?

Devant le silence de Thurston, Rigby ajouta, en le regardant droit dans les yeux :

— Peut-être ne tenaient-ils pas à ce qu'on sache que leur fils était interné… Auraient-ils eu honte de lui ?

— On se vante rarement d'avoir un fils dans un établissement psychiatrique. Marshfield était sans doute une petite commune. Le personnel du cabinet médical devait habiter la région. Pour éviter les commérages, les époux Wachmann auront préféré ne pas demander au généraliste de nous transmettre le dossier. Ils s'en seront chargés eux-mêmes, le plus discrètement possible.

C'était une explication plausible. Rigby s'en tint là, conscient que cette histoire de dossier médical l'avait détourné du sujet véritable de son entretien avec Thurston.

— Vous n'avez vraiment aucune idée sur les causes de la dépression de Richard ? insista-t-il.

— Absolument aucune, répondit Thurston avec une candeur désarmante.

— Vous étiez pourtant prêt à le garder ici aussi longtemps que lui et ses parents le souhaitaient, à condition que ces derniers puissent payer…

— Vous devriez plutôt demander aux patients et à leurs familles comment ils vivent l'absence d'une vraie politique de réinsertion des malades mentaux, rétorqua Thurston, dont l'agacement était perceptible.

Rigby décida de ne pas se le mettre à dos en se montrant trop désagréable.

— Comment M. et Mme Wachmann ont-ils pu vous verser pendant tant d'années des sommes aussi astronomiques ? s'étonna-t-il.

— Je crois que le père de Richard avait reçu des terres en héritage. Il les a vendues et a placé l'argent.

— Et maintenant ?

— Leur maison est deux fois hypothéquée. Ils n'avaient plus un sou.

Tiens, tiens, pensa Rigby.

— En d'autres termes, Richard peut un jour se retrouver à la rue comme n'importe qui, conclut-il.

— En quelque sorte.

— Un peu cruel, non ?

— Certes, mais la vie elle-même est souvent cruelle, vous êtes bien placé pour le savoir.

Rigby pouvait difficilement le nier.

— La mort de ses parents change-t-elle quelque chose à la situation de Richard ?

— Je n'en sais trop rien. Il va hériter de la ferme, mais, comme je l'ai expliqué, elle est lourdement hypothéquée. Et il ne doit rien rester à la banque.

— Alors, qui paiera son séjour en centre de réadaptation ?

— À Chaggfords ? La Sécurité sociale.

Rigby nota mentalement le nom du centre.

— Et s'il a besoin de soins médicaux ?

— Il devra s'adresser au généraliste local. C'est lui qui prendra le relais.

— Richard a été votre patient pendant dix-neuf ans. Pouvez-vous si facilement vous désintéresser de son sort dès lors qu'il ne peut plus payer ?

Thurston ne réagit pas.

— Et comment expliquez-vous l'absence de visites de ses parents ?

— Aucune idée.

— Vous leur avez posé la question ?

— Non.

— Pourquoi ?

Thurston se leva et alla à la fenêtre. Il ne se retourna pas pour répondre.

— L'internement d'un enfant est traumatisant pour ses parents, monsieur Rigby. Vous seriez surpris du nombre de personnes qui s'en tirent en tentant de nier cette réalité. À leur manière, les parents de Richard se sont débrouillés pour évacuer de leur existence les difficultés de leur fils. Égoïste, je sais, mais humain, surtout face à une situation que la majorité d'entre nous auraient du mal à affronter... Vous ne croyez pas ? demanda-t-il en pivotant sur lui-même.

Rigby essaya de se mettre à la place des époux Wachmann.

— Jamais je n'abandonnerais ainsi un de mes enfants à son sort.

— Ils n'ont pas abandonné Richard. Ils ont fait de leur mieux. Ils ont trouvé l'argent pour le faire soigner ici au lieu de se contenter d'un hôpital public. Ce n'est pas rien.

Sans doute, se dit Rigby.

— Voulez-vous que j'apprenne moi-même la nouvelle à Richard ? demanda-t-il.

— La mort de sa mère ?

— Oui.

Se souvenant peut-être de la brutalité avec laquelle s'était exprimé Rigby un peu plus tôt, Thurston déclina l'offre.

— Je pense qu'il le prendra mieux venant de moi.

Rigby eut un sourire d'excuse.

— En général, je sais faire preuve de tact. Comme je l'ai déjà dit, j'ai eu une journée difficile.

— Certes.

— Par ailleurs, mon collègue et moi souhaitons toujours rencontrer Richard.

— Demain.

Compte tenu des circonstances, Rigby pouvait difficilement insister. Il n'allait pas interroger Wachmann sur l'affaire Helena Warner alors que celui-ci serait encore sous le coup de la nouvelle du suicide de sa mère.

— D'accord pour demain, concéda-t-il, non sans regret.

— Après la cérémonie.

— Quelle cérémonie ?

— La statue commandée par Cora Bowerman sera dévoilée au public demain après-midi. J'espère que vous m'autoriserez à administrer un léger sédatif à Richard. Et à assister à l'entretien que vous aurez avec lui.

Rigby opina de la tête et se leva.

— Où a lieu cette cérémonie ?

— À Chaggfords.

Thurston sortit de la poche de son costume un minuscule agenda relié cuir avec un crayon à capuchon doré, nota une adresse, arracha la page et la tendit à Rigby.

— Il faudra y aller doucement. Richard est fragile, même en temps normal.

Suivi de Dalton, Rigby se dirigea vers la porte.

— À quelle heure a lieu la cérémonie ?

— 13 heures.

— Alors, à demain.

28

C'était le dernier jour de novembre. Joan n'avait pas besoin de consulter le calendrier. Elle le savait d'instinct, et frémissait à la perspective de devoir s'acquitter de sa dette, comme à chaque fin de mois.

Elle fit une pause au pied de l'escalier menant à son appartement, puis grimpa le plus silencieusement possible, malgré les sacs plastique remplis de nourriture qui lui battaient les jambes.

Mais il nc servait à rien d'essayer de gagner du temps. À peine avait-elle mis un pied dans l'appartement, que Turnbull frappait à la porte du bas. Joan ne bougea pas et, quelques instants plus tard, elle entendit sa clé tourner dans la serrure.

Laissant la porte de son appartement ouverte, elle s'adossa au mur. Turnbull montait l'escalier, ses semelles crissaient sur le linoléum crasseux comme s'il marchait sur des cendres. Il surgit devant elle sans un sourire, son visage à quelques centimètres du sien.

— Tu as le montant du loyer, Joan ?

Elle ne répondit pas. À quoi bon ? Ensuite, alors qu'elle le caressait là où il aimait être caressé, elle eut une nouvelle fois le sentiment qu'une partie d'elle-même était morte, celle qui aurait dû lui faire éprouver de la répulsion pour Turnbull. Elle revit Helena, dos au mur de l'appentis à Marshfield. À présent, c'était son tour à elle, Joan, d'être dos au mur, le jean baissé jusqu'aux genoux, gelée à cause du froid humide de l'enduit qui s'infiltrait à travers ses vêtements, tandis que Turnbull la pénétrait maladroitement, provoquant une douleur fulgurante et répétant d'un ton presque désolé :

— Tu ne m'en veux pas, Joan, hein, tu ne m'en veux pas…

Elle ne savait plus si elle lui en voulait ou pas. Elle s'en fichait, voilà tout. Elle s'en fichait, parce qu'elle ne ressentait rien, et elle ne put s'empêcher de se demander ce qui faisait crier Helena comme les oiseaux de Marshfield lorsqu'ils s'élevaient au-dessus des marais. Pourquoi n'avait-elle jamais connu un plaisir aussi intense, même avec Gilmore ? Et maintenant, il était trop tard.

Fidèle à son habitude, Turnbull conclut rapidement sans le moindre égard pour elle, lui broyant les bras dans ses mains, lui soufflant au visage une haleine nauséabonde, la regardant avec l'air égaré qu'il avait quand il jouissait.

C'était fini. Il relâcha son étreinte et s'écarta d'elle. À l'entrée de l'étroit couloir sombre qui sentait le moisi, il remonta son pantalon, reboutonna laborieusement sa braguette. Joan trouvait ridicules les cinq minuscules boutons dépareillés sur lesquels il s'escrimait. C'étaient ses doigts, roses et boudinés comme les saucisses qu'il vendait, qui la dégoûtaient le plus.

— Un type est passé aujourd'hui. Il voulait te voir.

— Quel genre de type ?

— Près de quarante ans. Élégant.

Elle avait tellement de dettes ; ça pouvait être n'importe qui.

— Il a donné son nom ?

— Non. Il a prétendu qu'il était un vieil ami. Apparemment, il s'attendait à te trouver là.

— Moi, je ne l'attendais pas.

— C'est bien ce que j'ai pensé.

Un huissier, se dit Joan. Elle remonta la fermeture Éclair de son jean d'un geste brusque, presque masculin.

— Bon, à dans un mois, alors, maugréa-t-il.

Sa mauvaise humeur la fit sourire.

— Le Père Noël aura peut-être une surprise, répondit-elle.

Il ne releva pas, soit qu'il n'ait pas entendu, soit qu'il ait enfin compris à quel point elle le haïssait. Il se contenta de tourner les talons et de quitter l'appartement.

Elle se fit couler un bain et s'y immergea complètement, même la tête. Dans ces moments-là, elle s'imaginait être Helena Warner attendant tranquillement que des plongeurs découvrent son cadavre. Elle savait que tôt ou tard ils viendraient, et qu'alors elle remonterait à la surface, tel un démon vengeur.

Joan eut l'impression de quitter son corps, de s'élever au-dessus de la baignoire et de contempler le cadavre d'une femme inconnue qui la regardait fixement. De sa bouche grande ouverte s'échappaient des hurlements, dans un nuage de bulles.

29

Il était plus de 20 heures quand Driver rentra chez lui. Lorsqu'il poussa la porte de son pavillon, le téléphone se mit à sonner.

Il décrocha, sûr que c'était Rigby. Et s'entendit aussitôt accuser « de se mêler du travail de la police » par le commissaire, qui, dans sa colère, le laissa à peine placer un mot.

— Message reçu, dit-il enfin.

— Vraiment ? Je l'espère, sinon vous aurez de mes nouvelles.

Driver le laissa terminer sans l'interrompre. Au fond, il comprenait son indignation. Quelques instants plus tard, Rigby n'avait que partiellement retrouvé son calme, et c'est d'un ton un peu cassant qu'il annonça :

— Buchannan a transmis son rapport d'autopsie.

Driver n'en fut pas surpris. Le médecin légiste avait annoncé son intention de procéder immédiatement à l'autopsie et, une fois le cadavre parti à la morgue, il avait passé le reste de l'après-midi au commissariat de Warwick, à dicter son rapport à l'un des hommes du commissaire Hillier. Pour autant que Driver pouvait en juger, Buchannan ne ferait que confirmer ce que tout le monde savait déjà : Merle Wachmann s'était suicidée. L'ancien inspecteur était beaucoup plus impatient de savoir à qui appartenaient les empreintes relevées sur le second verre à whisky.

— Un de vos hommes a-t-il eu le temps de faxer les empreintes de Gilmore au commissariat de Warwick ?

— Merle Wachmann a été assassinée, déclara Rigby.

Driver crut avoir mal entendu.

— Assassinée ?

— Elle avait des hématomes sur l'abdomen, le torse, les épaules, les poignets, le cuir chevelu. Et des lambeaux de peau – pas la sienne, bien sûr – sous les ongles. Elle a dû se débattre jusqu'au bout, Bill.

Il fallut un certain temps à Driver pour enregistrer toutes les implications de ces révélations.

— Quant aux empreintes sur le verre à whisky, elles appartiennent à Gilmore, ajouta Rigby.

Il n'a plus le choix : il va devoir reprendre toute l'enquête, pensa Driver. Il aurait dû s'en réjouir, mais en revoyant la dernière image qu'il garderait de Merle Wachmann, il regretta qu'il n'y ait pas eu d'autre moyen de faire rouvrir le dossier.

Vingt minutes plus tard, Rigby et Dalton étaient assis dans le salon de Driver, où le commissaire refit le même numéro qu'au téléphone.

— Vous jouiez à quoi, au juste ? demanda-t-il à Driver.

— Comme je l'ai déjà expliqué, j'espérais découvrir ce qu'elle m'avait caché il y a vingt ans.

— Vous n'aviez pas à prendre ce genre d'initiative.

— Vous me l'avez déjà dit au téléphone.

Rigby lui lança le genre de regard que lui-même réservait autrefois aux malfrats. Il sourit, sachant que c'était pour la forme. De son côté, comprenant que Driver n'avait aucune intention de présenter des excuses, Rigby finit par capituler :

— Racontez-moi ce qui s'est passé.

Driver s'exécuta. Parfois, Rigby l'interrompait pour lui communiquer une information transmise par Hillier.

— Gilmore a téléphoné à son bureau ce matin pour prévenir qu'il était malade. Nous savons qu'il est allé à Thornley. À cause de ses empreintes, bien sûr, mais aussi parce que le régisseur a vu une voiture de la même marque que la sienne.

— Il a agi de manière stupide, dit Driver. Et où est-il maintenant ?

— J'aimerais bien le savoir. On surveille sa maison. On nous préviendra dès qu'il rentrera.

— Les aéroports ?

— Sous contrôle. Tout est sous contrôle… On le retrouvera, croyez-moi, ajouta-t-il, avec une pointe de remords dans la voix.

Voilà un homme qui s'en veut de ne pas m'avoir écouté et de ne pas avoir réinterrogé mon ancien suspect, se dit Driver. Leurs regards se croisèrent, et Driver baissa les yeux, par égard pour Rigby.

— Et Wachmann ? demanda-t-il.

— Il a passé les vingt dernières années à Churchill House.

Driver connaissait la clinique. Il était souvent passé devant.

— Il paraissait pourtant sain d'esprit, quand je l'ai interrogé, il y a vingt ans.

— Il l'est toujours, mais apparemment, il souffre d'une grave dépression.

— Et Joan ?

— Elle habite Warrington, répondit Dalton. On y va dès demain matin.

— Non, dit Driver.

— Comment ça, non ?

— On y va maintenant.

— Qu'est-ce que ça a de si pressé ?

— Bill a raison, intervint Rigby. Merle Wachmann a été assassinée. On ne peut pas encore affirmer à ce stade que Gilmore est le meurtrier, mais si c'est lui, il l'a sûrement tuée suite à la découverte du cadavre d'Helena Warner. Pour l'empêcher de révéler à la police ce qu'elle savait.

— Pourquoi l'aurait-elle fait maintenant ? demanda Dalton.

— Aucune idée, répondit Driver. Peut-être qu'elle le soupçonnait depuis le début, mais n'osait pas en parler à cause de l'absence de cadavre. N'oubliez pas que, si je suis allé à Thornley aujourd'hui, c'est que j'étais persuadé qu'elle savait quelque chose.

— Je n'oublie pas, dit Rigby.

Driver se tourna vers Dalton.

— Vous êtes convaincu ?

Dalton ne l'était pas.

— Elle a pris le risque de le couvrir il y a vingt ans. Pourquoi verrait-il en elle une menace ? s'interrogea-t-il.

— Ce n'est peut-être pas ça, dit Rigby.

— Mais ce n'est pas à exclure. Qui peut savoir ce qui lui passe par la tête ? insista Driver.

Rigby demanda l'heure et Dalton regarda sa montre.

— Un peu plus de 21 heures.

— En roulant vite, on y sera avant minuit, déclara Driver.

— « On » y sera ? s'enquit Rigby, sans enthousiasme.

— Parfaitement. On y sera, répéta Driver.

30

Le Livre prenait corps, mais il s'écartait considérablement du scénario initial. Il scintillait sur l'écran de l'ordinateur de Joan, comme pour l'inciter à davantage de rigueur. De guerre lasse, elle abandonna provisoirement la partie.

Elle éteignit l'ordinateur, alluma son téléviseur, se fraya un chemin à travers la pièce au sol jonché de cendriers, de tasses à café, et des vêtements qu'elle avait retirés avant de prendre son bain. L'eau et le savon ne suffisaient jamais à effacer l'odeur de Turnbull. Longtemps après, elle la sentait encore sur sa peau, dans ses cheveux, comme infiltrée à l'intérieur de ses pores, et elle en avait la nausée, parfois au point de vomir.

Elle alla mettre ses vêtements dans le lave-linge et se faire un sandwich qu'elle rapporta dans le séjour. Elle tira les rideaux et s'installa sur le canapé pour regarder la fin d'un feuilleton australien, auquel succéda le journal télévisé du soir : en raison des liens de Merle Wachmann avec Marshfield, il fut abondamment question de ce nouveau meurtre. La police demandait à toute personne pouvant permettre de localiser Gilmore de se faire connaître.

Quelle efficacité, se dit Joan. Ils ne perdent vraiment pas de temps.

Trop choquée d'abord pour réagir, elle suivit le journal comme si ces derniers développements ne la concernaient en rien, jusqu'au moment où la photo de Merle Wachmann apparut sur l'écran. Joan ne l'avait jamais rencontrée, mais rien qu'à sa bouche parfaitement dessinée, la courbe de ses sourcils, la finesse de ses traits, elle aurait deviné que c'était la mère de Richard.

Sa mort changeait-elle quelque chose ? s'interrogea Joan. Des années durant, elle avait justifié sa décision de couvrir Gilmore en se répétant qu'Helena l'avait poussé au meurtre. Mais quelle raison aurait-il eue de tuer la mère de Richard – à moins, bien sûr, qu'elle n'ait représenté une menace pour lui ?

Joan se leva et marcha vers la fenêtre. Un petit arbre rabougri, unique survivant de ceux qui bordaient la rue dans son enfance, semblait se recroqueviller encore davantage sous la pluie qui tombait à l'oblique, sans relâche.

Qu'avait dit Turnbull, déjà ? Que quelqu'un était passé pour la voir ?

Elle eut l'étrange impression que la pièce rapetissait et s'assombrissait autour d'elle. Elle frissonna, s'éloigna de la fenêtre et se baissa pour allumer le chauffage électrique, agacée de sentir la peur l'étreindre malgré elle. Pendant vingt ans, elle avait gardé le silence, et Gilmore n'avait aucune raison, vraiment aucune, de voir en elle une menace.

Et si c'était pourtant le cas ?

Arrête, se dit-elle. Arrête ! Cette fois, ce n'était pas Gilmore le meurtrier. Ça ne pouvait pas être lui.

Elle quitta l'appartement, longea l'impasse et rejoignit la rue. Le trottoir était éclairé par la lumière du magasin où elle entra. Turnbull servait un client. Elle s'avança.

— L'homme qui est passé en fin d'après-midi pour me voir…

— Eh bien ?

— À quoi ressemblait-il ?

— Je l'ai déjà dit. Élégant. Autour de quarante ans.

Elle s'appuya au comptoir.

— Rien d'autre ?

— Non.

— C'est très important.

Turnbull s'interrompit dans son travail.

— Pourquoi ?

— Ça devait être un ami à moi, quelqu'un que j'ai connu il y a des années.

Turnbull réfléchit, mais aucun détail intéressant ne lui revint.

— En tout cas, il n'était pas d'ici.

— Comment le savez-vous ?

— Il avait l'accent du Sud.

Ça ne voulait pas dire grand-chose.

— Kent, Sussex, Gloucestershire ? Quel genre d'accent du Sud ?

— Je ne suis pas expert.

— Essayez de vous rappeler.

La file d'attente s'allongeait, les gens commençaient à s'impatienter.

— Peut-être le Surrey. Mais je peux me tromper…

Joan en doutait.

— Je m'en vais quelque temps.

— Pourquoi tu me dis ça ?

— Je payerai le loyer.

Il eut un sourire goguenard.

— Par la poste ?

— Je me débrouillerai. Pas la peine de chercher un nouveau locataire.

— Je te ferais pas ça, Joan. Pas à toi, lança-t-il d'un ton sarcastique.

— Vous avez un stylo ?

Il y en avait un, attaché à la caisse avec un bout de ficelle. Turnbull lui tendit un morceau de papier sur lequel elle griffonna quelques mots.

— C'est l'adresse de ma sœur. Vous pourrez faire suivre mon courrier ?

— Tu seras partie combien de temps ?

Le temps qu'il faudra à la police pour coffrer Gilmore, faillit-elle répondre.

— Je n'en sais rien, mais, comme je le disais, je me débrouillerai pour payer le loyer.

— Ça vaut mieux.

Joan quitta le magasin, retourna à son appartement, ralluma la télévision, s'affala sur le canapé. Si Gilmore avait tué Merle Wachmann et s'était ensuite rendu directement à Warrington, ce n'était pas pour bavarder autour d'un café. Il devait être aussi à la recherche de Richard, mais il aurait du mal à le retrouver, Joan le savait.

Elle avait toujours gardé le contact avec Wachmann, lui écrivant trois ou quatre fois par an. Inlassablement, de son écriture extravagante d'artiste, il répondait à ses questions, toujours les mêmes. Non, il n'avait aucune nouvelle de Gilmore. Oui, il la préviendrait si jamais il le contactait.

Mais Richard avait pu lui mentir. Après tout, les deux hommes ne s'étaient pas forcément perdus de vue. Dans ce cas, Gilmore devait savoir que Richard avait passé près de vingt ans à Churchill House. Et qu'il s'apprêtait à faire un séjour dans un centre de réadaptation dont il donnait l'adresse à la fin de sa dernière lettre, certain que Joan continuerait à lui écrire.

Elle se leva et alla dans la chambre du fond, où un matelas depuis longtemps inutilisé, déformé par l'humidité, reposait à même le sol. Une odeur de moisissure emplissait la pièce. Elle-même la sentait.

Joan ouvrit le premier tiroir d'une petite commode et tira d'une pile de courrier la dernière lettre de Richard, qu'elle relut rapidement : « Je m'installerai au centre de Chaggfords le 1er décembre, jour où sera dévoilée la statue… »

C'est-à-dire demain, songea Joan. Si Gilmore croyait Richard à Churchill House, il ne l'y trouverait pas. Mais il ne lui faudrait pas longtemps pour découvrir ce qu'il était devenu.

Elle rangea la lettre et retourna dans le séjour. Si Gilmore s'était mis en tête qu'elle et Richard représentaient une menace, elle n'avait plus qu'une solution : contacter la police. Pas un flic en uniforme, mais un inspecteur, quelqu'un comme Driver, avec suffisamment d'expérience pour savoir que faire.

Le téléphone était posé près de l'ordinateur, d'un gris parfaitement assorti à la tristesse de la pièce. Joan ne s'en servait pas souvent, ces derniers temps. Les refus qu'elle avait essuyés lui avaient fait perdre toute motivation : elle n'essayait même plus de placer des articles dans les magazines. Elle décrocha, et raccrocha presque aussitôt : les informations qu'elle fournirait ne suffiraient pas pour que la police ferme les yeux sur son implication dans la mort d'Helena ni sur le silence qu'elle avait gardé pendant vingt ans. Ce ne serait pas une partie de plaisir. Il n'y aurait ni tasse de thé, ni compassion. Lorsqu'on saurait quel rôle elle avait joué, on lui ferait subir des interrogatoires, certains peut-être brutaux.

Vous ne le connaissiez que depuis quelques heures, et vous vous êtes retrouvée au lit avec lui ?

Elle voyait d'ici le sourire narquois du policier. Il la déshabillerait du regard, essayant d'imaginer à quoi elle ressemblait vingt ans plus tôt. Avec la meilleure volonté du monde, il n'arriverait pas à croire qu'un homme ait pu la trouver séduisante.

Pourquoi n'avoir rien dit pendant toutes ces années ?

Parce que je l'aimais.

Mais vous le connaissiez à peine !

Ils auraient raison, bien sûr. Avec le recul, elle s'apercevait qu'au fond elle ignorait tout de Gilmore : les détails contenus dans les lettres d'Helena ne remplaçaient pas la connaissance qui se forge au fil d'une relation suivie. Rien ne permettait à Joan de deviner ce qu'il pouvait faire ou penser. Seule certitude : elle n'allait pas rester là pour le découvrir. Il fallait fuir quand il en était encore temps. Et ne pas revenir avant l'arrestation de Gilmore.

31

Joan s'éloigna de la fenêtre, éteignit la lumière et quitta son appartement sans tarder. La pluie glaciale avait redoublé d'intensité, chaque goutte était comme un coup d'ongle sur son visage. La rue semblait déserte. Les gens avaient dû rentrer chez eux, chassés par la nuit et le mauvais temps.

Joan marchait tête baissée, les mains dans les poches de son duffle-coat. Si Gilmore l'avait suivie jusque-là, s'il arrêtait sa voiture et la forçait à monter, il n'y aurait pas de témoin. Son seul espoir était de ne pas tomber sur lui avant d'arriver chez Cathy.

Sa sœur appellerait la police, lui trouverait un avocat, l'aiderait de son mieux. Joan ne savait pas pourquoi elle en était si sûre, ni même si elle y croyait vraiment ; pourtant, il le fallait : cette fois, elle ne pouvait s'en sortir seule. Cathy lui demanderait pourquoi elle n'avait pas prévenu la police, lui expliquerait qu'en déclarant avoir gardé le silence par haine d'Helena plus que par amour pour Gilmore, elle risquait d'aggraver son cas. *Je haïssais Helena.* Jamais

Joan ne se l'était avoué, mais elle le reconnaissait à présent. *Je voulais qu'elle meure.*

Au bout de la rue, elle tourna à gauche en direction du Ship Canal. Le pont tournant surgit devant elle, les rouages de son mécanisme invisibles sous l'eau. Alors que dans son enfance il lui paraissait gigantesque, il lui faisait désormais l'effet d'un jouet. Elle contempla un instant la surface huileuse du canal dans lequel le pont se reflétait comme dans un miroir. Elle aurait pu sauter ; tout aurait été fini. La rive était nue. Ni échelle ni escalier ; tant pis pour celui qui changeait d'avis.

Elle continua sa route. La pluie transperçait son duffle-coat. Moins de vingt minutes plus tard, elle avait rejoint le lotissement où vivait Cathy depuis son mariage.

La petite maison de trois pièces était située dans une rue en courbe. Elle avait meilleure apparence que les logements sociaux qui lui faisaient face, de l'autre côté du pont, mais si on y regardait de près, cette impression se dissipait en partie.

Aux yeux de Joan, le pavillon de Cathy allait de pair avec un mode de vie dont, à une époque, elle ne voulait à aucun prix. Ironie du sort, elle n'avait finalement pas eu le choix et devait se contenter à présent d'une existence encore moins enviable. Plus que du manque d'argent, d'espace, ou d'espoir, c'était de la solitude qu'elle souffrait. Sa sœur, elle, avait au moins un mari. Peut-être ne ressemblait-il en rien à celui dont rêvait Joan, mais année après année, il subvenait aux besoins de Cathy et des enfants, leur offrait une présence rassurante. C'était déjà beaucoup.

Devant la maison, un modeste carré de pelouse bordé d'un muret tenait lieu de jardin. Joan n'avait jamais prêté attention à l'absence de grille, mais ce soir-là, elle regretta de ne pouvoir en fermer une derrière elle, mettant symboliquement fin par ce simple geste à vingt années de secret.

Cathy serait dans la cuisine, Joan le savait. Tout comme elle savait, sans avoir besoin d'entendre le bruit d'eau dans les canalisations, que sa sœur finissait sûrement la vaisselle du dîner.

Joan fit le tour de la maison, ouvrit la porte de la cuisine et entra. Ensuite, tout se précipita. À peine était-elle apparue dans la pièce, l'air hagard, que Cathy, l'attrapant à bras-le-corps pour l'empêcher de tomber, lui retirait son duffle-coat trempé et la faisait asseoir.

— Voyons, il ne faut pas pleurer comme ça ! Quel que soit le problème, on trouvera bien une solution.

Joan se recroquevilla sur sa chaise. Ça m'étonnerait, pensa-t-elle. Ce problème-là n'a pas de solution.

— Qu'est-ce qui ne va pas ? demanda Cathy.

Joan prit soudain conscience qu'en dévoilant ce qui s'était passé à Marshfield, elle commettrait un acte de trahison et ne pourrait plus revenir en arrière. Dès que Cathy aurait compris la portée de ses révélations, elle préviendrait la police. *Je ne te trahirai jamais.* Devait-on tenir pareille promesse quoi qu'il arrive ? Joan n'en savait rien. Il fallait bien réfléchir. Peut-être l'amertume qui l'avait gagnée au fil des ans était-elle sans fondement ? Après tout, Gilmore aurait-il fait l'amour avec elle si elle l'avait laissé totalement indifférent ?

Ne sois pas ridicule, se sermonna-t-elle. Tu ne comptais pas pour lui. Il ne ressentait que de la colère et du dépit.

Elle inspecta la cuisine du regard, s'attardant sur le motif incroyablement kitsch du carrelage. Une vague odeur de poisson frit flottait encore dans l'air. Pendant des années, Joan avait méprisé ce genre de décor. Pourtant, la pièce était propre et claire. Dans la journée, on apercevait depuis la fenêtre une pelouse sur laquelle était disposé du mobilier de jardin et qu'entourait une haie assez haute pour dissimuler les maisons voisines. On devait parfois s'y ennuyer ferme, mais au moins s'y sentait-on en sécurité. Les traites devaient être payées depuis longtemps. Jamais elle ne posséderait l'équivalent de cette maison, si petite fût-elle.

Au fond, Joan n'avait jamais su ce qu'elle attendait de la mort d'Helena. Pour des raisons qui lui échappaient, elle avait dû croire que sa vie en serait transformée comme par enchantement. Elle ignorait alors ce qu'elle avait découvert depuis : quelque chose en elle condamnait systématiquement à l'échec tout ce qu'elle entreprenait – les objectifs qu'elle se fixait comme les moyens qu'elle choisissait pour y parvenir.

Elle avait capitulé trop tôt, se disait-elle. Avant même d'avoir livré bataille, parce que l'adversaire, en l'occurrence Helena, était si fort qu'il semblait dès le départ ne lui laisser aucune chance. Tout le monde paraissait trop beau, trop sexy, trop intelligent, autant d'atouts dont elle était dépourvue.

Cathy, pour ne pas la troubler dans ses réflexions, s'était discrètement éloignée. Elle vidait l'égouttoir, essuyait et rangeait la vaisselle, se donnant une contenance en attendant que sa sœur soit prête à parler. Ce moment avait mis vingt ans à venir, et maintenant qu'il était enfin là, Joan ne savait trop par où commencer.

— Tu as regardé les informations ? s'enquit-elle.

— J'étais occupée à préparer le dîner. Paul a regardé avant de prendre son service de nuit. Pourquoi ?

— Cet après-midi, une femme d'agriculteur a été retrouvée pendue dans une grange.

— Et alors ?

— Apparemment, il s'agit d'un meurtre. Tu te rends compte ?

— De quoi ?

— Tu imagines le meurtrier, en train de lui passer la corde au cou et de la suspendre à une poutre ?

— Joan, tu es folle ?

— Non, réfléchis. Vraiment. Réfléchis à ce que cette femme a dû endurer avant de mourir.

— Pourquoi te mettre dans un tel état ?

— Autrefois, elle et son mari avaient…

— Ils avaient quoi ?

Pourquoi cette difficulté à révéler même les détails les plus anodins de l'histoire qu'elle s'apprêtait à raconter ?

— … Une ferme à Marshfield.

Cathy lâcha dans l'évier la tasse qu'elle tenait.

— Marshfield ?

— Cette femme était la mère de Richard.

Joan eut la sensation que Cathy s'avançait vers elle au ralenti, comme si elle marchait sous l'eau.

— Arrête ! cria-t-elle.

— Arrête quoi ? demanda Cathy.

— De marcher comme ça…

Et elle s'écroula, laissant couler les larmes qu'elle avait retenues chaque fois que Gilmore lui avait retourné ses lettres.

— … Dans mes cauchemars, c'est comme ça que marche Helena…

Cathy Walker regardait par la fenêtre de la cuisine. Derrière elle, Joan n'avait pas bougé de sa chaise près de la table. Il faisait nuit noire, le jardin était invisible. Dommage, pensa Joan. La vue du jardin aurait rassuré sa sœur, remettant un peu d'ordre dans un monde qui tournait au chaos.

— Je vais devoir prévenir la police, tu en as conscience ? demanda Cathy.

C'était exactement ce que Joan espérait entendre en venant se réfugier chez sa sœur, mais maintenant qu'elle se trouvait au pied du mur, elle se surprit à répondre :

— Pas tout de suite. J'ai besoin de réfléchir.

— À quoi ?

Elle ne pouvait s'en expliquer, mais elle ne supportait pas l'idée que Gilmore soit condamné à perpétuité. Leurs regards se croiseraient à travers la salle d'audience ; ce serait exactement comme s'il lui reprochait verbalement de l'avoir trahi.

— Je ne peux pas lui faire ça, déclara-t-elle.

— Ne sois pas ridicule. Il a assassiné Helena.

— Elle le méritait.

— Personne ne mérite d'être assassiné.

Joan se balançait mécaniquement sur sa chaise.

— Les cris d'Helena, jamais je ne les oublierai…

— Joan… Calme-toi.

— Personne n'est allé à son secours. Personne. Et je suis restée là sans rien faire. Je l'ai regardée…

Elle se renversa brusquement en arrière, comme pour faire basculer sa chaise.

— Le cadavre ne voulait pas tenir dans la penderie. Je me suis adossée à la porte, mais elle résistait, et je ne savais pas pourquoi. J'ai baissé les yeux, et j'ai vu la main d'Helena…

Cathy se pencha vers elle et l'attrapa aux épaules.

— Ça suffit !

— … Elle était encore tiède. C'était quelqu'un de si chaleureux, Helena. Tout le monde le disait. Même dans la mort, il y avait encore de la chaleur en elle. J'ai ouvert la porte, j'ai poussé la main à l'intérieur et j'ai tourné la poignée. Ça y est. On est débarrassés d'elle. Voilà ce que j'ai pensé.

Joan souriait aux anges.

32

Le magasin était ouvert, mais il n'y avait pas de lumière dans l'appartement à l'étage. Gilmore resta quelques instants sur le trottoir avant de pousser la porte du magasin. Turnbull le reconnut aussitôt.

— Vous l'avez ratée de peu, dit-il.

— Savez-vous quand elle rentrera ?

— Elle est partie quelque temps chez sa sœur.

Gilmore encaissa la nouvelle en s'efforçant de ne rien laisser paraître de sa déception.

— Vous n'avez sans doute pas son adresse ?

Turnbull regarda sous le comptoir et sortit le bout de papier remis par Joan. Il recopia l'adresse et la tendit à Gilmore.

— Elle se demandait qui vous étiez.

— Un ami, comme je vous l'ai dit.

— Thelwall est de l'autre côté du pont. Il faut tourner à gauche.

Gilmore le remercia, quitta le magasin et grimpa dans sa voiture. Si les flics débarquaient et apprenaient que quelqu'un avait déjà demandé l'adresse de Joan, il serait repéré.

Mais quelle importance, après tout ? Depuis qu'on avait remonté les restes du cadavre d'Helena, il savait que tôt ou tard la police remettrait la main sur lui pour l'interroger. Son seul espoir d'échapper aux complications qui s'ensuivraient était d'entrer en contact avec Joan et Richard et de s'assurer qu'ils continueraient à se taire. Or, il n'avait pas le temps de jouer à cache-cache. Il devait impérativement les retrouver avant la police. C'était donc un risque calculé qu'il avait pris en questionnant Turnbull.

Ce qui n'empêcherait pas ce commissaire Rigby de sortir le grand jeu. Gilmore n'avait pas oublié sa première expérience avec la police. Vingt ans plus tôt, tous les jours, imperturbablement, malgré les deux heures de route entre Oxford et le Surrey, Driver s'était présenté à la porte de ses parents, sans un mot d'excuse pour ce qui ressemblait à du harcèlement moral, sans l'ombre d'un doute quant à sa culpabilité. Si poli. Et si sarcastique, lorsqu'il répétait : « Désolé de vous déranger une nouvelle fois, Ian. » Une véritable insulte. Driver savait pertinemment qu'il était en train de le briser, il y prenait même du plaisir. Gilmore le voyait, à la lueur amusée dans son regard quand il ajoutait : « On a encore besoin de vous au commissariat. »

À présent, Gilmore roulait vers Thelwall. Il traversa le pont et stoppa à un arrêt d'autobus. Abaissant la vitre du passager, il interpella un passant :

— Je cherche Belmont Crescent.

Il écouta les indications qu'on lui donnait et repartit. Mon Dieu, pensa-t-il. Un jeu d'enfant. Serait-ce encore plus facile pour la police de le retrouver ? À l'heure qu'il était, on devait déjà savoir qu'il n'avait pas mis les pieds au bureau ni regagné son domicile. Qu'ils en tirent toutes les conclusions qu'ils veulent, se dit-il. Il n'y a que les preuves qui comptent.

Gilmore s'engagea dans Belmont Crescent et chercha la maison. Il se gara devant et composa sur son téléphone portable le numéro inscrit par Turnbull sous l'adresse de Cathy Walker.

Quelqu'un décrocha, et soudain il eut peur de ne pas reconnaître sa voix, après toutes ces années.

— Joan ? demanda-t-il d'un ton hésitant.

— Je vais la chercher, répondit Cathy.

Il les entendit échanger quelques mots qu'il ne comprit pas, puis Joan s'approcha du téléphone.

— Joan ? C'est Ian, dit-il.

Elle raccrocha.

— C'était qui ? demanda Cathy.

— Gilmore, répondit Joan.

Cathy lui arracha le combiné des mains.

— Qu'est-ce que tu fais ?

— J'appelle la police.

— Non.

— Joan…

— J'ai besoin de réfléchir. Juste quelques instants. Pour essayer d'y voir clair.

— Tu risques de ne pas en avoir le temps.

— Rien qu'une minute, supplia Joan. Ensuite, c'est moi qui appellerai la police.

— Joan…

Elle se cacha le visage dans les mains. Gilmore l'avait retrouvée ; en restant là, elle mettait en danger la vie de Cathy en même temps que la sienne.

— Il vaut mieux que je m'en aille.

Cathy commença à composer le numéro du commissariat.

— Qu'est-ce que tu fais ?

— Je te l'ai dit, j'appelle la police.

— Je t'en supplie…

— Nom de Dieu ! cria Cathy, à bout de nerfs.

Joan lui reprit le combiné.

— J'ai aidé à cacher le corps. Aux yeux de la justice, je suis complice…

— Tu l'as fait par amour pour Gilmore.

Joan reposa le combiné.

— Non, je l'ai fait parce que je haïssais Helena Warner, déclara-t-elle, soudain plus calme.

Elle ouvrit la porte et sortit. Cathy tenta de la retenir.

— Où vas-tu ?

— Rentre et enferme-toi, ordonna Joan.

— Joan !

Elle était partie.

Cathy s'élança dans l'allée, envisageant un bref instant d'essayer de la rattraper. Mais en admettant qu'elle y arrive, jamais elle ne pourrait convaincre Joan de revenir avec elle et de rester à l'intérieur de la maison. Elle fit demi-tour et rentra en courant. Elle appela aussitôt le numéro d'urgence de la police.

— Police, j'écoute…

— Au secours ! hurla Cathy.

Gilmore vit Joan quitter la maison. Il l'aurait reconnue entre mille. Elle avait changé, bien sûr, mais c'était toujours elle. Elle paraissait juste amaigrie et vieillie, comme si elle avait au moins dix ans de plus que lui. Elle n'a pas l'air d'avoir trouvé le bonheur, songea-t-il, mais lui non plus, si on allait par là.

Elle croisa sa voiture et il la surveilla dans le rétroviseur, regardant vers où elle se dirigeait. La route principale. Pour l'avoir empruntée un peu plus tôt en sens inverse, il savait qu'elle longeait le canal. Et de l'autre côté, elle était bordée par une rangée de pavillons cachés derrière d'épaisses haies. Le cadre idéal pour accomplir ses projets.

Il passa en première, fit une marche arrière dans une allée et suivit Joan, ralentissant dès qu'il l'aperçut. Elle traversa la route et se mit à marcher le long du rail de sécurité.

Le canal se trouvait sur sa gauche, et il distinguait l'écluse, aux portes assez larges pour livrer passage à un paquebot. Sous l'éclairage public, neuf ou dix mètres en contrebas, miroitaient les eaux noires.

Des voitures déboîtaient sans arrêt pour le doubler, tandis qu'il roulait au pas derrière Joan. Il aurait suffi qu'elle se retourne pour le voir. Mais elle ne se retournait pas. Elle marchait droit devant elle.

Parfait, se dit-il.

Joan avait à peine entendu arriver la voiture qui s'arrêta à sa hauteur. Alors qu'elle se mettait à courir, une portière claqua. Puis il n'y eut plus que sa respiration haletante, l'écluse qu'elle laissait derrière elle, une main qui se refermait sur son bras, Gilmore qui la faisait pivoter sur elle-même, l'envoyant s'écraser contre le rail de sécurité, souffle coupé.

Il la remit debout comme il l'aurait fait d'une poupée de chiffon et l'entraîna vers la voiture, la portant presque. Joan se débattait, il esquivait de son mieux coups de pied et coups de poing. Il la poussa sur le siège passager, verrouilla la portière, fit le tour du véhicule et s'installa au volant.

— Tu vas la fermer !

Elle n'avait pas eu conscience de crier, mais dès qu'elle se tut, un silence de mort s'installa. Il avait bien choisi son moment, pensa-t-elle. Il n'y avait personne en vue, pas même une voiture.

L'obligeant à se pencher en avant, Gilmore lui ligota les poignets. Pas étonnant que tant de femmes se fassent enlever, se dit-elle. C'était si facile. D'une facilité choquante.

Il n'essaya pas de la calmer, ni de répondre lorsqu'elle laissa échapper un borborygme qu'elle-même comprit à peine. Il démarra en trombe.

De nouveau, elle essaya de prononcer quelques mots. Cette fois, ils étaient intelligibles.

— Tu m'emmènes où ?

— À Marshfield.

33

Le quartier où vivait Joan avait si peu changé au cours des vingt années écoulées que, même dans l'obscurité, Driver n'eut aucun mal à jouer les navigateurs pour Rigby. C'étaient toujours les mêmes maisons sinistres, les mêmes jardins mal entretenus, les mêmes véhicules fatigués, à cheval sur le trottoir. Une fois de plus, il eut le sentiment que l'enfer – le vrai, pas sa version romantique – se trouvait là, dans ce mélange monotone de désolation et d'ennui. Un de ses supérieurs lui avait expliqué un jour que la plupart des meurtriers agissaient non par méchanceté, mais par indifférence, et que dans l'univers d'où ils venaient, on ne pouvait que perdre son âme. Comme ce quartier, dans lequel, malgré des différences superficielles, Driver reconnaissait les rues de son enfance.

Rigby se gara à l'adresse indiquée. Driver, Dalton et lui descendirent de voiture et s'attardèrent quelques instants devant le magasin. Tout était éteint, le rideau métallique était baissé. Les trois hommes firent le tour du bâtiment : rien ne bougeait.

En l'absence de nom sur la porte de Joan et sur celle de la maisonnette, ils frappèrent aux deux, réveillant Turnbull qui apparut sur le seuil. Ils présentèrent leur badge.

— On cherche Joan Poole.

Turnbull ne parut guère impressionné.

— Elle est partie.

— Où ça ?

— Comment je le saurais ?

— Quand est-elle partie ?

— Il est minuit passé, bordel !

— Quand ? insista Rigby.

— Vers 20 heures, 20 h 30.

— A-t-elle dit quand elle reviendrait ?

— Pourquoi elle l'aurait dit ? Elle est locataire.

— Ouvrez-nous son appartement.

— Vous avez un mandat ?

— Non.

— Dans ce cas…

— Elle a peut-être de gros ennuis, intervint Driver, essayant une autre tactique.

Ces quelques mots prononcés avec calme eurent plus de succès que l'agressivité de Rigby.

— Quel genre d'ennuis ? demanda Turnbull, surtout désireux de retourner se coucher.

— Quelqu'un la cherche, et pas avec les meilleures intentions du monde, si vous voyez ce que je veux dire.

De toute évidence, Turnbull médita ces propos. Driver patienta.

— Alors, pourquoi l'appartement vous intéresse ? reprit le commerçant.

— On ne sait jamais. Vous pouvez nous accompagner, pour vérifier si on ne touche à rien. Il y en a pour une minute, répondit Driver.

La fatigue et l'indifférence prenant le dessus, Turnbull capitula.

— Attendez ici, dit-il.

Il disparut dans l'entrée et revint, enfilant une parka par-dessus le caleçon et le T-shirt qui lui tenaient lieu de pyjama. Puis il sortit dans le jardin et tira une clé de sa poche.

Quelques instants plus tard, les trois hommes se trouvaient dans le couloir de l'appartement, Turnbull sur leurs talons, méfiant et mal à l'aise. Rigby alluma.

— Quand l'avez-vous vue pour la dernière fois ?

— Je vous l'ai dit, vers 20 h 30. Vous n'êtes pas les seuls à vous intéresser à elle.

Il y eut un silence.

— Comment ça ? reprit Rigby.

— Un type est passé en fin d'après-midi. Il est revenu vers 21 heures. Il voulait voir Joan, mais elle était déjà partie.

— Décrivez-le-nous, ordonna Driver.

Mais il n'avait pas besoin des vagues indications données par Turnbull pour savoir que c'était Gilmore.

— Vous avez une idée de l'endroit où est allée Joan Poole ?

— Elle a laissé une adresse, avoua Turnbull.

— Pourquoi ne pas l'avoir dit tout de suite ? s'enquit Rigby, d'un ton moins agressif.

— J'en sais rien… J'avais peur qu'elle ait des ennuis avec la police… Elle m'en aurait voulu…

Driver comprenait.

— Allez chercher cette adresse, commanda-t-il.

Turnbull disparut dans l'escalier, tandis que les trois hommes pénétraient dans une pièce faisant office de salle de séjour. L'appartement parut à Driver plus grand mais moins confortable que celui que Joan occupait à Southampton. Là-bas, elle avait une sorte de studio composé d'une cuisine américaine et d'une pièce principale très encombrée. Ici, il y avait une chambre, mais Joan préférait apparemment dormir sur le canapé, à en juger par l'oreiller et la literie qui s'y trouvaient encore.

Une tasse et une assiette sales étaient abandonnées sur la moquette élimée, jonchée de vêtements.

— Quel laisser-aller…, murmura Rigby.

Comme Driver, il avait vu pire, mais c'était l'odeur de renfermé qu'il avait le plus de mal à supporter. Des relents de moisissure et de linge sale qui semblaient avoir imprégné l'air et les meubles au fil des ans, et qui prenaient à la gorge.

— Je vais jeter un coup d'œil dans les autres pièces, déclara Dalton en s'éclipsant.

— Dieu du ciel…, soupira Rigby, quand il fut seul avec Driver.

Celui-ci poussa l'assiette du bout de sa chaussure. Des restes de nourriture s'étaient solidifiés sur la faïence, mélange de pâtes trop cuites et d'une sauce qui sentait le poisson. Dalton réapparut.

— Rien à signaler.

— Pas de trace de bagarre ? demanda Rigby.

— Du désordre, c'est tout. Un matelas à même le sol dans la chambre. Avec des taches d'humidité. Pas étonnant qu'elle dorme sur le canapé.

Turnbull entra avec l'adresse de Cathy Walker. Rigby la prit et lui donna sa carte en échange.

— Si Joan revient, ne parlez pas de notre visite. Appelez-nous aussitôt.

— Vous disiez qu'elle avait des ennuis…

— Non, elle est en danger. Ce n'est pas la même chose, déclara Driver.

— Quel genre de danger ? Je veux pas d'embêtements.

Les trois hommes ne répondirent pas. Ils le laissèrent refermer l'appartement et regagnèrent leur voiture. Driver se réinstalla sur le siège du passager, déplia le plan de la ville et chercha le plus court chemin jusqu'au domicile de Cathy Walker.

— Il faut longer le Ship Canal. Je vous préviendrai quand tourner.

— Tout ça ne me dit rien de bon, marmonna Rigby.

Driver pensa à la rapidité avec laquelle Gilmore avait couvert la distance entre Warwick et Warrington.

— À moi non plus, renchérit-il.

34

Rigby s'engagea dans Belmont Crescent et découvrit en se garant devant la maison des Walker qu'une autre voiture de police l'avait précédé.

Quelques instants plus tard, il frappait à la porte. Un policier en uniforme lui ouvrit. Rigby montra son badge.

— Vous n'avez pas traîné.

— Comment ça ? demanda Rigby.

— On vous a parachutés, ou quoi ?

— Mais de quoi parlez-vous ?

L'homme le conduisit dans la salle de séjour. À leur entrée, Cathy Walker se détourna de la fenêtre, et son mari se leva.

Driver l'avait déjà rencontré. Cathy et lui étaient fiancés quand il avait interrogé Joan, autrefois. Paul Walker le reconnut et désigna les dcux policiers en uniforme :

— Ils sont venus me chercher à mon travail. Ils m'ont dit de rentrer chez moi.

— Que s'est-il passé ? demanda Rigby.

— J'ai appelé la police…, commença Cathy.

Elle lança aux deux policiers un regard qu'ils eurent du mal à soutenir.

— … et il leur a fallu près d'une heure pour arriver !

— Ça n'avait pas l'air d'une urgence, se défendit l'un d'eux.

— Ma sœur…

— Je vois, déclara Rigby.

Il se tourna vers les deux policiers, attendant des explications.

— Dès qu'on a compris ce qu'elle essayait de nous dire, on a aussitôt appelé le commissariat de la Thames Valley. Ils nous ont répondu que vous étiez déjà en route. Ils ont tenté de vous contacter, mais vous n'étiez pas dans votre voiture.

Et pour cause, pensa Rigby. On visitait l'appartement de Joan.

— Gilmore a téléphoné. Joan a paniqué, et elle est partie, intervint Cathy.

— Quand ?

— Il y a environ deux heures.

— Pourquoi ?

— Elle ne se sentait pas en sécurité.

— Vous avez une idée de l'endroit où elle est allée ?

— Non.

— Elle vous a expliqué ce qui se passait ?

— Elle pense que Gilmore a tué Merle Wachmann.

Et elle n'est pas la seule, se dit Driver.

— Elle connaît bien le coin, non ? demanda Rigby.

— Depuis sa naissance.

— Il n'y a pas d'amis chez qui elle aurait pu se réfugier, un endroit auquel elle serait particulièrement attachée ?

— A priori, non. Je ne vois pas.

— Vous avez une photo d'elle ?

Cathy réfléchit quelques instants.

— La plus récente que j'ai est celle qui a été prise à notre mariage. Elle ne vous sera pas très utile. C'était il y a dix-huit ans.

C'est mieux que rien, pensa Rigby.

— Vous l'avez ici ? demanda-t-il.

Cathy se leva, traversa la pièce jusqu'à une série d'éléments muraux, ouvrit un tiroir, sortit un album photo, le feuilleta rapidement. Ayant trouvé ce qu'elle cherchait, elle tendit l'album au commissaire.

— Joan est là. C'était ma demoiselle d'honneur.

Dalton regarda par-dessus l'épaule de Rigby. Il aperçut un visage poupin mangé par de grosses lunettes rondes, encadré de cheveux ternes et raides, malgré les efforts déployés par Joan pour l'occasion. Sa robe gris cendré ne faisait qu'accentuer son teint blême. À l'évidence, Joan Poole n'avait pas été gâtée par la nature.

— On peut l'emporter, au cas où on aurait besoin de diffuser le signalement de Joan ? demanda Rigby.

— À quoi bon ? Elle est si ancienne, répondit Cathy.

— Elle peut nous être utile, pour établir une sorte de portrait-robot.

Driver n'y tenait plus :

— Joan vous a raconté ce qui s'était passé à Marshfield ?

— Vous vous doutez bien que oui.

— Et alors… ? insista Driver.

— Gilmore a tué Helena Warner.

Ce n'était pas un scoop pour Driver, mais l'entendre dire avait quelque chose de gratifiant, confirmant sa conviction.

— Joan l'a couvert, c'est ça ?

— Elle a caché le cadavre.

Depuis le début, Driver se doutait qu'elle avait aidé Gilmore, mais il n'avait pas pensé qu'elle était impliquée à ce point.

— Au moment de l'enquête sur la disparition d'Helena, vous étiez déjà au courant ?

— Non. Si Joan est venue ici, c'était pour me dire la vérité.

— Pourquoi maintenant ? Après toutes ces années ?

— Quand elle a lu dans le journal que Gilmore avait tué Merle Wachmann…

— On n'en a pas encore la preuve, coupa Rigby.

— Continuez, Cathy, reprit Driver.

— … elle a pensé qu'il allait les considérer eux aussi comme des témoins gênants, elle et Richard.

Elle n'a sans doute pas tort, se dit Driver.

— Joan ne supporte pas le froid, déclara soudain Cathy.

Étrange remarque, qu'on pouvait attribuer à une inquiétude légitime, mais Driver ne voulait rien négliger.

— Le froid ?

Cathy se laissa tomber dans le fauteuil le plus proche.

— Elle ne prend pas soin d'elle, pas comme il faudrait.

Driver traversa la pièce, vint s'accroupir près du fauteuil, prit les mains de Cathy dans les siennes.

— Que voulez-vous dire ?

Elle parut vaguement surprise.

— Je croyais que vous saviez… vous avez l'air de bien la connaître.

Driver ne répondit pas, et elle ajouta :

— Joan est anorexique. Depuis des années. Elle pèse moins de quarante kilos.

Après avoir échangé un regard avec Dalton, Rigby déclara :

— Si elle ne revient pas, ça ne signifie pas forcément que Gilmore lui a mis la main dessus. On la retrouvera peut-être prostrée quelque part.

Driver se releva. Il pensait certes qu'on allait bel et bien retrouver Joan Poole quelque part, mais morte. Il préféra toutefois garder ses craintes pour lui.

35

Rigby ordonna aux deux policiers en uniforme de rester avec les Walker en attendant les instructions de leurs supérieurs puis quitta la maison, suivi de Driver et de Dalton.

— Et maintenant, on va où ? lança ce dernier, alors qu'ils se réinstallaient dans la voiture.

— Autant rentrer à Oxford, interroger Wachmann dans la matinée et le mettre à l'abri ailleurs qu'à Chaggfords. En espérant pouvoir coffrer Gilmore avant qu'il remonte jusqu'à lui, répondit Rigby.

Il mit le contact et prit la direction de l'autoroute. Aucun des trois hommes ne dit tout haut ce que chacun pensait tout bas : en admettant que Joan Poole soit encore en vie, elle ne le resterait pas longtemps si elle tombait entre les mains de Gilmore.

— Hillier a combien de chances de découvrir Gilmore avant nous ? demanda Driver à Rigby.

— Cinquante pour cent.

— Et si c'est le cas ?

— On n'y pourra rien. Il faudra faire avec. Même si la perspective d'aller dans le Warwickshire chaque fois qu'on voudra interroger Gilmore ne me réjouit pas.

Driver savait que dans ce genre de circonstances, quand deux brigades recherchaient le même homme pour l'interroger, les premiers arrivés étaient toujours les premiers servis.

— En tout cas, si on trouve Gilmore, il vaudrait mieux avoir des renforts prêts à intervenir pour son arrestation, vous ne croyez pas ? remarqua Rigby.

Driver ne réagit pas. Il revoyait toutes ces fois où il avait frappé à la porte de la maison de Gilmore. En général, c'était son père qui ouvrait. Gilmore se tenait souvent à quelques pas derrière lui, l'air encore plus jeune que ses dix-neuf ans. Driver connaissait l'étudiant, pas l'homme qu'il était devenu. Cet étudiant était un meurtrier, aucun doute là-dessus, mais pas un imbécile. D'expérience, Driver savait que certains criminels pouvaient se montrer arrogants, irréfléchis, mais, a priori, Gilmore n'entrait pas dans cette catégorie.

Thornley était la première erreur qu'il avait commise. Au cours de ces longues semaines d'interrogatoires, il s'en était tenu mot pour mot à sa version de départ, que recoupaient en tout point les témoignages de Joan et de Wachmann. Et voilà qu'il prenait un jour de congé pour aller dans le Warwickshire tuer Merle Wachmann. En prime, il laissait ses empreintes sur un verre bien visible. Ça ne lui ressemblait pas, c'était cela qui inquiétait Driver.

Rigby revint à la charge :

— Gilmore a bien déclaré avoir vu Helena pour la dernière fois le lendemain de la fameuse soirée, en milieu de journée ?

— Oui, et alors ?

— Qu'a-t-il fait après ?

— Il prétendait que Wachmann et lui s'étaient levés tard, qu'Helena et Joan les avaient rejoints en fin de matinée.

— Et ensuite ?

— Ils ont déjeuné, et Gilmore est descendu en voiture dans le Surrey pour récupérer ses billets de concert.

— Pourquoi éprouvait-il le besoin d'avoir un alibi pour le dimanche après-midi ?

— Pas pour le dimanche après-midi. Du dimanche soir au lundi matin, de façon qu'une fois la disparition d'Helena signalée, personne ne puisse le soupçonner d'avoir revu celle-ci après son retour de la gare, où elle avait raccompagné Joan.

Plausible, pensa Rigby.

— Si Gilmore s'est donné autant de mal pour pouvoir fournir un alibi, j'imagine que Wachmann a fait la même chose ?

— Il a prétendu avoir passé la nuit de dimanche à lundi avec une étudiante de deuxième année. Son témoignage figure dans le dossier.

— Comment se fait-il qu'ils n'aient prévu aucun alibi pour les jours suivants ?

— Ils devaient s'attendre à ce que la disparition d'Helena soit découverte presque aussitôt.

— Ce qui n'a pas été le cas…

— Non. Sa disparition n'a été signalée que le mercredi suivant, et seulement parce qu'elle n'avait pas assisté aux cours. L'eau n'a recouvert la maison que le mercredi : si Helena avait été portée disparue dès le lundi, j'aurais suivi la procédure habituelle et fait fouiller les lieux, et on aurait retrouvé son cadavre. Le mercredi, quand je suis arrivé à Marshfield, la maison était déjà sous l'eau.

— Donc, Gilmore a eu de la chance.

— Beaucoup de chance.

— Vous n'avez pas envoyé de plongeurs ?

— Je n'en voyais pas l'utilité. Aucune personne sensée n'aurait été cacher un cadavre dans une maison, alors qu'il était si facile de le faire disparaître dans l'immense zone marécageuse qui entourait Marshfield.

Rigby s'abstint de tout commentaire.

— Je sais, j'ai sûrement fait une erreur, ajouta Driver, qui n'était pas dupe de son silence.

— On en fait tous. Votre hypothèse était parfaitement vraisemblable. Et si le cadavre d'Helena avait bel et bien été enfoui dans les marais, il n'y avait en effet pratiquement aucun espoir de le retrouver après la montée des eaux.

— Voilà comment trois mois plus tard, sans cadavre, sans avoir réussi à faire parler Gilmore, j'ai été contraint de classer l'affaire.

Trois mois… Arguant de son expérience, Driver avait supplié ses supérieurs de lui accorder un délai supplémentaire et davantage de moyens, mais on lui avait répondu que ce serait une perte de temps. La décision était sans appel. Il avait beau être convaincu de la mort d'Helena Warner et du fait que son cadavre était enfoui dans les marais, ses supérieurs, devant l'immensité du lac artificiel, étaient pareillement convaincus qu'il ne pourrait jamais rien prouver.

Rigby réfléchissait. Driver, qui pouvait presque lire dans ses pensées, sourit en entendant sa question suivante.

— Pourquoi une penderie ?

Lui-même se l'était posée plus d'une fois.

— Comment savoir ? Ils n'étaient pas idiots, ils n'ont sûrement pas choisi par hasard.

— Ils devaient avoir une bonne raison.

— Mais qu'ils sont seuls à connaître, soupira Driver.

36

Dès la sortie de l'autoroute, Joan reconnut la route de Marshfield. Oxford se trouvait à plusieurs kilomètres au sud, mais Gilmore avait bifurqué vers l'est, et maintenant il descendait vers le village, curieusement dépourvu de tout lotissement : il n'y avait qu'une rangée de maisons, une petite église, un bureau de poste. Le tout plongé dans l'obscurité. Un autre monde, pensa Joan. Elle n'avait aucune idée de l'heure, sachant seulement qu'il était beaucoup plus de minuit.

La route plongeait vers le lac artificiel, et Gilmore ralentit. Il faisait trop noir pour voir grand-chose, mais Joan avait une vague idée du paysage. Elle se souvenait du reportage télévisé montrant les plongeurs en train de remonter le cadavre d'Helena. Même si elle ne distinguait rien au-delà du faisceau des phares, elle se représentait à peu près les lieux.

Gilmore coupa le contact, et ils restèrent tous les deux assis en silence, si près de l'eau que Joan n'apercevait pas la rive.

— Ne compte pas sur moi pour te supplier à genoux, commença-t-elle.

— Je ne te le demande pas.

Il ne l'avait jamais vue ainsi. Vulnérable, entièrement à sa merci. Il s'efforça de trouver les mots qu'elle espérait entendre depuis toujours. Il lui en coûterait si peu, et cela compterait tant pour elle.

— Je n'étais pas amoureux de toi. Je te connaissais à peine, et pourtant, ce qu'il y a eu entre nous a compté pour moi…

Alors qu'elle tournait la tête vers lui, il crut qu'elle riait, d'un petit rire étouffé et moqueur. Son visage était à quelques centimètres du sien. Peut-être le visage le plus ingrat qu'il ait jamais vu.

— … Tu as pris des risques pour moi, je t'en ai été reconnaissant.

— Et pour me remercier, tu vas me tuer.

— Sans toi, j'aurais craqué devant Driver…

Elle regardait droit devant elle, fixant l'eau.

— … Je regrette vraiment que ça se termine ainsi.

Les minutes passaient ; il ne bougeait toujours pas.

— Vas-y. Finissons-en, dit-elle calmement.

Bon Dieu, je ne me suis jamais senti aussi seul, pensa Gilmore.

— Ce n'est pas si simple, reprit-il.

Curieusement, il ne s'attendait pas à ce genre de scène, mais savait-il seulement ce qu'il s'était imaginé ? Il avait dû croire que ça ne poserait aucun problème : il avait déjà tué, il pourrait recommencer. Mais serait-ce aussi facile avec Joan, qui avait fait tout ce qu'elle pouvait pour le protéger ? Elle ne lui inspirerait jamais la rage aveugle qui le ferait passer à l'acte.

Au moins son père n'était-il plus là pour se ronger d'inquiétude, ni lui faire des promesses qu'il n'aurait de toute façon pu tenir. *Je ne les laisserai pas te faire du mal.* Si la police l'attrapait, elle lui ferait du mal, beaucoup de mal, il le savait. Ce n'était pas la douleur physique qu'il redoutait, mais la perspective angoissante de devoir à nouveau répondre à des questions auxquelles il avait déjà répondu cent fois. « Au fait, Ian, à quelle heure disiez-vous avoir quitté Oxford pour Marshfield ? »

Wachmann et lui étaient partis chacun dans sa voiture. Wachmann conduisait le vieux break Volvo que lui avaient donné ses parents, où il avait casé le maximum de bouteilles de bière, d'apéritif, de liqueur et de nourriture. Le véhicule de Ian, plus petit, contenait le reste : les sièges arrière et le coffre étaient pleins à craquer. Quand tout avait été chargé, il avait attendu Helena. Au lieu de quoi, Joan s'était installée sans crier gare à la place du passager. Helena et lui avaient échangé un regard surpris.

— Ce n'est pas grave, avait dit Helena. J'irai avec Richard.

Gilmore ne souhaitait aucunement avoir Joan comme passagère. Bien plus tard, il avait compris que c'était en grande partie à cause d'Helena : avant de lui présenter Joan, elle s'était arrangée pour qu'il ait un préjugé défavorable.

— Comment est-elle ? avait-il demandé alors qu'ils allaient la chercher à la gare.

— Tu jugeras par toi-même, avait répondu Helena avec une moue condescendante.

Une façon de s'assurer que, dès les premières secondes, il témoignerait à Joan un désintérêt poli, mais absolu.

Wachmann était parti devant. Gilmore suivait. C'était Joan qui avait rompu le silence.

— Tu me crois sûrement trop bête pour avoir compris que je devais aller dans la voiture de Richard…, avait-elle déclaré.

La lucidité de cette remarque avait laissé Gilmore pantois.

— … Mais c'était la seule occasion que j'avais de te parler en tête à tête, alors, je n'avais pas le choix…

Ces derniers mots avaient retenti comme une sonnette d'alarme. L'empressement de Joan à le suivre dans toute la maison n'avait pas échappé à Gilmore. Il s'attendait à ce qu'elle lui fasse une déclaration et savait comment réagir. Il ne dirait rien qui puisse l'humilier ; au contraire, il lui mentirait froidement pour ménager sa susceptibilité. Déjà, la réponse prenait forme dans son esprit. *Désolé, Joan. Tu me plais bien, mais je suis amoureux d'Helena. Si un jour on se sépare, je te ferai signe.*

— Avec Helena, gardez-vous une certaine liberté à l'intérieur de votre relation ? continuait Joan.

La réponse toute prête s'envola.

— Que sous-entends-tu ?

— Si l'un de vous a une aventure, est-ce que l'autre ferme les yeux ?

— Où veux-tu en venir ?

Il n'était pas près d'oublier son ton moqueur, faussement surpris.

— Ne me dis pas que tu n'es pas au courant !

Il lui lança un regard en coin. Le sourire qu'elle arborait lui déplut.

— À ta place, je m'en tiendrais là, répliqua-t-il.

Joan sortit alors de son sac un paquet de lettres, en prit une au hasard et se mit à la lire à voix haute :

— « Je le suppliais de me faire l'amour, et il ne me parlait que de Ian, de la manière dont il réagirait s'il savait. »

Elle plaisante, se disait Gilmore. Ce ne peut être qu'une plaisanterie.

Joan avait déjà en main une autre feuille.

— Et celle-là : « Ian était dans la pièce voisine, de l'autre côté du mur, il pouvait nous surprendre d'une seconde à l'autre… »

Elle crachait son venin dans un flot de paroles à peine cohérent, postillonnait sur le pare-brise, lui broyait l'avant-bras, comme pour mieux le convaincre de la véracité de ses révélations.

Il se gara sur le bas-côté, lui ordonna de descendre, mais elle insista pour qu'il l'écoute, se justifiant par ces mots :

— Elle te trompe avec tout le monde !

Le plus pénible fut son refus de quitter la voiture. Il supplia, menaça. En vain. Elle restait posée là, telle une grosse araignée répugnante. Déterminée à ne pas bouger.

À moins d'ouvrir la portière du passager et de la déloger de force, il ne pouvait rien faire. Il était pris au piège. Elle le savait, et mettait à profit les minutes qui passaient pour lui lire d'autres extraits de lettres d'Helena. Pendant quelques instants, il eut envie de la tuer.

— Pourquoi ?… Pourquoi m'infliges-tu ça ? répétait-il.

C'était un après-midi magnifique : l'air avait une tiédeur laiteuse, le ciel, des tons azurés, mais ces détails ne lui reviendraient qu'après coup. Sur le moment, une seule image s'imprima dans son esprit : la face de lune de Joan, sa peau luisante et blême.

— Parce que je t'aime. Je croyais que tu l'avais compris, répondit-elle.

Paradoxalement, il éprouva à ces mots un certain soulagement. Elle était folle. Inutile d'accorder le moindre crédit à ce qu'il venait d'entendre.

Il remonta dans sa voiture et démarra. Heureusement, Joan semblait considérer qu'elle en avait assez dit, et il couvrit les derniers kilomètres dans un silence bienvenu. Une fois à Marshfield, en revanche, il se sentit vidé de ses forces, comme s'il venait de recevoir une très mauvaise nouvelle. Ce qui était finalement un peu le cas.

En quittant sa voiture, il croisa Wachmann qui déchargeait le coffre de la Volvo et qui s'étonna :

— Vous en avez mis, du temps !

Gilmore disparut derrière la maison sans répondre. Comme les dépendances, le silo était vide. Les dernières machines agricoles avaient déjà été transportées à Thornley. Tout semblait désert.

Une clôture séparait le jardin de l'enclos où paissait la jument d'Ernst Wachmann. Quelques semaines plus tôt, Gilmore était là quand on l'avait fait monter dans un fourgon, précédée par son poulain pour qu'elle s'engage sur la rampe sans renâcler. À présent, l'enclos était vide lui aussi, son herbe haute, faute d'être broutée. À cette époque de l'année, les plantes fourragères, comme le blé et les roseaux des marais, poussaient vite. Les quelques mois écoulés depuis le départ des Wachmann avaient suffi pour que la nature reprenne ses droits dans toute l'exploitation.

Gilmore marcha jusqu'à la lisière des bois et regarda l'eau monter lentement, conscient de l'immobilité qui régnait autour de lui, du silence, percevant nettement l'odeur de la terre humide. Il comprit alors ce qui avait retenu le père de Richard sur ces terres inondables. Marshfield était une sorte de paradis, un lieu si apaisant que, s'il n'avait dû retourner vers la maison, Gilmore aurait définitivement oublié les propos de Joan Poole.

Il retraversa les marais, effrayant les oiseaux qui s'élevèrent et s'évanouirent dans le ciel, tels des fantômes silencieux. Lorsqu'il pénétra dans la cuisine, Wachmann leva la tête, gêné qu'on le voie manger en douce.

— Helena est en haut, dit-il.

Gilmore jeta un coup d'œil à sa montre. 19 heures. Les premiers invités ne tarderaient pas à arriver. Il s'élança dans l'escalier. Helena était debout devant la penderie d'une des chambres. À son entrée, elle se tourna vers lui.

— Où étais-tu ?

En enfer, faillit-il répondre, mais il se retint à temps.

— J'ai fait un tour.

Helena sortit de son sac à dos quelques vêtements et un fer à repasser, qu'elle brancha et posa sur le rebord de la fenêtre.

— Quelque chose ne va pas ?

Il fut tenté de tout lui dire, puis se ravisa. Il leur serait impossible d'avoir une discussion avec Joan avant le départ des invités, et il ne voulait pas gâcher la soirée d'Helena. Mieux valait attendre un moment où ils pourraient voir Joan seule, et la reconduire aussitôt après à la gare.

Il regarda Helena enlever son sweat-shirt, faire glisser son jean noir au bas de ses longues jambes. Elle ne portait rien d'autre, seulement ses mocassins qu'elle envoya promener près de la penderie. Puis elle prit la pose devant lui, confiante que le corps qu'elle offrait à sa vue aurait satisfait le plus difficile des hommes.

— Viens, dit-elle.

Malgré le trouble qui l'habitait, le doute qui le disputait à la colère, il fit l'amour avec elle. Un peu plus tard, alors qu'ils étaient étendus côte à côte, il lui murmura à l'oreille :

— Tu sais, je donnerais ma vie pour toi.

Quelle ironie…

Elle s'écarta de lui, avec une brusquerie dont il se souviendrait plus tard. Comme si elle était gênée par l'aveu qu'il venait de lui faire. Il écouta ses pas s'éloigner en direction de la salle de bains.

Pendant qu'elle se douchait, il repassa la jupe et le chemisier qu'elle avait sortis de son sac à dos. Le ruissellement de l'eau accompagnait ses pensées. En dépit de ses efforts, les paroles de Joan faisaient leur œuvre. Certaines pièces du puzzle se mettaient en place. Les mensonges dont il s'était refusé à croire Helena capable. L'expression avec laquelle un ami lui avait demandé comment elle allait, et son sourire en coin lorsque Gilmore avait répondu « Très bien ». Un poison semblait se répandre en lui, défiant sa raison.

Il débranchait le fer quand Helena réapparut. Il lui tendit sa jupe et son chemisier de soie noire, qu'elle noua autour de sa taille. Elle se passa négligemment la main dans les cheveux, sûre de sa beauté malgré l'absence de miroir.

— On devrait y aller, dit-elle.

— Il faut que je me douche.

Elle l'avait attendu. Ses ablutions terminées, il se rhabilla, et ils descendirent l'escalier, ignorant ce que leur réservait la soirée.

Driver ne savait rien de tout cela. La version donnée par Gilmore était très différente de la réalité, et à aucun moment il n'en avait dévié, ouvrant une brèche dans laquelle Driver aurait pu s'engouffrer pour faire éclater la vérité.

Mais la donne avait changé. Vingt ans plus tôt, Driver était dans l'incapacité d'étayer sa conviction qu'Helena n'avait jamais quitté Marshfield. Depuis la découverte du cadavre, Rigby, lui, en avait la preuve irréfutable.

Pour Gilmore, le temps était compté.

37

Joan avait peur. Une peur qui la glaçait, tandis qu'elle attendait là, assise dans cette voiture, avec la certitude que Gilmore allait la tuer. Désormais, elle savait ce que voulaient dire les gens, lorsqu'ils prétendaient avoir vu un condamné marcher calmement vers la mort. Ce n'était pas du calme, mais de l'incrédulité, l'impression de faire un mauvais rêve.

Gilmore avait eu son adresse par Turnbull, elle venait de le comprendre. Turnbull, à qui elle n'avait même pas recommandé de ne la donner à personne. Où avait-elle donc la tête ? Encore que ça n'eût pas changé grand-chose : son expérience de journaliste à l'*Evening News* lui avait au moins appris qu'il était plus facile qu'on ne le croyait de se procurer une information.

Elle se demandait à quoi pouvait bien penser Gilmore. Son silence rappelait celui qui avait plané sur eux autrefois, sur la route de Marshfield. Aussitôt après leur arrivée à la ferme, Gilmore l'avait abandonnée dans la voiture, avait traversé les marais, atteint la lisière du bois et pendant plus d'une heure avait contemplé la maison en contrebas. Dans ses souvenirs, il la revoyait sans doute telle qu'elle lui était apparue en cette fin d'après-midi, comme embrasée par les rayons obliques du soleil, ses murs de brique d'un rouge infiniment plus intense qu'à aucun autre moment de la journée.

Dans la mémoire de Joan, en revanche, même si la nuit n'était pas encore tombée, la maison était à jamais noyée dans les ténèbres.

Peut-être cette impression de perpétuelle obscurité venait-elle du fait que la plupart des pièces étaient condamnées, leurs portes fermées à double tour. Sans éclairage ni chauffage, il y faisait un froid glacial.

Joan avait fini par s'extraire à son tour de la voiture. Après avoir écouté ses révélations, Gilmore ne lui avait pas adressé la parole jusqu'à la fin du trajet. Une fois dans la maison, elle découvrit que Wachmann y avait rétabli l'électricité quelques semaines plus tôt. Le groupe électrogène prévu par son père en cas de coupure de courant vrombissait dans l'appentis, faisant vibrer les murs. Il éclairait une partie de la maison et avait permis d'installer une sono.

Dans l'entrée, dont le parquet avait gardé sa patine, l'humidité étouffait le bruit des pas, et Joan eut soudain la vision inquiétante d'une cave pareille aux oubliettes d'autrefois, avec leurs parois ruisselantes et leurs prisonniers enchaînés. Ce n'était pourtant qu'une ferme comme les autres. Moderne et bien équipée, mais d'une architecture banale.

Dans une pièce du rez-de-chaussée, on avait installé des meubles dénichés çà et là chez les brocanteurs. Helena avait recouvert un canapé vert sapin d'une couverture à motifs orientaux fauve et or et, par ce simple geste, créé une atmosphère. Typique d'Helena. Il fallait toujours qu'elle intervienne, se mêle de tout, et que parfois… Joan allait ajouter « … elle gâche tout », mais elle se fit violence et regagna l'entrée.

Elle alla retrouver Helena dans la cuisine pour l'aider à préparer la nourriture.

— Alors, que penses-tu de Ian ? demanda Helena.

— Qu'il est trop bien pour toi…

Helena s'interrompit net, son couteau à la main. Une noisette de beurre glissa lentement de la lame.

— … Tu ne devrais pas te conduire comme tu le fais. Il t'aime vraiment.

Helena avait eu un petit rire amusé. Ses dents blanches et régulières étincelaient, comme ses cheveux noirs coupés court. Elle ne se rend absolument pas compte des souffrances qu'elle inflige aux autres, s'était dit Joan. À moins qu'elle ne s'en moque.

— Ian est au courant ? Il sait que tu… ?

Joan hésitait sur le choix du verbe. « Il sait que tu le trompes ? » paraissait démodé. Helena poufferait de rire. Sans le vouloir, elle vola au secours de Joan en répondant :

— S'il l'apprenait, il me tuerait.

Une remarque prémonitoire, songeait à présent Joan. Et qui résumait parfaitement la situation. Le meurtre d'Helena Warner était un acte irréfléchi, une tentative désespérée de la part de Gilmore pour échapper au malheur d'aimer quelqu'un comme elle.

S'il y avait eu une justice, la mort d'Helena aurait dû mettre fin aux souffrances de Gilmore. Mais il n'y avait pas de justice en ce monde, ainsi que le prouvait la réapparition de son cadavre, de ses ossements plutôt, que le séjour sous l'eau avait lissés comme des galets.

Helena devait s'attendre, au cas où il aurait découvert qu'elle le trompait, à ce que Gilmore finisse par lui pardonner, soucieux de sauver leur relation. Joan n'aurait jamais fait preuve d'une telle confiance en soi. Mais Joan n'avait pas non plus la beauté d'Helena, et les hommes comme Gilmore ne tombaient pas amoureux de femmes comme elle. Elle l'avait compris dès ce premier trajet en voiture vers Marshfield lorsque, abdiquant toute fierté, elle lui avait avoué qu'elle l'aimait, persuadée qu'elle n'aurait pas deux fois l'occasion ni le courage de le faire. Qu'il ait paru la croire folle n'avait pas été trop douloureux. Cet épisode lui avait laissé un souvenir doux-amer, ce qui valait mieux que pas de souvenir du tout. Ni avant ni depuis, elle n'avait fait à un homme pareille déclaration. Au moins mourrait-elle en sachant qu'elle avait osé une fois, et l'avait dit de tout son cœur, même si cet aveu était le fruit d'une solitude infinie et d'un espoir insensé : celui de pouvoir, un jour, amener Gilmore à l'aimer.

À la fenêtre de la cuisine de Marshfield, elle l'avait regardé revenir vers la ferme. Sur le point de se coucher, le soleil était encore bien visible au ras de l'horizon, énorme, de la forme et de la couleur d'une mangue dont le jus orangé se serait répandu dans les marais. Joan aurait voulu conserver à jamais cette image de Gilmore, et elle avait tenté de graver dans sa mémoire la façon dont il marchait, sans hâte et l'air absorbé, indifférent aux oiseaux qui s'envolaient à son approche.

Il était entré par la cuisine, où Wachmann l'avait informé qu'Helena était en haut. Et Joan l'avait entendu s'élancer aussitôt vers l'escalier qu'il avait monté quatre à quatre.

Les invités commençaient à arriver, surtout des hommes, certains avec leur compagne, la plupart munis d'une ou deux bouteilles de vin.

Joan s'était contentée de se fondre dans le décor et de suivre les allées et venues des uns et des autres. Les rares fois où quelqu'un voulut engager la conversation, elle découragea ses efforts en se présentant comme une amie venue aider Helena à préparer la soirée. Ce qui n'était pas entièrement faux. Elle aurait même pu ajouter qu'elle lui servait de repoussoir, lui permettant ainsi de briller d'un éclat encore plus vif.

Elle se surprit à observer Wachmann et à tenter de l'imaginer en train de peindre des papillons sur les cuisses d'Helena. Ça ne lui ressemblait pas. Il paraissait trop sensible. Trop réservé. Elle essaya d'aborder le sujet, mais il éluda poliment ses questions. Joan avait l'habitude de ce désintérêt. Elle le rencontrait quotidiennement chez les hommes qu'elle croisait à l'université, dans les magasins ou les transports en commun.

Alors même qu'elle lui parlait, Wachmann regardait ailleurs, et quand elle tourna brièvement la tête pour voir ce qui retenait son attention, elle découvrit que c'était Helena. Elle et lui échangeaient le genre de regards que Joan doutait de jamais échanger avec un homme : des regards provocants, lascifs, qui l'incitèrent à les surveiller discrètement, à anticiper la suite des événements.

Quelques heures plus tard, sa patience fut récompensée. Ils quittèrent furtivement la maison, et elle les suivit, consciente que, si elle les perdait de vue, il serait difficile de les retrouver dans l'un des nombreux bâtiments susceptibles de les abriter.

Éclairée seulement par un mince croissant de lune, la nuit semblait pourtant incandescente. Malgré l'obscurité et la façon dont ils étaient dissimulés, Joan les voyait aussi nettement que si elle avait été dotée d'un sixième sens.

Dès qu'elle aperçut Helena adossée au mur de l'appentis, dans le vrombissement du groupe électrogène, Joan tourna les talons et courut, d'abord pour ne pas assister à cet acte qu'elle ne vivrait jamais, mais aussi pour ne pas perdre une si belle occasion.

Ian sortait des verres supplémentaires d'une caisse quand elle l'avait attrapé par le bras.

— Qu'y a-t-il ?

Dans sa voix, pointait un mélange de méfiance et d'agacement.

— Tu ferais mieux de venir.

Davantage convaincu par le ton ferme de Joan que par la litanie de ses accusations dans la voiture, il l'avait suivie sans discuter, jusqu'à l'appentis où Helena, transfigurée par le plaisir, poussait les mêmes cris aigus que les oiseaux des marais s'élevant lentement vers le ciel.

Jamais Joan n'oublierait la jubilation que lui avaient procurée ces instants, plus intense que celle qu'elle avait éprouvée ensuite en poussant la porte de la penderie, quand elle avait senti le corps résister, et que, poussant encore jusqu'à ce que seule dépasse la main d'Helena aux doigts si minces, à la blancheur cireuse, elle avait entendu Gilmore gémir : « Oh mon Dieu… »

38

Aucun d'eux n'avait trouvé le sommeil. Peu à peu étaient venus le froid, la faim et l'obscurité totale. Joan se souvenait de la noirceur qui avait enveloppé Marshfield. La nuit avait mis longtemps à venir, mais une fois là, elle avait tout englouti, les champs, les bâtiments, la montée insidieuse des eaux autour de la maison.

À présent, le jour se levait sur le lac, éclairant la rive opposée, les arbres, et les collines au loin.

— Il est temps, dit Gilmore.

Il poussa Joan vers le pare-brise, défit les liens qui lui enserraient les poignets, sortit de la voiture. Transie de froid, nouée par la peur, Joan le suivit au bord de l'eau et attendit près de lui. Elle fixait un point sur le lac, à peu près à l'emplacement de la maison, croyant apercevoir les contours de l'appentis en brique abritant le groupe électrogène.

— Durant toutes ces années, je me suis souvent demandé pourquoi tu étais venue me chercher, reprit Gilmore.

— Il fallait que tu saches.

— Tu ne te souciais pas vraiment de moi. Tu voulais surtout te venger d'elle.

Joan essaya d'analyser objectivement la situation : même les mains libres, elle n'avait aucune chance de s'en sortir. En admettant qu'elle puisse prendre Gilmore par surprise, elle n'était pas armée et ne ferait pas le poids face à lui, elle avait eu l'occasion de s'en rendre compte. Elle regarda autour d'elle. À la lumière du jour, elle découvrait enfin le paysage.

Il n'offrait pas la moindre cachette. Les arbres étaient trop clairsemés. Bien visible aussi, la route qui montait en ligne droite vers le village. Gilmore n'était pas idiot, se disait Joan. Il savait parfaitement que l'amener ici équivalait à l'enfermer au fond d'une penderie.

— Pourquoi as-tu accepté de venir à cette soirée ? demanda-t-il soudain.

— Dans l'espoir de prendre ma revanche sur Helena. Au moins une fois dans ma vie.

— De quelle manière ?

— En te montrant ses lettres.

— Mais tu ne t'es pas contentée de ça.

— Non. Enfermer son cadavre dans la penderie était un peu la cerise sur le gâteau.

— J'ai vu ton expression à ce moment-là. Je ne suis pas près de l'oublier.

— Tu avais la même.

— Ça m'étonnerait…

— Quand tu l'as surprise avec Richard et que tu t'es jeté sur elle, c'était avec une haine que j'avais en moi depuis je ne sais combien de temps.

— C'est pour cette raison que tu m'as couvert ?

— Non. Uniquement parce que tu avais fait quelque chose que je rêvais de faire depuis des années.

Où en seraient-ils, aujourd'hui, si elle n'était pas intervenue, si, après cette soirée, elle n'avait pas pris les choses en main ? Elle avait poussé Gilmore dans sa voiture, pris le volant, et Wachmann les avait suivis dans le break Volvo. En conduisant, elle avait élaboré la version qu'ils donneraient à la police. Il fallait faire simple. Le plus simple possible. Pas de digressions compliquées, pas de rebondissements inattendus, rien que l'essentiel.

Gilmore et elle n'avaient pas échangé un mot durant le trajet. En arrivant dans la maison du nord d'Oxford, Richard s'était assis sur le canapé, Gilmore s'affalant dans un fauteuil. Debout devant eux, Joan avait exposé la version des faits qu'elle avait élaborée, et veillé à ce qu'ils l'apprennent par cœur.

Si Richard n'avait eu aucun mal, Gilmore, encore sous le choc, n'y était pas arrivé. Joan avait dû insister, la lui répéter inlassablement pour que les moindres détails s'impriment dans son esprit.

— Ian, tu m'écoutes, oui ou non ? Bon. Alors, répète ce que je viens de te dire.

Elle se rappelait encore la façon dont il avait récité, d'une voix hésitante et monocorde :

— Richard avait organisé la soirée… Elle a pris fin vers deux heures du matin. Je vous ai ramenées à Oxford, Helena et toi, et je vous ai déposées à Somerville College… Richard est rentré dans sa voiture. Il n'y avait personne avec lui. Il est arrivé à Oxford en même temps que moi. Il m'a vu vous déposer.

— De quoi a-t-on parlé pendant le trajet ?

— De rien. Vous dormiez toutes les deux, Helena sur le siège du passager, toi à l'arrière.

— Parfait.

Une fois ce récit mémorisé, Joan avait révélé que, quelques jours plus tôt, Helena avait acheté des billets pour un concert au Free Trade Hall.

— Au départ, ça devait être une surprise, mais ils tombent vraiment à pic. Quand la police t'interrogera, tu prétendras que c'est toi qui les as achetés, et que tu les as oubliés chez tes parents.

— Pourquoi ?

— Parce que, plus tard, tu descends dans le Surrey. Tu diras à la police que tu es allé récupérer les billets, que tu as dormi chez tes parents, et que tu es rentré à Oxford le lendemain.

— Pourquoi ?

— Comment ça, pourquoi ?

— Pourquoi me faut-il un alibi pour ce soir et demain matin ?

— Parce que je vais raconter qu'Helena m'a raccompagnée à la gare ce soir, tu comprends ?

— Non, avait répondu Gilmore, hébété.

— Nom d'un chien !...

Excédée, elle s'était tournée vers Wachmann, qui avait hoché la tête comme s'il désespérait lui aussi de faire comprendre quoi que ce soit à Gilmore.

— Je veux laisser croire à la police que je suis la dernière personne à avoir vu Helena vivante, avait repris Joan.

Gilmore s'était mis à pleurer.

Joan n'en pouvait plus. Elle avait capitulé, consciente qu'il n'était pas en état d'en supporter davantage. Restait à espérer qu'il avait retenu l'essentiel. Seul l'avenir le dirait. Peut-être craquerait-il au cours d'un interrogatoire, mais pas elle, en tout cas. Elle le savait déjà.

Comme s'il sentait qu'elle et Wachmann abandonnaient la partie, Gilmore s'était vaguement ressaisi.

— Ces billets, ils doivent être dans la chambre d'Helena…

— Et alors ?

— Comment vas-tu les récupérer ? Sa porte est fermée à clé.

— Je sais, avait répondu Joan. Mais sa chambre est au rez-de-chaussée. On a laissé la fenêtre ouverte. Si j'escalade le mur ce soir…

— Quelqu'un risque de te voir.

— Je n'ai pas le choix. Ces billets sont trop importants.

— La police s'étonnera que je n'aie pas tout simplement demandé à mes parents de les envoyer.

— Tu n'auras qu'à répondre que tu ne voulais pas qu'ils fouillent dans ta chambre.

— Je ne saisis toujours pas pourquoi tu tiens tant à ce que j'aille dans le Surrey…

Exaspérée, elle avait répété ce qu'elle avait dit quelques secondes plus tôt :

— Pour faire croire à la police que je suis la dernière personne à avoir vu Helena vivante ! Ce n'est pourtant pas difficile à comprendre !

C'était la jalousie qui la rendait agressive, elle en avait pris conscience en prononçant ces mots. Gilmore pleurait Helena, et il la pleurerait toute sa vie, non parce qu'il se reprochait de l'avoir tuée, mais parce qu'il l'aimait.

Voilà pourquoi elle lui en voulait.

Debout à côté de lui à présent, elle frottait ses poignets meurtris et ses doigts endoloris, où la circulation se rétablissait mal. Soudain, elle s'aperçut qu'il s'était déplacé derrière elle. Elle s'attendit à sentir une corde autour de son cou, la douleur fulgurante d'un coup de couteau, mais rien ne vint. Elle eut l'impression de rester pétrifiée pendant une éternité.

En l'absence de vent, aucun nuage ne se détachait sur le ciel uniformément gris. Il n'y avait que le froid paralysant, le reflet des arbres à la surface du lac.

Assez attendu. Qu'il en finisse ! se dit Joan.

Elle pensa à Turnbull, à son appartement, à son avenir. Pourquoi continuer de vivre ? Pour se voir refuser des articles qui ne trouveraient jamais preneur, un livre qui ne serait jamais publié ? Pour rester seule dans le désordre et la crasse, et s'acquitter d'un loyer d'une façon qui lui arrachait chaque mois un peu plus de son âme ?

— Fiche le camp, Joan !

Dans un premier temps, elle ne bougea pas. Lorsqu'elle se retourna, Gilmore était agenouillé près de l'endroit où la vedette de la police avait accosté. Il revoyait la scène, le linceul en plastique qui s'ouvrait. Malgré l'horreur d'un tel spectacle, Ian aurait voulu toucher les ossements de la femme qu'il avait aimée.

Joan s'accroupit près de lui.

— Qu'y a-t-il ?

— Je l'aimais…

Étrange, songea Joan. Après toutes ces années, et malgré la mort d'Helena, l'entendre dire qu'il l'aimait continuait de lui déchirer le cœur.

Elle se releva, se dirigea vers la voiture et s'installa au volant tandis qu'il la suivait, s'asseyant sur le siège du passager, s'en remettant entièrement à elle. Certaines choses ne changeaient décidément pas.

— Pourquoi tu ne m'as pas tuée ?

— Peut-être simplement par lâcheté.

— Ou parce que tu n'es pas un meurtrier, murmura-t-elle.

Elle s'éloigna en marche arrière de la rive et des eaux du lac. Quelques oiseaux s'envolèrent.

— On va où ? lui demanda Gilmore.

— Voir Richard.

39

Cora s'habilla avec soin, choisissant un tailleur sur mesure en laine vert sombre et un chemisier en soie ivoire.

Au revers de sa veste, elle épingla une broche, un soleil en diamants qui scintillaient de mille feux à chacun de ses mouvements.

— Alors, suis-je présentable ? demanda-t-elle à voix haute.

Elle sentait autour d'elle les fantômes des domestiques de Chaggfords, l'un retirant une poussière de son épaule, un autre remettant en place une mèche de son chignon.

Vous nous quittez, Miss Cora... Mais pour aller où ?

Dans un pavillon, Alice.

Pourquoi faire une chose pareille alors que vous avez un si beau château ?

Pour moi, il n'a aucune valeur. Il n'a jamais rien représenté.

Un coup de sonnette interrompit sa rêverie. Ayant si longtemps eu une dame de compagnie pour ouvrir aux visiteurs, Cora n'avait pas encore le réflexe de répondre à ce bruit strident qui avait remplacé le tintement de la cloche utilisée du temps de son père.

Elle quitta sa chambre et longea d'un pas hésitant les couloirs dans lesquels, enfant, elle avait couru. Elle s'arrêta un instant au pied de l'escalier.

Devant elle, le vitrail d'une petite fenêtre en ogive représentait les armoiries de sa famille, comme pour rappeler aux domestiques qui ils servaient. Un des maçons avait demandé la permission de l'emporter. Bien qu'il eût protesté du contraire, Cora était sûre qu'il voulait le vendre. Le vitrail finirait dans un restaurant de Hong Kong ou une villa californienne.

Autant qu'il parte, songeait Cora. Sinon, les intempéries ou un ivrogne auraient tôt ou tard raison du verre soufflé à la main, et lorsque le nouveau propriétaire voudrait faire réparer le vitrail, il découvrirait qu'il était irréparable ; qu'on ne fabriquait plus de verre de cette couleur, ni de cette qualité. Et là était bien le problème. La couleur comme la qualité avaient disparu. Le monde entier devenait irréparable, et ceux qui y tenaient assez pour vouloir le remettre en état devaient se contenter de bricolages de fortune.

Indélébiles, des images inquiétantes réapparaissaient dans la mémoire de Cora : elle se revoyait au pied de ce même escalier, faisant un barrage de son corps pour empêcher son père de fourrer le bébé dans les bras d'Alice.

Et que je ne le revoie jamais !

Cora n'avait en effet jamais revu l'enfant, mais elle avait gardé un morceau de tissu provenant de son lange. Elle ne s'en séparait jamais, le portant à sa joue, retrouvant son odeur. À moins que ce ne fût une illusion…

De nouveau, la sonnette retentit. Cora alla ouvrir et se trouva face à deux inconnus. Ce n'était pas la première fois.

— Nous cherchons Richard Wachmann, expliqua la femme.

Cora caressa dans sa poche le morceau de tissu encore tiède.

— Entrez donc.

Elle les conduisit au sous-sol, où elle savait qu'elle trouverait Richard, occupé à graver le cube de béton.

— Je vous laisse, dit-elle, les abandonnant à la porte.

Conscient de leur présence, Wachmann ne semblait pas savoir qui ils étaient ni leur prêter une attention particulière.

Gilmore l'avait regardé travailler un nombre incalculable de fois. Il se rappelait encore son obsession de la lumière, l'odeur de peinture qui se répandait dans la maison d'Oxford. Mais curieusement, il avait du mal à l'imaginer sculpteur.

— Qu'est-ce que tu fais ? demanda-t-il.

Wachmann reconnut sa voix. Un burin dans une main, un maillet dans l'autre, il le salua sans se retourner.

— Bonjour, Ian.

— Je peux jeter un coup d'œil ?

— Attends une minute.

Imperturbable, Wachmann mettait la touche finale à une inscription qui demeurerait invisible pour le public.

Il n'a pas changé, constata Joan. Même les fantômes du passé ne peuvent l'interrompre dans son travail.

— Voilà ! déclara enfin Wachmann, reculant d'un pas.

Joan s'approcha pour lire.

Les morts demandent un regard dédoublé. Une [ceinture jumelle,
Un accord de partage au-delà du tombeau. Car les [morts ont droit de saisie
Sur les sens de l'amant, le cœur hypothéqué.

— Carson McCullers, déclara Gilmore.

— Tu as de la mémoire…

— Que signifient ces mots ? demanda Joan.

— C'était le poème préféré d'Helena, répondit Wachmann. Vous venez pour l'inauguration de la statue ?

— Non. On est là parce que Ian a besoin d'aide.

Wachmann posa son burin.

— Besoin d'aide ? Ça devient une habitude, chez lui…

— Richard, murmura Joan. Tu n'es peut-être pas au courant, mais la police a retrouvé le cadavre d'Helena.

Alors qu'elle le regardait fixement, cherchant à lire sur son visage s'il comprenait toutes les implications de cette révélation, il se détourna brusquement, la bousculant presque.

— Il faut d'abord que je me débarrasse de cette poussière.

Il les devança dans l'escalier qui menait à la cuisine. Là, il se rinça les mains sous un robinet à l'ancienne dont le chrome s'écaillait, à côté d'un égouttoir en bois en train de pourrir.

L'eau entraîna en quelques secondes la poussière de ciment, effaçant les traces grisâtres. Quand Wachmann s'essuya les mains sur un chiffon, Gilmore vit qu'elles étaient propres.

Si seulement les traces de sang étaient aussi faciles à effacer, pensa-t-il.

40

Rigby, Driver et Dalton franchirent le seuil et se retrouvèrent dans l'ancien hall d'entrée de Chaggfords. De sa splendeur passée, mise à mal par les récents travaux de transformation, il ne restait que la courbe élégante de l'escalier qui conduisait à l'étage.

Alors que Cora leur faisait traverser la pièce, Driver donna un coup discret contre le mur. Comme il s'y attendait, il sonnait creux. Du placoplâtre… D'horribles portes fabriquées en série se succédaient, chacune avec un numéro. L'étage supérieur avait dû être réaménagé sur le même modèle, et l'autre moitié du rez-de-chaussée abritait sûrement des logements supplémentaires, tous semblables, avec leurs murs pêche et leur cuisine vert pâle. Dans une demeure aussi vaste – et sans valeur architecturale suffisante pour être classée et protégée contre ce que Driver considérait comme du vandalisme – le salon avait sûrement été divisé en deux studios. Il n'était pas expert en la matière, mais voyait dans ces transformations un acte sacrilège.

Les trois hommes suivirent Cora le long d'un couloir menant à une immense porte voûtée, dont les deux battants ouvraient sur un second hall, apparemment intact.

— Toute la maison a été convertie en studios. Pourquoi pas cette pièce ? demanda Driver.

— J'ai souhaité la garder en l'état. Pour offrir à la statue un décor digne d'elle, répondit Cora.

Debout dans l'embrasure de la porte, Rigby essayait de se représenter ce hall en des temps révolus, avec, trônant au milieu, sa grande table de banquet. Par les fenêtres que devaient encadrer autrefois de lourds rideaux en velours, on découvrait un jardin en friche au centre duquel une benne remplie de gravats attendait d'être enlevée. Un arbre avait été abattu, les fragments d'une statue gisaient dans l'herbe.

Le long d'un mur lambrissé, une table était dressée : nappe et serviettes en lin blanc, argenterie et verres à pied en cristal. Un raffinement qui contrastait avec les quiches et les friands apportés par un traiteur. Devant ce buffet prévu pour une cinquantaine d'invités, une quinzaine de personnes seulement étaient rassemblées, bavardant à voix basse.

Au fond de la pièce, la statue était encore dissimulée sous un drap. Impossible de deviner à quoi elle pouvait ressembler. Seule certitude : sa taille imposante.

Driver se concentra sur les invités. Malgré leur distinction, leur élégance, leur aisance manifeste, ils semblaient étrangement écrasés par ce cadre monumental. Tels de petits animaux inquiets, ils s'étaient à présent regroupés devant la cheminée, dont le conduit absorbait leurs paroles, qui s'envolaient vers le ciel gris.

Le docteur Thurston, ayant aperçu Cora, se dirigeait vers elle. Il ignora Dalton et Rigby, mais considéra Driver un bref instant avec curiosité.

— Cora… Vous connaissez sûrement le docteur Mulholland… Et voici Annette, son épouse…

C'est alors que Driver repéra Wachmann. Il put l'observer quelques minutes sans être vu. Contrairement à Gilmore, il n'avait pas changé, il fallait le reconnaître. Toujours noir de cheveu et sans l'ombre d'une ride, on lui donnait trente ans au plus. Driver recula et vint se placer juste derrière lui, comme il l'avait fait pour Gilmore à Marshfield. Wachmann se retourna instinctivement. Leurs regards se croisèrent, mais celui de Wachmann ne trahissait aucune émotion particulière.

— Vous vous souvenez de moi ? demanda Driver.

Si Wachmann comptait répondre, il n'en eut pas le temps. Joan et Gilmore venaient de se détacher d'un groupe d'invités. L'effroi qui apparut sur le visage de Gilmore à la vue de Driver dépassait en intensité celui qu'il avait manifesté à Marshfield.

Le passé défilait à toute allure devant les yeux de Gilmore. En quelques secondes, il comprit que la mort d'Helena lui avait fait perdre tout ce à quoi il tenait le plus : le bonheur et la possibilité de mener une vie normale, et surtout l'image qu'il aurait pu avoir de lui-même. Il en aurait pleuré. Mais sa dignité était la seule chose qui lui restait ; il n'allait pas la perdre aussi.

— Bonjour, Ian, lui dit Driver.

Et tout se passa exactement comme il se l'était imaginé, jusqu'à l'intonation sur laquelle l'ancien inspecteur ajouta :

— Ça va comment, depuis la dernière fois ?

C'était vraiment la fin.

41

Rigby et Dalton s'approchèrent aussitôt, mais avant qu'ils aient pu dire ou faire quoi que ce soit, Thurston tapa sur son verre :

— Mesdames et messieurs…

Ils étaient condamnés à l'écouter. Durant le discours qui suivit, Driver ne quitta toutefois pas Gilmore des yeux.

Alors que Thurston faisait assaut d'éloquence, Cora lui prêtait une attention de plus en plus distraite. Que lui importait, au fond, ce discours plein de gratitude ou d'hypocrisie ? Une seule chose comptait à ses yeux : tenir sa promesse de démolir la statue de son père pour la remplacer par celle de James. Ce qu'elle supportait le plus mal, c'était ce sentiment d'avoir vécu pour rien pendant cinquante ans. On avait tort de critiquer les gens qui se suicidaient après la mort d'un être cher. Mieux valait en finir et rejoindre au plus vite ceux qu'on aimait. À quoi lui avait-il servi de patienter, année après année, attendant le moment de retrouver celui qui était sa seule raison de vivre ?

Vous nous quittez, Miss Cora... Mais pour aller où ?

Retrouver James.

Vous m'avez menti, Miss Cora.

Ce n'est pas un bien gros péché, Alice. Je me mentais à moi-même. Ça nous arrive à tous.

Son discours terminé, Thurston pivota légèrement, désignant la statue toujours dissimulée à la vue. Immédiatement, deux ouvriers s'empressèrent d'enlever le drap qui la recouvrait. Lorsqu'elle apparut en pleine lumière, Cora crut que le temps s'arrêtait. Elle avait souvent entendu cette expression, mais pour la première fois, elle en comprenait vraiment le sens.

Ce fut le photographe qui, le premier, rompit le silence. Le déclic de son appareil résonna à travers le hall. Après avoir photographié la statue, il cadrait à présent le visage des invités qui la contemplaient, muets de stupeur.

Cora eut encore l'impression d'entendre une voix à son oreille. Une voix familière, mais qu'elle mit du temps à identifier. Ce n'était pas le fantôme d'un autre domestique, seulement le souvenir de la voix de sa mère, le jour où celle-ci l'avait découverte dans la chambre froide : « Oh, Cora !... Mais qu'as-tu fait ? »

La question d'un invité la ramena à la réalité :

— Ça représente quoi, au juste ?

Cora ne le savait pas plus que lui, mais elle risqua une réponse :

— On dirait un cadavre... Oui... Un cadavre en marbre.

42

À la vue de l'œuvre de Wachmann, Gilmore crut que ses pires cauchemars venaient le narguer. La statue avait l'apparence exacte d'un cadavre de quelques jours. Malgré l'absence du moindre signe de décomposition, c'était bien la mort que Wachmann avait réussi à figer dans le marbre. La mort d'Helena.

Du regard, Gilmore effleura le cou et les seins, le ventre lisse, jusqu'au sexe étrangement sculpté en forme de papillon, deux ailes minutieusement nervurées entourant le clitoris. Wachmann avait restitué à la perfection ce qu'était véritablement Helena. Papillon géant, aussi beau que nuisible, elle attirait les autres pour qu'ils s'engluent dans leurs propres faiblesses. Gilmore eut envie de s'enfuir, comme le jour, à Marshfield, où, en se retournant, il avait vu Driver. Mais, pas plus qu'à Marshfield, il n'y avait de fuite possible. Cette image le hanterait jusqu'à la fin de ses jours, logée entre son dernier souvenir d'Helena et l'horreur des moments qui avaient entouré sa mort.

Joan recula instinctivement, sans un mot, le bras tendu vers le visage de la statue, et Driver découvrit à quel point les effets cumulés du temps et du laisser-aller l'avaient vieillie.

Depuis toujours prisonnière de son physique ingrat, elle semblait avoir accueilli la quarantaine avec gratitude. Tout prouvait qu'elle se négligeait, ses cheveux sales simplement coiffés en arrière, comme les rides très visibles autour de ses yeux, encore accentuées par d'épaisses lunettes. Elle portait le même genre de vêtements qu'à l'époque de la disparition d'Helena, à ceci près qu'elle flottait dedans. Driver revit son appartement sordide, d'où on entendait les coups de frein des voitures sur la chaussée humide.

Pour ne pas se donner en spectacle, elle baissa lentement le bras, plia les doigts. Elle jeta un coup d'œil à Driver. Depuis combien de temps attendait-il ce moment ? Il devait savourer sa victoire. Elle se souvint du jour où elle lui avait conseillé d'abandonner. D'un ton soudain peu amène, il lui avait fait comprendre qu'elle commettait une grave erreur en ne le prenant pas au sérieux. Il avait eu raison : l'heure qu'il attendait patiemment depuis vingt ans avait fini par arriver…

En la voyant ainsi, prématurément usée, Driver se dit que, malgré ce dont elle s'était rendue complice, elle ne méritait pas un tel sort. Elle semblait au bord des larmes. Tout en sachant ce qu'elle éprouvait, il ne put s'empêcher de lui dire :

— Vous n'auriez jamais dû couvrir Ian.

Les yeux rougis, elle le regarda.

— Je croyais l'aimer. Mais il aurait pu être n'importe qui : c'est ce qu'il représentait qui comptait pour moi.

— Je sais, répondit Driver.

En même temps qu'il enregistrait les implications de ce qu'il avait sous ses yeux, il s'interrogeait. Combien de fois, depuis la rive, avait-il contemplé le lac artificiel de Marshfield en essayant de deviner dans quel état pouvait être le cadavre ? Fort de son expérience, il croyait, à l'époque, s'en faire une idée assez précise. Pourtant, à aucun moment il n'avait imaginé quelque chose d'aussi horrible que cette statue.

— Elle est réussie, non ? s'enquit Wachmann.

« Réussie… » Driver n'aurait pas choisi ce mot, mais quels termes pouvaient la décrire ? Comment qualifier la manière dont la peau, plus pâle par endroits, épousait le contour des os, ou le léger décrochement de la mâchoire qui révélait des dents un peu trop écartées ? Driver avait du mal à croire que ce qu'il voyait là était le visage d'une jeune femme ayant réellement existé. D'abord à cause de cette beauté inhabituelle où transparaissait une certaine arrogance, voire de la cruauté. Était-ce le rôle de l'art, de représenter l'âme d'un individu ?

— Pourquoi avez-vous fait ça ? demanda-t-il à Wachmann.

— Je ne sais pas. Adressez-vous à Thurston. C'est lui l'expert.

Quelqu'un laissa échapper un rire nerveux. Driver se retourna, reconnaissant l'élégante créature que Thurston avait présentée sous le nom d'Annette. Encore sous le choc, elle ouvrait des yeux effarés. Son mari la conduisit vers une chaise et la fit asseoir. Il s'occupa ensuite de Cora, qui semblait paradoxalement moins perturbée que le reste de l'assistance.

Amplifiée par les dimensions du hall, la voix de Thurston s'éleva soudain :

— Je vais faire enlever cette statue immédiatement, déclara-t-il, indigné.

— Pourquoi ? Elle est très bien là, répliqua Cora.

C'était un coup dur, voilà tout. Cora n'éprouvait ni horreur ni colère, seulement une profonde déception. Inconsciemment, elle s'était fait une fête à l'idée de pouvoir enfin caresser les traits familiers de la statue, comme s'il s'agissait de James revenu d'entre les morts.

Elle croisa le regard de Wachmann, surprenant son expression presque amusée.

— Désolé, dit-il. Je voulais vraiment faire la statue de James, mais celle-là s'est imposée à moi. Je ne sais pas ce qui s'est passé.

— Vous avez connu cette jeune femme ?

La voix de Cora trahissait une certaine curiosité, mais Wachmann ne s'en formalisa pas. Il ne ressentait jamais la vieille dame comme une menace.

— Pas très bien, en fait, répondit-il.

43

Affichant une assurance qu'il était loin d'éprouver, Gilmore regarda Rigby et Driver s'asseoir en face de lui, tandis que Dalton restait près de la porte. Il se croyait presque revenu vingt ans en arrière, à l'époque des interrogatoires avec Driver. D'ailleurs, certains ne s'étaient-ils pas déroulés dans cette pièce ? En tout cas, il y avait des ressemblances troublantes. Mêmes murs crème, même table fixée au sol, même tube au néon fatigué. Comme si le temps s'était arrêté.

La première fois qu'il était venu ici, il avait dix-neuf ans, la peur au ventre et un sentiment de solitude écrasant. Ce n'est que beaucoup plus tard qu'il avait eu conscience des précautions prises par Driver. Celui-ci ne l'avait jamais laissé seul au commissariat, même pour quelques minutes. C'était également sur ses conseils que son père avait recouru à divers stratagèmes pour ne pas le quitter des yeux, dans leur maison du Surrey, entreprenant par exemple d'importants travaux de rénovation. Perplexe, Gilmore l'avait vu repeindre un à un les murs couverts de papier peint, jusqu'à ce que sa chambre soit la seule pièce habitable.

— Ian, ça ne t'ennuie pas que je m'installe deux ou trois semaines chez toi ? Je dormirai par terre, avait-il dit alors.

Et chaque fois qu'il sortait faire un tour, son père enfilait son manteau.

— Je t'accompagne. Un peu d'air frais me fera du bien.

Rigby inséra une cassette dans le magnétophone. Il déclina la date, l'heure et le lieu, ainsi que le nom des inspecteurs présents, puis demanda à Gilmore s'il souhaitait la présence d'un avocat.

— Non.

Rigby ajouta cette précision à l'intention du magnétophone avant de se tourner vers Gilmore.

— Est-ce bien raisonnable ?

Sans répondre, Gilmore échangea un regard avec Driver. Il ne parlerait que si c'était absolument nécessaire. De toute façon, il avait un seul avocat dans ses relations : celui choisi vingt ans plus tôt par son père pour assurer sa défense. Il avait tenu tête à Driver, le menaçant de sanctions s'il continuait de harceler son client. Gilmore le respectait, conscient de lui devoir une fière chandelle, mais il le soupçonnait de n'avoir, pas davantage que Driver, cru à son innocence, bien qu'il n'eût pas exigé de connaître la vérité. L'avocat s'était borné à expliquer à Gilmore que s'il passait aux aveux dans le secret du cabinet, il ne pourrait plus l'aider à plaider non coupable. Gilmore avait compris.

— Je suis innocent, avait-il déclaré.

— Dans ce cas, je vous promets de faire tout ce qui est en mon pouvoir pour vous tirer d'affaire, avait répondu l'avocat.

Il avait tenu parole, mais en prenant ostensiblement ses distances, et en ayant parfois du mal à cacher qu'il ne croyait pas son client.

Rigby posa une chemise sur la table et l'ouvrit.

— Ça ne vous dit rien ? demanda-t-il à Gilmore.

— Si.

— Ça ne m'étonne pas. C'est le dossier relatif à la disparition d'Helena Warner.

Il ouvrit une seconde chemise, que Dalton venait de lui apporter.

— Et ce dossier-là, il vous dit quoi ?

— Rien.

— C'est celui relatif à la découverte du cadavre d'Helena Warner.

Il le posa sur le premier, plus ancien et plus épais. Bras croisés sur la pile, il annonça :

— En 1975, on vous a interrogé sur la disparition d'Helena Warner…

Gilmore resta impassible.

— Reconnaissez-vous avoir connu Helena Warner, et avoir été interrogé après sa disparition par l'inspecteur Driver de la Thames Valley Police ?

— Oui.

— Vous avez à l'époque déclaré à l'inspecteur Driver qu'Helena Warner avait quitté Marshfield avec vous, dans votre voiture. Joan Poole et Richard Wachmann ont confirmé ces affirmations…

Gilmore ne fit aucun commentaire. Devant son silence, Rigby poursuivit :

— Il est clair que vous avez menti. Helena Warner n'a jamais quitté Marshfield.

Il ne fut pas surpris d'entendre Gilmore répliquer :

— Le fait qu'on ait retrouvé son cadavre à Marshfield ne prouve rien. Elle a quitté la maison avec nous, mais elle a très bien pu retourner à Marshfield entre le dimanche après-midi et le mercredi suivant.

Driver s'attendait lui aussi à cette réaction. Son sourire satisfait n'avait pas échappé à Gilmore qui le lui rendit, le défiant du regard avec insolence.

Rigby avait conscience de ne pouvoir poser, pour l'essentiel, que des questions déjà posées avant lui par Driver, et auxquelles Gilmore apporterait des réponses toutes prêtes, qu'il avait dû passer vingt ans à tourner et retourner dans sa tête pour les améliorer, les rendre irréfutables. Aussi Rigby décida-t-il de changer d'approche, et d'attaquer sur un terrain où Gilmore pouvait perdre pied.

— D'après une de vos déclarations, vous avez autrefois reconnu avoir rencontré Merle Wachmann…

Gilmore se demanda où on voulait l'entraîner.

— Oui. Et alors ?

— Quand a eu lieu cette rencontre ?

— Peu de temps après le départ des Wachmann de Marshfield et leur installation à Thornley.

— À quelle occasion ?

— Richard m'avait invité pour le week-end.

— Quand ça ?

— En mai 1975.

— Avez-vous revu Merle Wachmann depuis ?

— Non.

— Vous affirmez donc l'avoir rencontrée une seule fois, en mai 1975 ?

— Absolument.

— Vous en êtes certain ?

Gilmore sentit l'appréhension le gagner. Le ton de Rigby lui déplaisait. Ne voyant rien venir, ce dernier ajouta :

— On a relevé vos empreintes sur un verre retrouvé dans le salon de la maison de Thornley. Vous étiez là le jour où elle a été tuée, Ian. Nous en avons la preuve.

Quel imbécile je fais…, se dit Gilmore.

Il se transporta par la pensée à Thornley, où Merle Wachmann avait surgi de nulle part, les yeux rougis, sa jupe tachée de boue. Elle tournait le dos à un appentis dont la porte était restée grande ouverte. Sa silhouette empêchait Gilmore d'apercevoir le groupe électrogène, mais l'appentis ressemblait de manière troublante à celui vers lequel Joan l'avait conduit pendant la soirée à Marshfield. Comme là-bas, l'humidité avait décollé le plâtre et mis la brique à nu. Gilmore avait aussitôt revu Helena adossée au mur, son corps offert à Wachmann. Il avait revu Joan lui serrant le bras à lui faire mal quelques instants plus tard et lui répétant, les yeux écarquillés derrière ses grosses lunettes :

— Alors, tu me crois, cette fois ?

Eh bien non, il ne l'avait pas crue. Même si la réalité crevait les yeux, il avait refusé d'y croire. Et puis la colère était venue – une colère froide, irrépressible, qui avait décuplé ses forces.

Il s'était rué sur Wachmann comme un animal sauvage, lui labourant le torse de ses ongles, le frappant avec une violence dont il ne se serait jamais cru capable. Quand Richard avait pris la fuite, il avait empoigné Helena. D'un geste rageur, non prémédité mais pas plus excusable pour autant, il l'avait projetée contre le mur. Sa tête avait heurté la brique. Il y avait eu un craquement, son corps s'était affaissé, et après... plus rien.

Wachmann avait disparu Dieu sait où. Ils n'étaient que tous les trois : lui, Joan, et Helena prostrée au pied du mur.

Elle était encore vivante, il le savait. La tête dans les mains, elle gémissait doucement. Mais elle ne pleurait pas.

— Viens. Allons-nous-en, avait dit Joan.

— On ne peut pas la laisser comme ça !

— Il y a suffisamment de monde pour s'occuper d'elle. Si ça t'inquiète à ce point, va dans la maison chercher quelqu'un pour l'aider. Il y a plusieurs hommes, là-bas, qui lui doivent bien ça...

Curieusement, Gilmore avait eu envie de prendre la défense d'Helena, mais vu les circonstances, il était à court d'arguments.

Joan l'avait ramené vers la maison, fait entrer par la porte de devant, guidé dans l'escalier jusqu'à une chambre voisine de celle qu'il partageait avec Helena. Wachmann y avait installé un matelas et une couette, un réveil à affichage digital. Des couvertures faisaient office de rideaux.

Gilmore ne se souvenait pas de s'être assis sur le matelas, seulement de Joan qui l'avait bercé dans ses bras, comme son père quelques semaines plus tard. Elle l'avait accompagné pendant ces premières heures de désespoir qui se transformeraient en années. Tout était fini entre Helena et lui ; il ne pourrait jamais lui pardonner. Mais il souffrait quand même. Parce qu'il l'aimait toujours. Joan pouvait-elle le comprendre ? Si seulement la scène à laquelle il venait d'assister avait pu tuer cet amour...

Joan écoutait. Bien sûr qu'elle comprenait. Durant ces quelques heures, Gilmore n'avait plus vu en elle qu'un modèle de douceur et de patience. Oubliés, son visage ingrat, ses vêtements démodés et ses grosses lunettes. Il n'y avait plus que sa tendresse et sa chaleur nourricière dans lesquelles il aurait voulu s'envelopper, s'immerger jusqu'à la fin de ses jours. Il avait fini par lui faire l'amour, ou plutôt par céder à ses avances, mais uniquement dans l'espoir fou qu'Helena les surprendrait et en souffrirait autant qu'elle l'avait fait souffrir. Il avait réussi à canaliser sa rage vengeresse pour honorer Joan d'une manière qui l'avait fait crier de douleur plus que de plaisir, une douleur faisant écho à la sienne.

S'il avait remarqué l'inexpérience de la jeune femme, il ne s'était pas une seconde soucié de son apparence physique. Elle ne lui inspirait ni attirance ni répulsion. Seulement de l'indifférence. Pour lui, elle n'était qu'une oreille bienveillante, et l'instrument de sa vengeance.

— Tu ferais quoi si Helena nous découvrait ? lui avait-elle demandé ensuite, comme si elle lisait dans ses pensées.

Il s'était contenté de respirer l'odeur de ses cheveux, pas déplaisante, mais si différente du parfum d'Helena. Comme sa peau, moins douce. Son corps était un territoire inconnu dont il avait fini par s'écarter.

— Où vas-tu ?

— Il faut que je voie Helena, répondit-il.

— Non, je t'en prie, reste ici… Ne me laisse pas.

La porte de la cuisine était ouverte. Dans l'air froid de la nuit, il marcha à tâtons jusqu'à une masse inerte près de laquelle il s'accroupit.

— Helena ?

Un liquide avait coulé au coin de sa bouche. De l'huile du groupe électrogène, pensa-t-il, tout en sachant que c'était impossible. L'appareil se trouvait à l'intérieur de l'appentis, derrière une porte fermée. Comment avait-il pu croire que c'était de l'huile ? Il toucha le liquide du doigt, se releva, secoua lentement la main, et déjà il séchait, absorbé aurait-on dit par sa peau – comme si Helena s'infiltrait en lui par ses pores, mêlant sa chair à la sienne et son sang au sien. Frénétiquement, il frotta son doigt pour effacer la tache. En vain. Sa peau serait à jamais marquée par le sang d'Helena, il le comprit aussitôt.

— Elle est morte, déclara froidement Joan.

Il découvrit alors qu'elle l'avait suivi. Baissant la tête, il vit ce qui n'avait pas échappé à Joan : la bouche béante d'Helena, ses yeux ouverts qui semblaient fixer la lune.

— Elle ne peut pas être morte. Mon Dieu, ce n'est pas possible…

— Je vais chercher Richard, dit Joan.

Elle s'éloigna, le laissant à ses tentatives maladroites pour ranimer Helena. À genoux, il ouvrit son chemisier en soie noire et posa la tête entre ses seins, espérant sentir leur tiédeur, entendre les battements de son cœur. Mais il ne sentit rien, n'entendit rien, et quand il posa ses lèvres sur les siennes, il s'aperçut qu'elle avait la bouche remplie de sang.

De dégoût, il recula d'un bond. Il s'affola. Quelqu'un l'avait sûrement entendu crier. Allait-on l'abandonner là ?…

Totalement muet à présent, il s'était retenu au mur et Joan l'avait trouvé ainsi, dos plaqué à la brique pour ne pas s'effondrer.

— Viens. Il faut qu'on trouve une solution, avait-elle déclaré d'une voix calme.

Et elle l'avait conduit vers la maison par la main, comme un enfant.

44

Hillier, qui avait fait fouiller toute l'exploitation du couple Wachmann, se trouvait à présent dans une grange d'environ dix mètres sur cinq, à près d'un kilomètre de la maison, où on avait dû stocker le fourrage pour l'hiver.

Son immense portail était fermé par un verrou, mais une petite porte, taillée dans le bois d'un des battants, avait dû autrefois faciliter les allées et venues quotidiennes. Elle seule était ouverte, livrant passage à la lumière du dehors.

Le jeune officier de police qui accompagnait Hillier paraissait tendu, impatient de quitter les lieux.

— Ça va ? demanda Hillier.

— Oui. C'est juste que je ne m'attendais pas à ça.

Le commissaire pouvait imaginer le choc qu'avait provoqué la macabre découverte.

Les deux hommes s'avancèrent sur le sol en terre battue qui étouffait le bruit de leurs pas, se dirigèrent vers l'endroit où le policier avait battu en retraite et s'arrêtèrent devant une sorte de coffre dissimulé sous un drap, qui ressemblait à un cercueil.

— Je suis quand même revenu le recouvrir. Pourquoi, je l'ignore. Peut-être pour que personne d'autre ne tombe dessus par hasard, expliqua l'officier.

Hillier se pencha et souleva le drap. C'était bien un cercueil, mais il n'en avait encore jamais vu de semblable.

Son contenu paraissait figé par le temps, à jamais préservé. Il avait déjà aperçu des cadavres momifiés dans des catacombes, mais ce n'était pas la même chose. Il effleura le crâne.

— Vous l'avez découvert quand ?

— Il y a une demi-heure.

— Quelqu'un d'autre l'a vu ?

— Non.

Hillier rabattit le drap et se redressa.

— Je ferais mieux de contacter le commissaire Rigby.

— Pourquoi ?

— Ses hommes ont fait le même genre de découverte il y a environ une semaine. Il est chargé de l'enquête… Allez, on s'en va, dit-il après avoir regardé une dernière fois autour de lui.

Le jeune officier ne se fit pas prier. Dehors, les pieds dans la boue, Hillier contempla longuement le bâtiment. Vu de l'extérieur, il paraissait inoffensif, pareil à n'importe quelle autre grange. Pas du tout le genre d'endroit où on s'attendrait à découvrir des horreurs. Mais Hillier faisait ce métier depuis assez longtemps pour savoir que l'horreur ne prévenait pas. Elle pouvait surgir n'importe où, sous n'importe quelle forme.

La ferme venait d'être mise en vente. Les acheteurs n'allaient pas se bousculer. Pas lorsqu'ils sauraient ce que la police avait trouvé dans l'une des granges.

— Rigby… Il faut contacter Rigby, répéta Hillier.

45

Il n'était pas question d'interroger Wachmann sans la présence de son avocat et de Thurston. L'avocat avait aussitôt accepté de se libérer. Pas Thurston.

— J'ai une clinique sous ma responsabilité, des patients à voir. Je ne pourrai pas être au commissariat avant 18 heures.

Rigby eut beau faire assaut de courtoisie, il ne put le faire changer d'avis. Il raccrocha en soupirant, se tourna vers Dalton et Driver.

— On a vu plus aimable, y compris chez certains psychopathes !

Driver sourit, bien que la situation n'eût rien d'amusant. Gilmore avait tenu bon. Il niait catégoriquement avoir tué Helena Warner et Merle Wachmann, et se refusait à impliquer Joan.

Cette dernière n'était guère plus loquace. Elle n'avait pas dit un mot dans la salle d'interrogatoire, invoquant son droit de garder le silence, sans comprendre qu'il était dans son intérêt de parler. Lorsque Driver avait tenté de lui expliquer que son manque de coopération la desservirait lors du procès, elle était restée impassible. Fatigué, il avait capitulé. C'était le moment qu'avait choisi Hillier pour appeler. Et quelques heures plus tard, Driver remontait l'allée boueuse de Thornley pour la deuxième fois en trois jours.

Il affronta les cahots dans la voiture de Rigby. La suspension était meilleure que celle de son break, mais le dos des deux hommes ne fut pas épargné pour autant.

— Ils auraient quand même pu goudronner cette allée, marmonna Rigby.

— Pas Ernst. Pour lui, c'était un luxe inutile, répliqua Driver.

— Sa femme ne devait pas être du même avis.

— Non. Elle rêvait d'une existence plus facile.

— À voir ce cadre, on la comprend.

Rigby découvrait la ferme sous une petite pluie glaciale. Moins désagréable que le déluge sous lequel était arrivé Driver la première fois, elle semblait néanmoins pénétrer dans la voiture et imprégner leurs vêtements, comme pour leur rappeler l'attente éprouvante au bord du lac artificiel de Marshfield, quand les plongeurs avaient remonté le cadavre d'Helena Warner.

Hillier était déjà sur place, assis avec un de ses hommes dans une Range Rover de la police. Voyant la voiture de Rigby s'arrêter et les portières s'ouvrir, il descendit. Driver et le commissaire le saluèrent de la tête. Puis Driver s'approcha de la grange où Merle Wachmann avait été retrouvée pendue.

La terre devant l'entrée était noire et luisante, transformée en bourbier par le va-et-vient des policiers. Plusieurs bouquets aux fleurs déjà fanées avaient été déposés à la porte. Ému par ce geste, Driver se baissa pour lire les noms sur les cartes. Ils lui étaient inconnus. À Merle, en revanche, ils auraient sûrement dit quelque chose. C'étaient ceux de gens qu'elle voyait rarement, mais qui habitaient le village et ses environs. Parmi eux, il y avait peut-être des femmes comme elle, prisonnières de la boue et de la solitude pour avoir épousé un agriculteur.

— C'est dans la même grange ? demanda Driver.

— Non. Là-bas, répondit Hillier.

Il désignait un point au loin, à l'autre bout d'un champ.

— On ferait mieux de prendre ma voiture, ajouta-t-il.

Rigby et Driver montèrent à l'arrière de la Range Rover. Ils ne tardèrent pas à se féliciter d'avoir accepté l'offre d'Hillier. Le champ était immense et la terre détrempée, rendant indispensables les quatre roues motrices.

Petite, vétuste, la grange dépassait d'une haie touffue qui n'avait pas été taillée depuis une éternité. Ça ne ressemblait pas à Ernst, mais Driver comprit que c'était voulu. Elle empêchait un des murs de s'écrouler.

Hillier se gara et ils descendirent. Le jeune officier de police leur ouvrit la petite porte en bois. Driver et Rigby suivirent Hillier à l'intérieur.

— Quand j'ai su que Merle Wachmann avait été assassinée, j'ai fait fouiller toute l'exploitation et on a découvert ça, précisa Hillier.

Driver regarda dans la direction qu'il indiquait. Les murs de la grange, en pierre et torchis, étaient en partie blanchis à la chaux. Il n'y avait pas l'électricité.

Seulement la lumière grisâtre du jour qui entrait par la porte ouverte.

L'atmosphère était celle d'une chambre mortuaire, encombrée de statues dissimulées sous des draps. Des dizaines de toiles s'alignaient contre les murs, certaines à même le sol en terre battue, d'autres posées sur des plateaux en bois. Driver reconnut l'une d'elles : des papillons peints à l'intérieur des cuisses d'une femme. Le genre de tableau qu'on n'oubliait pas. Driver l'avait vu pour la première fois dans la maison d'Oxford et avait demandé ce que c'était. « Un tableau », avait répondu Wachmann. « Ne faites pas le malin », avait rétorqué Driver.

Il se tourna vers Hillier et Rigby.

— Une des œuvres de Wachmann…

— Comment le savez-vous ?

— Je connais un peu son travail… Je n'ai appris qu'il sculptait que récemment, mais je peux affirmer qu'il est l'auteur de cette toile.

— Très érotique, déclara Hillier.

Je dois me faire vieux, elle ne me fait aucun effet, se dit Driver. Mais c'était déjà le cas vingt ans plus tôt, lorsqu'il l'avait découverte. Pour une raison indéfinissable, elle l'avait mis mal à l'aise et laissé totalement froid.

En inspectant la chambre où vivait et travaillait Wachmann à Oxford, Driver s'était senti comme un éléphant dans un magasin de porcelaine. L'ordre était imposé par le peu d'espace disponible, que les tableaux disputaient à quelques meubles et bibelots savamment choisis. Wachmann avait, comme sa mère, un goût très sûr. Son travail était soigné, et il n'employait que des matériaux de premier choix.

Apparemment, c'était dans cette grange qu'il stockait la plupart de ses œuvres.

— Pourquoi garde-t-il ses toiles et ses statues ici ?

— Il y en a beaucoup. Il ne peut pas tout vendre, et il ne veut sans doute pas les détruire, répondit Driver.

Possible, pensa Rigby.

— Au téléphone, vous disiez l'avoir retrouvé, reprit Hillier.

— On attend que son psychiatre nous honore de sa présence pour pouvoir l'interroger, expliqua Rigby.

— Ensuite, j'aurai moi aussi quelques questions à lui poser…

Rigby n'en doutait pas. Il souleva le drap recouvrant une des statues, un nu féminin parfaitement classique.

— Bon. On sait maintenant où se trouve le plus gros des œuvres de Wachmann, mais je ne vois pas l'utilité de nous avoir fait venir jusqu'ici. Un Fax aurait suffi pour nous en informer, dit-il à Hillier.

— À votre place, je n'en serais pas aussi sûr. Vous êtes bien chargé de l'enquête sur le cadavre de Burford ?

— Et alors ?

À son tour, Hillier souleva un drap, dévoilant l'étrange cercueil. À la vue de ce qu'il contenait, Rigby et Driver eurent un mouvement de recul, comme s'ils avaient reçu une décharge électrique. Très vite, ils se ressaisirent : le cadavre était en fait sculpté dans la pierre.

Rigby s'approcha et se pencha pour toucher le cercueil. Il avait la même forme oblongue que la mangeoire trouvée à Burford, mais c'était son contenu qui intéressait Rigby. La statue était si réussie qu'on aurait dit un cadavre fossilisé.

Rigby la palpa longuement, sans doute dans l'espoir qu'elle lui révèle son histoire. Il fut frappé par le réalisme de ses traits bouffis, de ses lèvres retroussées sur ses dents. Un réalisme tellement troublant qu'il se redressa rapidement.

— Alors ? demanda Driver.

— La copie conforme du cadavre trouvé dans le cercueil d'origine saxonne de Burford.

— D'origine saxonne ?

— À en croire les experts compétents consultés par nos services… On ne va quand même pas mettre en doute leurs conclusions.

Certes, non, se dit Driver.

— Nous voilà donc avec un cercueil saxon sur les bras, concéda-t-il.

En regardant McPherson vider la mangeoire, Rigby s'était davantage intéressé au contenu qu'au contenant. Malgré tout, il avait eu conscience qu'elle trouverait sûrement preneur dans une salle des ventes. Elle était en parfait état. D'ailleurs, en retirant ses gants, McPherson avait déclaré :

— Je la verrais bien dans mon jardin.

Personnellement, Rigby n'en aurait pas voulu à moins de cent kilomètres de son jardin. Mais il imaginait très bien McPherson en train de lui choisir un emplacement et de la remplir de fleurs multicolores comme si de rien n'était, oubliant déjà les circonstances qui lui avaient permis d'entrer en sa possession.

— Vous pensez pouvoir identifier la victime de Burford ? demanda Hillier.

— Peut-être.

Ou peut-être pas. Un article paru dans le *Times* en mars 1992 avait révélé qu'à Scotland Yard l'index des personnes disparues comportait tant d'erreurs qu'il faudrait entièrement le refaire et vérifier tous les noms qui y figuraient. Rigby pensait que ses recherches finiraient par aboutir, mais pas dans un avenir proche.

Il frotta machinalement ses mains l'une contre l'autre pour les débarrasser d'une poussière imaginaire, tandis que Driver tirait d'une pile un carton à dessin et l'ouvrait sur le sol.

Il contenait apparemment des études anatomiques, des croquis de muscles, d'articulations. Rien d'inquiétant jusque-là : de tout temps, les peintres en avaient fait de semblables. Mais au fur et à mesure que Driver les feuilletait, ils devenaient de plus en plus obscènes, certains carrément pornographiques, d'autres simplement horribles.

Le dernier représentait Gilmore, et Driver revit le jour où il avait demandé à Wachmann s'il n'était pas homosexuel.

Il s'en était défendu, mais ce croquis de Gilmore remettait tout en question.

— Qui est-ce ? demanda Rigby.

— Gilmore.

Rigby dévoila une autre statue. Elle lui rappela une carte postale, sans doute achetée dans un grand musée, qu'un ami lui avait envoyée du fin fond de l'Europe. On y voyait le cadavre d'un homme des temps anciens retrouvé dans un glacier, sa peau brune couverte de cicatrices et de tatouages. La statue de Wachmann, bien que sculptée dans un marbre translucide, d'un blanc laiteux, produisait sur lui le même effet.

Driver remit le croquis dans le carton à dessin et rejoignit Rigby sans bruit, la terre battue semblant absorber aussi bien les sons que la poussière et la lumière. Il s'arrêta devant la statue.

— C'est malheureux à dire, mais elle est magnifique. Quel talent…, soupira Rigby.

Un talent bien mal employé, songea Driver. Et il tourna les talons.

Près de la porte se trouvaient plusieurs boîtes en carton, scotchées ensemble. Il en prit une et arracha le couvercle.

— Intéressant ? demanda Rigby.

— Des revues porno.

Driver les parcourut. C'étaient à peu près les mêmes que dans la maison d'Oxford. Il s'entendait encore dire à Wachmann : « Allons, elles appartiennent à Gilmore, non ? »

Il les reposa dans la boîte et s'avança vers la porte, où il resta un long moment immobile.

— Ça va ? s'inquiéta Rigby.

Driver ne savait plus. Gilmore était un meurtrier. Il avait tué Helena Warner. Il paraissait peu vraisemblable qu'il ait partagé une maison avec un autre meurtrier.

— Je n'y comprends plus rien. J'ai besoin de réfléchir, répondit-il.

Les trois hommes sortirent de la grange, passant de la pénombre à la lumière pâle de cet après-midi de décembre.

— Je m'occupe de faire vider la grange. Son contenu sera mis en lieu sûr. Pas d'objection ? lança Hillier.

— Aucune, dit Rigby.

Ils regagnèrent la ferme en silence. Là, Rigby et Driver descendirent de la Range Rover et montèrent dans la berline du commissaire.

En s'asseyant, Driver regarda une dernière fois les lieux. La grange se détachait à peine sur le ciel gris ardoise et l'étendue sombre des terres labourées. Pierre des murs, toit des bâtiments, champs alentour, tout semblait dans les mêmes tons éteints qu'autrefois à Marshfield. La seule touche de couleur provenait des bouquets en train de faner à la porte de la grange.

Driver eut une pensée pour Merle Wachmann. Triste existence, se dit-il une fois encore. C'était cher payé, pour une erreur de jeunesse. Amour, mariage, et ensuite réclusion à perpétuité dans un trou perdu. En un sens, son meurtrier lui avait rendu service. Rigby démarra, interrompant ces considérations morbides.

— Alors, que pensez-vous de tout ça ? demanda-t-il.

— Je n'en sais rien. Honnêtement, à l'heure qu'il est, je ne sais plus que penser, répondit Driver.

— Vous n'êtes pas le seul. Mais dès notre retour, on interroge Wachmann.

— À condition que Thurston nous fasse l'honneur de sa présence…

— Ça vaudrait mieux pour lui. J'irai jusqu'à l'arrêter s'il le faut !

Driver n'en doutait pas un instant.

46

Les deux hommes arrivèrent au commissariat à la tombée de la nuit. Driver attendait dans la salle d'interrogatoire où Gilmore était assis plusieurs heures auparavant. À présent, Ian se trouvait trois étages plus bas, en garde à vue.

Driver observait la grand-rue par la fenêtre grillagée. Elle n'avait rien de très pittoresque, mais son immuabilité le réconfortait : même pont, mêmes embouteillages en fin de journée, même distance d'un trottoir à l'autre. Il se retourna lorsque Rigby entra, accompagné de Thurston, Wachmann et l'avocat de celui-ci.

Rigby ouvrit le dossier et en sortit une déposition de Wachmann après la disparition d'Helena Warner. Il la posa sur la table, la parcourut rapidement et commença :

— Le 19 juin 1975, vous avez déclaré que Gilmore avait déposé Helena et Joan à Somerville College, avant de regagner la maison que vous partagiez tous les deux au nord d'Oxford…

— Et alors ?

— Helena Warner n'a jamais quitté Marshfield.

N'obtenant pas de réponse, Rigby sortit les photos du dossier et les aligna sur la table.

— J'aimerais que vous regardiez ces photos.

Wachmann ne fit même pas semblant. Rigby les poussa vers lui.

— Pour la deuxième fois, je vous demande de regarder ces photos.

Wachmann y jeta un vague coup d'œil. Elles ne lui apprenaient rien qu'il ne sache déjà : le cadavre découvert par les plongeurs était dans un état de décomposition avancée, mais pour le reste, la ressemblance entre la statue et ce qu'on voyait sur les photos était évidente.

— Comment expliquez-vous cette coïncidence ? demanda Rigby.

— Je ne peux pas l'expliquer.

— Vous ne pouvez pas, ou vous ne voulez pas ?

— Je ne peux pas.

— Essayez quand même.

Wachmann regarda la cassette tournant dans le magnétophone.

— Vous êtes retourné à Marshfield avant que la maison soit engloutie par les eaux, reprit Rigby.

— Vous ne pouvez pas le prouver.

— Ce n'est pas nécessaire. Comment auriez-vous pu faire cette statue, autrement ?

Pas de réponse.

— Avez-vous donc déjà oublié ce que c'est, d'être interrogé sans relâche, jour après jour, pendant des semaines ? intervint Driver.

— Je me souviens surtout que vous avez fini par abandonner, en voyant que ça ne vous menait nulle part.

Driver sourit.

— Et pourtant me revoici, vingt ans après, tel un diable sortant de sa boîte…

Il se pencha en avant, prenant appui sur la paume de ses mains.

— … Vous n'êtes pas un peu las de toute cette affaire ?

— Et vous ? Par ailleurs vous êtes en retraite. De quel droit m'interrogez-vous ?

— En ma présence, il a tous les droits, déclara Rigby.

— Vous n'avez aucune preuve contre moi.

— Vraiment ? demanda Driver.

Wachmann reconnut cette intonation entendue des années plus tôt. Un avertissement qui incitait à la prudence.

— De quelles preuves parlez-vous ?

— De celles qu'on a trouvées dans une grange de Thornley. Là où vous entreposez vos toiles et vos statues. Ça me paraît suffisant… Sans compter ceci, ajouta Driver en plantant son index sur une des photos.

La grange, ils ont découvert la grange…, se dit Wachmann. Driver le tenait.

Il s'attendait à ressentir quelque chose, au moins de l'appréhension à la pensée de ce qui l'attendait, mais curieusement, il n'avait plus peur.

Dans un premier temps, il ne comprit pas pourquoi. Puis il revit les logements de Chaggfords, la vie étriquée qu'il y aurait menée. En fait, Churchill House était préférable à tout ça. Et, ses parents morts, il hériterait de la ferme, dont la vente lui permettrait de financer son séjour pendant de nombreuses années.

Ni Driver ni Rigby n'osèrent interrompre ses réflexions. Ils le regardaient patiemment, dans l'espoir de l'entendre enfin prononcer les mots qu'ils attendaient. Wachmann leva la tête. Il souriait.

— J'avais passé un contrat avec mes parents. Si j'acceptais d'être interné à Churchill House, ils promettaient de ne pas prévenir la police…

— Pourquoi ont-ils cédé à ce chantage ?

— Sans doute par crainte du qu'en-dira-t-on…

— Et qu'aviez-vous fait pour qu'ils en arrivent là ? s'enquit Driver.

— J'avais mis quelque chose à sécher.

— C'est-à-dire ?

Pas de réponse.

— Qu'aviez-vous mis à sécher, Richard ?

Wachmann prolongea le suspense quelques secondes.

— Quelque chose qui appartenait à ma mère. Je l'avais pendu dans un arbre.

— De quoi s'agissait-il ? demanda Rigby.

Toujours pas de réponse.

— Allons, Richard, finissons-en, dit Driver.

— D'un chat, répondit Wachmann, rompant le silence.

Driver revit le dallage de la cuisine et le chat siamois pelotonné aux pieds de Merle, qui expliquait : « Mes chats restent à la maison. Je ne les laisse jamais sans surveillance… »

— Ma mère m'aurait sans doute pardonné, s'il n'y avait pas eu les oiseaux sous le papier, poursuivit Wachmann.

— Quel papier ?

— Le papier peint. Je recouvrais leurs cadavres de papier peint…

La pièce parut soudain plus froide, plus grise, comme si les nuages s'engouffraient par la fenêtre grillagée. Toujours avec le sourire, Wachmann ajouta :

— Chaque fois, elle l'arrachait. Ça la faisait pleurer.

47

D'une voix douce, Driver lui demanda :

— Quand l'avez-vous vue pour la dernière fois ?

Wachmann tenta de reconstituer le film des événements après son arrivée à Thornley. Il avait pris le train et s'était rendu à pied de la gare à la ferme, coupant à travers les champs qui flanquaient le pignon de la maison pour ne pas être vu de la cuisine.

À l'approche des dépendances, il avait vu Gilmore se diriger vers sa voiture, et ne s'était pas montré avant que le véhicule ait disparu au bout de l'allée. Puis il était allé jusqu'à la porte de la cuisine. N'ayant pas de clé, il avait frappé.

Sa mère lui avait ouvert, les yeux rouges et les paupières bouffies, l'ourlet de sa jupe taché de boue. Elle l'avait dévisagé sans un mot, comme si elle ne le reconnaissait pas.

— Je peux entrer ?

Elle n'avait pas répondu, le faisant attendre sur le seuil de cette maison qui, au fond, n'avait jamais été la sienne. À Marshfield, au moins, il était chez lui. Comme son père, mais pour des raisons différentes, il avait passionnément aimé les marécages qui s'étendaient à perte de vue.

À présent, sa mère l'empêchait d'entrer dans la cuisine. Sous la pluie qui transperçait ses vêtements, il avait perdu patience.

— Écoute, c'est toi qui m'as appelé, toi qui m'as demandé de venir. Tu vas me laisser entrer, oui ou non ?

— Maintenant que je te vois, je ne sais plus…

— Pour l'amour du ciel ! Il fait un froid de chien…

Elle avait reculé d'un pas, entrouvrant la porte, et Wachmann avait forcé le passage. Il s'était retrouvé dans une cuisine devenue méconnaissable. Les dalles et le mobilier brillaient comme pour fêter la mort de son père, la table vierge des journaux et de la paperasse dont autrefois on n'arrivait pas à la débarrasser, même pour les repas.

— Je rêve…, murmura-t-il.

Il alla remplir la bouilloire, conscient que sa mère ne voyait en lui qu'un intrus empiétant sur son territoire. Depuis le début, il la sentait sur ses gardes. Il se tourna vers elle.

— Une tasse de thé ?

— Non merci.

Sa voix frémissait comme les blés desséchés par le vent.

— Il te manque ?

— Qui ça ?

— Mon père. Il te manque ?

Elle restait à la porte, sa manière à elle de lui faire comprendre que sa présence l'importunait. Il désigna la cuisine.

— Qu'est-ce qu'il aurait pensé de tout ça ?

— Tout ça, quoi ?

— Toute cette propreté. Tu as dû l'enterrer bien proprement, n'est-ce pas ?

Il alluma la bouilloire.

— Pourquoi m'as-tu demandé de venir ?

— Il faut que je te parle.

— De quoi ?

— Tu le sais très bien.

— Je ne sais rien du tout.

— Cette fille… On a retrouvé son cadavre.

— Laquelle ?

— Je t'en prie, Richard. C'est insupportable.

— Alors il doit s'agir d'Helena. C'est ça ? Helena Warner ?

Elle paraissait sur le point de s'évanouir. Spontanément, il la guida vers la table, tira une chaise, la fit asseoir.

— Voyons… Ce n'est pas la peine de te mettre dans un état pareil.

— Dès qu'on a retrouvé son cadavre, j'ai su… Avec certitude…, reprit-elle d'une voix entrecoupée de sanglots.

Durant le silence qui suivit, l'eau finit de chauffer et la bouilloire s'arrêta automatiquement. Wachmann attendit que la vapeur se soit dissipée pour déclarer :

— Tu l'as toujours su. Tu vis avec cette certitude depuis des années.

— C'est faux !

— Tu sais bien que non.

Les femmes étaient si belles quand elles pleuraient, si vulnérables. Parfois, il en faisait pleurer une rien que pour avoir la sensation qu'on lui arrachait le cœur. Il se pencha vers elle, essuya une larme sur sa joue.

— Tu es la seule femme dont je n'ai jamais pu faire la statue. Étonnant, non ?

L'horreur la rendait muette.

— … Ce n'est pourtant pas faute d'avoir essayé. Je sculptais ton visage de mémoire, mais je n'étais jamais satisfait du résultat. Je suis incapable de sculpter de mémoire…

Elle regardait ailleurs, comme si, en l'ignorant, elle pouvait le faire disparaître.

— … Tu n'étais pas faite pour t'enterrer à Marshfield ou à Thornley… Les gens passaient des heures dans les marais à observer les oiseaux, les plantes rares, à guetter les reflets du soleil sur l'eau. Mais ils n'avaient pas un regard pour toi. Ils ne savaient même pas que tu existais…

Elle laissa le silence se réinstaller et il continua.

— « La vie est un combat, Richard. » Tu te souviens, quand tu me disais ça, autrefois ? « Un combat pour tenter de survivre aux conséquences de ses erreurs de jeunesse. » Au début, je pensais que tu faisais allusion à ton mariage avec mon père. Mais en grandissant…

Il s'interrompit. Sa mère secouait frénétiquement la tête.

— … En grandissant, j'ai compris que tu parlais de moi.

— C'est faux… je… Je t'en prie, Richard, il vaut mieux que tu partes.

— Tu avais un corps magnifique. Une peau d'une douceur incroyable, mais si froide. La froideur de la pierre, ou du marbre… J'ai envie de revenir vivre ici.

Elle se leva brutalement, renversant sa chaise.

— Qu'y a-t-il ? Qu'est-ce que j'ai dit ?

Elle se dirigea vers la porte et l'ouvrit.

— Je peux revenir, non ? Maintenant que mon père est mort… Dis-moi que je peux revenir.

— Je pars d'ici.

— Comment ça ?

— Je vends la ferme.

— Mais…

— Ta place est à l'asile.

Pendant quelques instants, ils se mesurèrent du regard. Merle tremblait de tous ses membres.

— Il faut que je prévienne la police, ajouta-t-elle.

— Pour dire quoi ?

Elle tendit le bras en direction de la grange où il entreposait son travail.

— Ces choses horribles…, dit-elle avec une moue de dégoût.

Il ne comprit pas tout de suite de quoi elle parlait.

— Cette grange… pleine de toiles et de statues. Il faut que tu déménages tout ça.

Elle sortit de la cuisine et courut vers sa voiture, luttant contre la pluie battante et le vent du nord. Après avoir pris une torche électrique sur l'appui de la fenêtre, il s'élança derrière elle. Il la rattrapa facilement, l'attira à lui, écarta ses cheveux de son visage.

— Chut… Ce n'est rien, ça va passer.

Puis il l'entraîna à travers champs. Frissonnante de peur et de froid, elle offrait si peu de résistance qu'elle ralentissait à peine sa progression.

Gêné par les rafales de vent, il ouvrit à grand-peine la petite porte en bois. À l'intérieur, figée, elle le regarda braquer le faisceau lumineux sur les statues. Il vit aussitôt que rien n'avait été dérangé. Des draps de coton recouvraient la plupart d'entre elles, formes fantomatiques dont les membres dépassaient çà et là.

— Maman… Pourquoi ne veux-tu pas de moi ? demanda-t-il doucement.

Elle se raidit lorsqu'il la prit dans ses bras.

— Voyons, ce n'est pas la peine… tu n'as rien à craindre.

Il relâcha son étreinte et fit glisser les draps recouvrant les statues. Sa mère secouait de nouveau la tête tel un chien qui s'ébroue, comme pour échapper à ces apparitions. Il savait qu'elle reconnaîtrait au moins un des visages, et, lorsqu'elle l'aperçut, elle porta la main à sa bouche.

— Je m'en doutais, dit-il. Tu te souviens d'elle ?

Il retira encore un drap.

— Et d'elle aussi ?

Comme elle était pâle, songea-t-il. Son visage avait la blancheur de la pierre. Il ne l'en aimait que plus.

— Elles sont venues frapper à la porte quand on habitait encore Marshfield. Tu te rappelles ?

Elle se taisait. À bout de patience, il se mit à hurler pour tenter d'arracher une réponse à ses lèvres crispées par la terreur.

— Tu te rappelles, oui ou non ?

Quand elle parla, ce fut d'une voix à peine audible, presque un murmure, chaque mot allant mourir sur le sol en terre battue.

— Bien sûr que je me rappelle.

— Eh bien voilà ! Ce n'était pas si difficile.

Pas de réponse.

— N'est-ce pas ?

— Non… non… pas si difficile.

L'épisode en question avait eu lieu un an avant son départ pour Oxford. Sa mère était dans la cuisine et son père encore aux champs, quand deux étudiantes étrangères avaient frappé à la porte, demandant si on pouvait traverser les marais sans danger. Sa mère leur avait conseillé de ne pas quitter le sentier, et lui-même avait proposé de leur servir de guide. Merle avait paru réticente.

— Bon, j'y vais, avait-il lancé d'un ton de défi.

— Mais on va se mettre à table…

— Commencez sans moi.

Et il était parti, fermant la porte derrière lui, conscient qu'elle les regarderait par la fenêtre s'éloigner tous les trois.

C'était un après-midi comme il n'y en avait qu'à Marshfield, la fraîcheur de l'air et du sol était apaisante après les brûlants assauts du soleil. Les trois jeunes gens s'étaient assis dans l'herbe au bord de l'eau. Anja avait sorti une bouteille de vin de son sac à dos, la lui avait tendue. Il l'avait débouchée et en avait bu une gorgée au goulot, avant de la faire circuler. C'était bon. Un vin blanc très sec. Il y goûtait pour la première fois.

Estelle s'était dévêtue avant de s'étendre au soleil sur le dos, ses seins nus et bronzés bien visibles. Quelques secondes plus tard, Anja l'avait imitée. Lorsqu'elle avait baissé son jean, Wachmann avait vu le tatouage sur ses cuisses. Caressant doucement les papillons, elle avait levé les yeux vers lui.

— Ils te plaisent ? avait-elle demandé, dans un anglais aussi parfait que celui d'Estelle était hésitant.

Ils lui plaisaient beaucoup, et le tableau que Joan avait vu à Oxford était le résultat de croquis effectués les jours suivants – croquis grâce auxquels il avait pu réaliser les statues que sa mère avait à présent sous les yeux.

— Elles te plaisent ?

Elle ne répondit pas.

Il guida Merle hors de la grange, et ils retraversèrent les champs. Elle pleurait en silence. Comment le savait-il ? Mystère. Malgré la pluie qui leur cinglait le visage, il était sûr qu'elle pleurait.

De retour à la ferme, Richard se dirigea vers la grange qui servait de garage. Il entraîna Merle à l'intérieur et sentit alors qu'il pouvait lui lâcher le bras. Elle s'arrêta sous la poutre maîtresse et ne bougea plus. Cette passivité soudaine ne le surprit pas. Il l'avait déjà vue ainsi, totalement hébétée, incapable de réfléchir, de comprendre, de s'enfuir.

Il ramassa une corde enroulée sur une boîte à outils. Il avait à peine prêté attention à son contenu, mais à présent il le revoyait aussi nettement que s'il l'avait étudié avec soin : un bidon d'huile rouillé ; un petit carton rempli de clous et jamais ouvert ; un marteau dont le manche s'était un jour détaché, et que son père avait réparé en entourant le bois d'un chiffon avant de l'enfoncer dans la tête. Wachmann empoigna la corde, fine mais suffisamment résistante.

— Ça suffira. Tout change. Il faut s'adapter, dit-il.

Merle s'était débattue jusqu'à la fin. Il le regrettait : sa mort avait perdu en dignité. Et puis, il aurait préféré ne pas conserver d'elle le souvenir d'une créature affolée, toutes griffes dehors comme le chat siamois qu'il avait autrefois pendu à un arbre.

Dans la salle d'interrogatoire, il se leva de sa chaise et tendit ses bras encore zébrés de rouge.

— Vous voyez ?

Driver admira sa musculature, résultat de longues années passées à déplacer et à sculpter des blocs de marbre.

— Est-ce ainsi que vous avez tué Helena Warner ? demanda-t-il.

— Non.

Un aveu par défaut, pensa Driver.

Soucieux de respecter la procédure et dépité de ne pas éprouver l'euphorie attendue après toutes ces révélations, il revint à la charge :

— Je ne suis pas sûr d'avoir bien compris. Reconnaissez-vous être l'auteur du meurtre d'Helena Warner ?

— Mon client…, protesta aussitôt l'avocat.

— Votre client est un meurtrier, l'interrompit Wachmann.

48

Rigby rouvrit le dossier et en tira une deuxième déposition faite par Wachmann après la disparition d'Helena Warner.

— Après tout ce temps, pourquoi votre mère a-t-elle soudain décidé de prévenir la police ?

— La découverte du cadavre d'Helena l'a convaincue que le doute n'était plus permis. Pendant des années, elle et mon père ont eu peur de me soupçonner à tort.

— Pourquoi vous soupçonnaient-ils ?

— Je ne sais pas trop. Sans doute à cause de ces fameuses vacances…

— Quelles vacances, Richard ?

— Celles qu'on a prises l'été de mes quatorze ans.

— Où ça ?

— En France.

— Votre père était du voyage ?

— Non, il ne quittait jamais la ferme.

— Et il s'est produit quelque chose qui a inquiété votre mère, c'est ça ?

Wachmann ne répondit pas aussitôt. Peut-être qu'il ne trouve pas les mots, se dit Driver. Ou qu'il veut faire durer le plaisir.

— La fille d'un couple qui était descendu à notre hôtel a disparu…

Un silence pesant s'installa. Après quelques minutes qui parurent des heures, Wachmann ajouta :

— On ne l'a jamais retrouvée.

Rigby sentit son sang se figer.

— La police vous a interrogé ? demanda-t-il.

— Brièvement.

— Et votre mère vous a soupçonné ?

— Non, pas vraiment. Pas cette fois, en tout cas. Mais l'année suivante, on est allés en Grèce, et les mêmes faits se sont reproduits. Alors elle a compris. Elle n'en a jamais parlé, mais elle savait. Après ces vacances-là, elle s'est éloignée de moi. Mon père aussi. Comme s'ils me regardaient de loin. Ils étaient polis, aimables, mais distants.

— Et ils n'ont pris aucune mesure particulière ?

— Non.

Driver imaginait d'ici le scénario : Merle Wachmann recluse chez elle, son mari aux champs, refusant tous les deux d'envisager qu'ils aient pu mettre au monde une sorte de monstre, se persuadant qu'ils se trompaient et que tout allait s'arranger ; leur fils irait à Oxford, ferait de brillantes études, gagnerait de l'argent, se marierait, serait heureux et aurait beaucoup d'enfants ; tout rentrerait dans l'ordre.

— Et puis les deux étudiantes étrangères ont disparu elles aussi…, dit-il.

— Exact, répondit Wachmann.

— Où sont leurs cadavres ?

— À votre avis ?

Dans les marais, pensa Driver. Il se revit debout au bord du lac artificiel de Marshfield, essayant de se faire à l'idée qu'on ne retrouverait jamais celui d'Helena Warner. Bien sûr, il ignorait à l'époque qu'il était caché dans la maison, mais si Wachmann avait enterré les deux étudiantes dans les marais, la conclusion était la même : jamais on ne retrouverait leurs cadavres.

— Certains marais conservent le corps des animaux qui y meurent, reprit Wachmann. À Marshfield, il y avait des endroits comme ça. On pouvait y enterrer un oiseau ou un chat et le récupérer quelques mois plus tard à peine abîmé, simplement la peau tannée comme du cuir. Même les yeux étaient intacts.

Rigby entrevit l'image d'une petite créature recroquevillée par la mort et dégoulinante de boue et la chassa aussitôt de son esprit.

— Quel intérêt ? demanda-t-il.

— À quel point de vue ?

— Les chats, les oiseaux… les femmes… Pourquoi avoir fait ça ?

— Ça paraît pourtant évident. J'aimais les dessiner, représenter leur corps en décomposition.

— Ça vous excitait ? intervint Thurston.

Wachmann eut l'air agacé.

— Pourquoi l'aurais-je fait, sinon ?

On se le demande, en effet, se dit Driver. Il avait déjà entendu cela si souvent. Les perversions différaient, mais l'issue était toujours la même.

— Donc, vos parents ont eu des soupçons pendant des années, et ils ont malgré tout réussi à se persuader qu'ils pouvaient se tromper, lança-t-il.

— C'est un peu ça.

— Mais après la découverte du cadavre d'Helena, votre mère a estimé qu'il était de son devoir de prévenir la police...

— Pour la première fois de sa vie, elle a dû se rendre à l'évidence.

— Pourtant, à l'époque de la disparition d'Helena, elle savait déjà que vous étiez un meurtrier...

— Pas avec certitude. Je n'avais jamais reconnu avoir tué, on n'avait retrouvé aucune de mes victimes. Ce n'est pas la même chose de soupçonner quelqu'un et de l'accuser formellement. Et surtout, mes parents n'avaient pas envie de savoir. S'ils avaient été sûrs de ma culpabilité, ils se seraient sentis obligés de prévenir la police, alors ils ont préféré s'en tenir à des soupçons. De cette façon, il leur a suffi de m'éloigner.

— Après la disparition d'Helena, ils n'ont posé aucune question ?

— Non, mais ils devaient espérer qu'on m'arrêterait et qu'on me condamnerait pour meurtre. Comme ça ne s'est pas produit, ils ont compris que c'était à eux de me mettre hors d'état de nuire.

— Nom de Dieu ! Mais pourquoi ne m'ont-ils rien dit ? s'exclama Driver.

— Ils ne voulaient pas que ça se sache. De peur d'être montrés du doigt.

— Alors ils se sont contentés de vous faire interner, dans l'espoir qu'au cours de votre thérapie vous fassiez les aveux que je n'avais pas réussi à vous arracher.

Imitant la voix de sa mère avec une perfection qui donnait le frisson, Wachmann répondit :

— « Nous voulons simplement t'aider, Richard – nous t'aimons, tu le sais. Je t'en prie, mon chéri, c'est pour ton bien… »

Driver sentit un grand froid l'envahir. Un effet de la vieillesse, il le savait. La chaleur refluait soudain, remplacée par ce froid glacial qui étreignait le corps, pareil à une menace de mort qui fondait sur vous à l'improviste.

— En fait, ils voulaient se débarrasser de moi. Difficile de leur en vouloir. À leur place, vous auriez fait la même chose, non ?

Sans perdre une seconde ! pensa Driver.

— Pourquoi avoir accepté ? dit-il.

— Vous croyez que j'avais le choix ? Je ne voulais ni aller en prison ni être interné dans un hôpital public. D'ailleurs, je n'ai pas changé d'opinion à ce sujet.

Rigby se tourna vers Thurston, qui soutint son regard quelques instants puis baissa les yeux.

— Combien d'autres cadavres y a-t-il eu ? demanda le commissaire.

Wachmann fixait la porte.

— Je vous ai posé une question…

— Il existe beaucoup de granges abandonnées, autour d'Oxford. Vous n'avez qu'à les fouiller.

Rigby ne ressentait plus rien. Pas même de l'étonnement.

— Accepterez-vous de révéler où se trouvent les cadavres des autres victimes ?

— Oui.

— Pourquoi ?

— J'ai vécu vingt ans à Churchill House. Je viens d'avoir six mois pour décider si je voulais réintégrer la société, et la réponse est non.

— Vous êtes en train de me dire que ça ne vous dérange pas d'être interné à vie ?

— Il y a pire. Les studios de Chaggfords, par exemple…

Rigby n'en avait pas vu l'intérieur, mais se l'imaginait parfaitement : exigu, morne, aménagé à l'économie. Un peu comme une prison.

— … Maintenant que mes parents sont morts, je vais hériter de la ferme. Le produit de la vente me permettra de rester à Churchill House jusqu'à la fin de mes jours.

Wachmann ignorait donc que la ferme était deux fois hypothéquée. Qu'il n'y aurait pas d'héritage. Quand bien même cela n'aurait pas été, si la justice le reconnaissait coupable de tous les meurtres qu'il prétendait avoir commis, elle ne le ferait sûrement pas interner dans un établissement aussi cossu que Churchill House.

— Comment vous déplaciez-vous ? demanda Rigby.

— En voiture.

— Vous avez une voiture ? s'étonna Driver.

— Je suis un dépressif, pas un débile. J'avais le droit de sortir librement.

Pourquoi pas, après tout ? se dit Driver. Ça paraissait logique. C'était bien le drame. Puisque ses parents payaient les factures et qu'il ne semblait pas dangereux, il n'y avait aucune raison de ne pas laisser Wachmann libre de ses mouvements.

— Pourtant, les services d'immatriculation ne vous avaient pas sur leurs registres…

— La voiture était au nom de ma mère.

— Quel modèle ?

— Un break Volvo.

— Le même qu'il y a vingt ans ?

— Non, mais presque. Mes parents me les repassaient.

Un véhicule solide. Tout à fait le genre que les agriculteurs choisissaient pour résister aux ornières. Ils ne coûtaient pas très cher à entretenir et duraient des années. Plus important sans doute aux yeux de Wachmann, une fois les sièges rabattus, on pouvait y transporter n'importe quoi, statue ou cadavre.

Driver avait l'impression qu'on l'avait débranché, vidé de toute énergie.

— Il y a quelque chose qui m'échappe, reprit-il néanmoins. Vous prétendez avoir assassiné toutes ces femmes à cause du plaisir que vous preniez ensuite à dessiner ou à sculpter leur corps en décomposition.

— Eh bien ?

— Quand vous avez tué Helena Warner, vous saviez que l'eau montait, que vous ne pourriez donc pas voir son cadavre se décomposer.

— Vous en déduisez quoi ?

— Que ce n'était pas votre seul mobile.

— Connaissez-vous les œuvres d'Aristide Maillol ?

— Vous savez bien que non. C'était qui ? Un peintre ?

— Un sculpteur. Il avait épousé une des plus belles femmes du monde. Il disait d'elle : « Je soulevai sa chemise et je trouvai du marbre. » Mais elle est morte obèse.

— Voilà qui nous avance beaucoup.

— Ce que j'essaie d'expliquer, c'est que les femmes perdent leur beauté. Les peindre est une chose, mais en les sculptant dans le marbre, vous les gardez à jamais telles qu'elles étaient, avec leur peau fraîche et lisse au toucher, leurs muscles fermes.

Wachmann n'ajouta pas que lors de ses ébats avec Helena, en pénétrant son sexe papillon, il avait découvert qu'à la différence des autres femmes, elle était aussi froide intérieurement qu'extérieurement. Il avait eu la sensation de faire l'amour à une statue et en avait été terrifié.

— Vous aviez une liaison avec elle ?

— Oui.

— Gilmore le savait ?

— Il nous a surpris à Marshfield.

— Comment a-t-il réagi ?

— Il s'est jeté sur nous, et la tête d'Helena a heurté violemment le mur d'un appentis.

Driver se représentait la scène : un mélange d'érotisme et de violence animale.

— Et ensuite ?

— Elle était sonnée, sans plus.

— Qu'avez-vous fait ?

— Je me suis caché dans une des granges.

— Et Gilmore ?

— Il est resté planté là. Il ne devait pas savoir que faire. Joan l'a ramené vers la maison. Helena a essayé de les suivre.

— Et vous avez voulu l'en empêcher…

— Elle n'avait qu'une idée en tête : le supplier de ne pas la quitter.

— La jalousie amoureuse peut rendre fou, déclara Thurston.

— Mais non, vous ne comprenez pas… À ce moment-là, je voyais seulement le déclin qui guettait Helena. Elle se marierait avec Gilmore, porterait ses enfants, s'avilirait dans une existence médiocre. Son corps serait définitivement perdu. Je voulais le protéger.

— Et vous comptiez vous y prendre comment, vu les circonstances ?

— L'eau montait. Je ne pouvais pas l'enterrer dans les marais… Honnêtement, je ne savais pas trop comment j'allais m'y prendre, mais j'étais sûr que je devais la tuer… C'était un service à lui rendre. Si elle était vivante, elle me remercierait, conclut-il avec un air de défi.

Rigby en restait muet. Pour une fois, il aurait été reconnaissant à Thurston d'intervenir, mais ce fut Driver qui rompit le silence.

— Comment avez-vous réussi à convaincre Gilmore qu'il était responsable de sa mort ?

— Je n'ai pas eu à le convaincre. Il en était déjà persuadé.

— Et vous ne l'avez pas détrompé ?

— Pourquoi l'aurais-je fait ?

Pourquoi, en effet ? se dit Rigby. C'était la solution la plus simple. Même Gilmore l'avait acceptée sans discussion.

— Comment l'avez-vous tuée ? demanda-t-il, le plus calmement du monde.

De nouveau, Wachmann tendit les bras devant lui, mais comme pour s'émerveiller, cette fois, de leur taille et de leur force.

— Je lui ai fracassé le crâne contre le mur.

Driver ne regardait plus Wachmann, mais la fenêtre en face de lui. Trois étages plus bas, Gilmore se trouvait dans la cellule qu'il avait occupée vingt ans plus tôt et l'ancien inspecteur voulait qu'il en sorte au plus vite. Mieux, il voulait mettre fin lui-même à ces vingt années de souffrances inutiles.

Rigby interrompit l'interrogatoire.

— On fait une pause, déclara-t-il.

49

Toujours la même salle d'interrogatoire, songea Gilmore. Même fenêtre grillagée, même table, mêmes chaises. Il était fatigué, et aussi terrifié qu'à dix-neuf ans. Les empreintes qui l'accusaient du meurtre de Merle Wachmann n'étaient sans doute qu'un début. Autant se rendre à l'évidence.

Driver et Rigby entrèrent, saluèrent les policiers qui avaient accompagné Gilmore et prirent une chaise.

— Cet interrogatoire n'a rien d'officiel…

Gilmore ne voyait pas la différence. Officiel ou pas, ça changeait quoi ?

— … Des faits nouveaux sont intervenus, et j'ai cru devoir les porter à votre connaissance sans tarder.

Un piège, pensa Gilmore.

— Je vous écoute, dit-il.

— Que faisiez-vous à Thornley, le jour où Merle Wachmann a été assassinée ?

Par réflexe ou par habitude, Gilmore envisagea un instant de nier avoir jamais mis les pieds à Thornley. Mais on avait trouvé ses empreintes sur un verre. Ses dénégations ne serviraient à rien.

— Il me fallait l'adresse de Richard.

— Vous reconnaissez donc être allé là-bas.

— De toute façon, vous savez que j'y étais.

— Comment Merle Wachmann a-t-elle réagi en vous voyant ?

Gilmore choisit ses mots avec soin.

— Disons qu'elle aurait pu appeler la police et qu'elle ne l'a pas fait. Elle m'a laissé entrer.

— En clair ? demanda Rigby.

— Si elle avait eu peur que je la tue, elle m'aurait fermé la porte au nez.

— Vous a-t-elle donné l'adresse de Richard ?

— Elle m'a dit qu'il vivait en Afrique du Sud.

— Vous l'avez crue ?

— Non.

— Pourquoi aurait-elle menti ?

— Je n'en sais rien. Une impression. Quelque chose qui ne s'explique pas.

— Vous avez tout de même une idée ?

— N'oubliez pas que je connaissais bien Richard. J'avais partagé une maison avec lui. Je ne le voyais pas agriculteur dans le Transvaal, ni où que ce soit, d'ailleurs.

— Alors, pourquoi Merle Wachmann a-t-elle menti ?

— J'ai pensé qu'elle ne voulait pas que je le mêle à mes histoires. Et j'avais raison. Dès qu'elle a su pourquoi j'étais là, elle m'a prié de partir, ce que j'ai fait.

— Tout ça ne dit pas pourquoi vous êtes allé à Thornley.

— J'ai déjà répondu. Il me fallait l'adresse de Richard.

— Peut-être, mais ce n'était pas votre motivation principale. Si vous êtes allé là-bas, c'est que vous soupçonniez Merle Wachmann de savoir quelque chose, et que vous vouliez en avoir le cœur net.

— Je vous assure que je voulais simplement reprendre contact avec Richard.

Driver décida de ne pas le contredire, ne voyant pas l'utilité de le déstabiliser. Il allait recevoir dans quelques minutes un des plus grands chocs de sa vie, choc dont Driver lui-même n'était pas encore remis. Mieux valait le ménager.

— Très bien. Vous vouliez donc reprendre contact avec Wachmann. Admettons.

— C'est la vérité !

— Comme je l'ai dit, admettons. Mais pourquoi ce besoin soudain de le revoir, après vingt ans de silence ?

Gilmore avait réfléchi au problème. Dans sa cellule, il avait essayé de prévoir toutes les questions de Driver, et sa réponse était prête.

— On venait de retrouver le cadavre d'Helena à Marshfield. Ce qui signifiait qu'elle était retournée là-bas avant que la maison soit engloutie. Il fallait que je parle à Richard.

— Pourquoi ?

— À qui d'autre aurais-je pu en parler ?

— À Joan…

L'expression de Gilmore fit sourire Driver.

— Vous lui devez pourtant une fière chandelle, ajouta-t-il.

— Je sais.

— Pourquoi pas Joan, alors ?

— J'ai du mal à parler de mes rapports avec elle. C'est trop complexe…

Je veux bien le croire, se dit Driver.

— Vous ne vous connaissiez vraiment pas avant ce fameux week-end ?

— Non. Je l'ai vue pour la première fois à Marshfield.

— Alors, comment se fait-il qu'elle vous ait couvert ?

Les premiers temps, Gilmore s'était souvent posé la question. La maturité venue, il avait trouvé la réponse. Grâce à l'expérience acquise auprès de ces femmes qui étaient entrées dans sa vie, et en étaient vite ressorties en comprenant qu'elles avaient affaire à un homme incapable de s'engager et d'exprimer ses émotions – un homme qui ne savait même pas ce qu'il ressentait pour elles.

— Quelle preuve avez-vous qu'elle m'ait couvert ?

— Ne me compliquez pas inutilement la tâche. Pourquoi l'a-t-elle fait ?

Gilmore se demanda ce qu'on pouvait éprouver à l'âge de Driver, après avoir été hanté tant d'années par une affaire comme celle de Marshfield. Ce fut pourtant davantage la résignation devant l'imminence de sa défaite que sa compassion pour Driver qui l'incita à répondre :

— Elle croyait m'aimer.

Encore un aveu par défaut, songea Driver.

— Mais elle vous connaissait à peine !

— C'est vrai. Peut-être que si elle m'avait mieux connu, elle n'aurait pas eu ce genre de sentiments.

— Vous ne vous tenez pas en très haute estime.

— Non, pas vraiment…

— Vous ne vous êtes pas demandé ce qui attirait Joan ?

Gilmore se l'était demandé pour chacune des femmes qui avaient partagé sa vie.

— … Peut-être simplement le fait que vous apparteniez à Helena, suggéra Driver.

Gilmore n'y avait jamais pensé, mais ce n'était peut-être pas faux. Sauf s'il avait été d'une laideur repoussante, son apparence physique importait peu. Connaissant la jalousie de Joan, il suffisait qu'il ait été l'amant d'Helena.

— Que s'est-il passé entre vous durant la soirée ?

— Je ne peux pas répondre.

— Alors, je vais le faire à votre place, dit Driver sèchement. Elle vous a conduit jusqu'à l'appentis, c'est ça ?

— Non.

— Et vous avez surpris Helena et Richard en train de faire l'amour.

— Non.

— Vous vous êtes jeté sur eux, et la tête d'Helena a heurté le mur.

Gilmore se leva de sa chaise.

— Non !

— Rasseyez-vous.

Gilmore resta debout. Driver se radoucit.

— Faites-moi plaisir, Ian. Supposez un instant que les choses se soient réellement passées ainsi. Joan vous a ramené vers la maison, vous a conduit dans l'une des chambres. Pas pour coucher avec vous. Juste pour vous écouter. Joan sait très bien écouter. Chez ce type de femmes, c'est une seconde nature. Et sans vous en rendre compte, vous vous êtes retrouvé au lit avec elle…

— Non.

— Vous avez fait l'amour avec elle.

À quoi bon nier ? se dit Gilmore. Driver savait. Depuis le début.

Il prit soudain conscience de ce qui l'attendait. Durant les semaines et les mois à venir, il allait passer le plus clair de son temps dans cette pièce. Tantôt seul avec Rigby, tantôt avec Driver en prime. À eux deux, interrogatoire officiel ou pas, ils le briseraient. Ils avaient un cadavre, des empreintes sur un verre, et Dieu sait quoi d'autre. De toute façon, il leur faisait confiance pour trouver les preuves nécessaires. Une vingtaine d'années plus tôt, Driver avait été à deux doigts de le faire avouer. Cette fois, à la pensée de ce qu'il allait subir, Gilmore préféra abandonner la partie.

— C'est moi qui l'ai tuée, dit-il froidement.

Driver s'était souvent demandé ce qui se passerait le jour où Gilmore craquerait, mais à aucun moment il n'avait imaginé entendre une phrase aussi brève prononcée sur un ton aussi neutre.

— Vous l'avez tuée, c'est tout ce que vous avez à dire ?

Gilmore se rassit.

— Qu'y a-t-il à ajouter ?

Ça alors, pensa Driver. Pas un mot de trop.

— Vous attendiez ce moment depuis si longtemps… Ça fait quel effet ? reprit Gilmore.

Vingt ans plus tôt, ou même seulement vingt-quatre heures auparavant, Driver aurait triomphé.

— Rien de très agréable, se contenta-t-il de dire.

La perplexité se lut sur le visage de Gilmore.

— Je ne vous suis plus…

Driver se leva, alla à la fenêtre.

— Ce n'est pas vous qui avez tué Helena. C'est Richard.

— Quoi ?

— Wachmann…

— Qu'est-ce que vous essayez encore de me faire croire ?

— La vérité, déclara Driver sans se retourner.

— Mais je me suis déchaîné contre elle !

— Je sais, mais vous ne l'avez pas tuée. Une fois que vous avez eu regagné la maison avec Joan, Wachmann est revenu et l'a frappée à mort. Si vous vous croyez coupable, c'est qu'il n'a rien fait pour vous détromper.

Driver se retourna enfin. Il avait besoin de regarder Gilmore droit dans les yeux pour prononcer les mots qui lui brûlaient les lèvres.

— Je vous demande pardon, Ian. Je vous ai soupçonné à tort.

50

Gilmore descendit de sa chambre, abruti par un sommeil profond mais trop court, bien que neuf heures se fussent écoulées depuis qu'il s'était écroulé tout habillé sur son lit. Un sommeil sans rêves, il en était sûr. Sans cauchemar où lui seraient apparus le visage suppliant de Joan ou le corps inerte d'Helena. Rien que la nuit noire. Le néant. La paix.

Son courrier l'attendait sur le paillasson, des factures, surtout. Il se baissa pour les ramasser et les emporta dans la cuisine. Au passage, il arracha le bonhomme dc neige aimanté de la porte du frigo et le jeta dans la poubelle. Le couvercle se referma avec un claquement sur le visage jovial. Quoi qu'il arrive, il ne retrouverait plus jamais de mot sous ce bonhomme de neige.

Il se fit du café et s'assit dans la cuisine pour le boire en réfléchissant à l'avenir. Un changement agréable après avoir été si longtemps prisonnier du passé. Jusque-là, demain n'existait pas pour lui, ni même aujourd'hui. Il n'y avait que Marshfield, l'eau, et la mort.

Au souvenir de certaines phrases prononcées la veille par Driver, il se dit qu'il avait bien mérité de s'accorder un peu de bon temps, de profiter un peu de l'existence. S'il savait la saisir, il avait enfin l'occasion de mener une vie digne de ce nom, peut-être avec quelqu'un comme Sue. Une vie très ordinaire, sans doute, mais grâce à laquelle il pourrait reprendre confiance en lui, s'attribuer les qualités qu'il croyait avoir perdues après son arrestation et qui lui semblaient d'autant plus précieuses. Il voulait pouvoir croire qu'il était quelqu'un de bien, digne d'être aimé et capable d'aimer en retour. Et il voulait partager cet amour avec une femme qui ne le tromperait pas, ne lui mentirait pas, ne gâcherait pas les années qui lui restaient. Là encore, il ne pouvait s'empêcher de lui donner les traits de Sue. Malheureusement, Sue avait dû finir par se lasser. Difficile de lui en vouloir, mais il fallait lui laisser une chance de le lui dire en face.

Posant sa tasse sur la table de la cuisine, il se revit en train de rouler en boule la lettre sur papier bleu et de la lancer dans un coin de la pièce. À présent, il ne trouvait plus son contenu ridicule. De toutes les femmes qui étaient entrées dans sa vie et avaient très vite perdu leurs illusions, Sue était celle dont il se sentait le plus proche. S'il ne l'appelait pas tout de suite, il ne retrouverait jamais le courage de le faire.

Il composa le numéro de son bureau. Lorsqu'elle décrocha, il dit la première chose qui lui vint à l'esprit.

— Tu m'avais écrit…

Rien. Silence total.

— Sue ?

— Où es-tu ? demanda-t-elle enfin, glaciale.

— À la maison.

Nouveau silence.

— Sue ?

— Mais qu'est-ce que tu veux, à la fin ?

Bonne question… Il n'avait pas remarqué cette agressivité dans sa voix lors de leur dernière conversation. Seul perçait alors son désespoir devant l'échec de sa dernière tentative pour renouer avec lui.

— Que tu reviennes vivre avec moi.

— Tu m'annonces ça comme ça…

— Je ne sais pas le dire autrement.

— Était-ce bien nécessaire ? Dans une semaine ou dans un mois, on en sera à nouveau au même point.

— Non. Je te le promets.

Il s'attendait à ce qu'elle raccroche d'une minute à l'autre, et faillit la devancer pour abréger cette torture.

— Il faut qu'on parle, reprit-il enfin.

— De quoi ?

— De l'avenir.

L'avenir… Un mot magique pour tellement de femmes, et jusque-là, il ne comprenait pas pourquoi. Il y eut encore un silence. Il ne pouvait le rompre qu'en disant la vérité.

— … Je tiens à toi. J'ai du mal à prononcer ces mots. Ne me rends pas la tâche encore plus difficile…

Un coup de sonnette l'interrompit.

— … Sue ?

— Rappelle-moi plus tard.

— Il faut que je sache…

— Rappelle-moi.

— Dis-moi au moins que tu me laisses une chance. C'est tout ce que je te demande…

Nouveau coup de sonnette. Gilmore savait que c'était Driver, et qu'il attendrait.

— … Juste une chance. S'il te plaît.

— Il faudrait que tu changes.

— J'en suis conscient.

— Si tu es vraiment sincère…

— Évidemment.

— Alors rappelle-moi.

Elle raccrocha et il alla ouvrir. Driver, frais et dispos, attendait à la porte.

— C'est bien le moment…

— Je me doutais un peu que vous n'alliez pas chanter mes louanges, mais j'espérais quand même un meilleur accueil.

— Entrez, dit Gilmore.

Il conduisit Driver au salon. Les excuses de la veille résonnaient encore à ses oreilles. Soupçonné à tort… « Je vous demande pardon, Ian. Je vous ai soupçonné à tort. » Ces phrases si polies lui en rappelaient d'autres : « Désolé de vous déranger, Ian, mais j'ai encore besoin de vous au commissariat, ce matin. Pas d'objection ? »

Les excuses de Driver ne lui suffisaient pas, mais lui-même avait des torts. Comment pouvait-il en vouloir au vieil inspecteur de s'être trompé, alors que lui-même se croyait coupable ?

Il regrettait que son père ne soit plus là. Une fois l'affaire classée, ils n'avaient plus abordé le sujet, mais peu avant sa mort, son père lui avait dit : « Il faut que je sache. » Et Gilmore, qui attendait cette question, avait répondu : « Je suis innocent. »

Son père ne pouvait savoir ce que lui avait coûté cette simple phrase. Il voulait connaître la vérité sur son lit de mort, et son fils lui mentait. Le remords n'avait jamais quitté Gilmore, remords qui s'ajoutait à celui d'être un meurtrier.

Il invita Driver à s'asseoir.

— Vous n'avez pas l'air bien gai…

Assis en face de lui, Gilmore répondit d'un ton sec :

— Il me faudra du temps. Pendant vingt ans, j'ai cru que j'avais tué Helena. Je ne peux pas tout oublier du jour au lendemain.

— Certes, non. J'ai moi-même quelques problèmes de conscience.

— Vous étiez convaincu de ma culpabilité.

— Tout vous désignait. Vous-même vous croyiez coupable.

Gilmore pensa à l'angoisse dans laquelle il avait vécu, durant toutes ces années où il se prenait pour un meurtrier. Il se demanda si Driver se rendait compte de ce qu'il avait enduré.

— Et maintenant, il se passe quoi ? demanda-t-il.

— Vous serez quand même jugé pour dissimulation de preuves lors de la première enquête.

— Et Joan ?

— Elle aussi.

Gilmore ne faisant aucun commentaire, il ajouta :

— Si Wachmann n'avait pas tué Helena, seriez-vous resté avec elle ?

Gilmore n'eut pas l'ombre d'une hésitation.

— Non.

— Pourquoi ?

— Question d'amour-propre.

— C'est tout ?

— Non, en fait, ç'aurait plutôt été une réaction de défense. Pour ne pas lui donner l'occasion de me faire souffrir à nouveau.

Normal, pensa Driver. N'importe quel homme comprendrait ça.

— Donc, les inquiétudes de Wachmann n'étaient pas fondées, dit-il.

— Quelles inquiétudes ?

— Il a prétendu n'avoir pas supporté l'idée qu'Helena s'avilisse dans une existence sans intérêt.

— C'est ainsi qu'il voyait l'avenir d'Helena avec moi ?

— Et qu'il voit l'avenir de toute femme dont la beauté retient son attention… Mais vous qui avez vécu avec lui, partagé la même maison que lui, vous n'avez jamais eu le moindre soupçon ?

Gilmore se rappela une toile de Wachmann qu'il avait vue dans la maison d'Oxford si longtemps auparavant qu'il avait oublié certains détails. Il se souvenait qu'elle représentait une femme en train de manger une poire, et que c'était sans doute un des tableaux les plus sensuels qu'il lui eût été donné d'admirer. Il avait été fasciné, tout en se demandant s'il l'aimait vraiment, s'il souhaitait même le revoir. Quelque chose l'avait gêné, mais il doutait de pouvoir expliquer quoi à Driver. Un type comme lui ne pouvait comprendre. À moins qu'il le sous-estime. Driver saurait peut-être d'instinct ce qui l'avait troublé.

— Alors ? insista Driver.

— Richard étudiait les beaux-arts. À côté de certains de ses amis, il semblait on ne peut plus normal.

— On m'a souvent dit que les artistes étaient des gens bizarres. Personnellement, je n'en connais pas beaucoup. La police n'attire pas ce genre d'individus.

À voir Driver, Gilmore n'en était pas surpris.

— Que va-t-il lui arriver, maintenant ? demanda-t-il.

— À Wachmann ? Il nous faut des preuves objectives de sa culpabilité, mais ça ne devrait pas poser de problème.

— Et ensuite ?

— Il sera probablement interné jusqu'à la fin de ses jours.

— Mais pourquoi sa mère ne vous a-t-elle pas avoué la vérité ?

— Et vous ?

— Vous savez très bien pourquoi. Je croyais que j'avais tué Helena. Si j'avouais, c'était la prison à vie.

— Non. Vous auriez obtenu justice, après une enquête approfondie qui aurait permis de reconstituer les faits. Le cadavre aurait été remonté à la surface, et l'autopsie aurait montré qu'Helena était morte après avoir eu la tête fracassée contre un mur. Je dis bien fracassée, Ian. Vous ne l'aviez frappée qu'une fois, et ça n'avait même pas suffi à l'assommer. Wachmann, lui, a réussi à provoquer une hémorragie mortelle.

— Où voulez-vous en venir ?

— Au fait que tout cela aurait contredit la version donnée par Wachmann et Joan Poole. Ils vous auraient tous les deux accusé d'avoir frappé Helena, et on aurait su que ça n'avait pas suffi, alors on aurait cherché plus loin. Vraisemblablement, en envisageant les différentes hypothèses, on aurait mis les autres invités hors de cause. Restait Wachmann : on l'aurait cuisiné et on aurait fini par découvrir la vérité. Même s'il n'était pas passé aux aveux, je suis pratiquement certain que sa mère, apprenant la mort d'Helena, aurait pris contact avec nous.

— Tout ce temps perdu... Sans parler des vies gâchées, celle de Joan et la mienne.

— Et celle des autres femmes que Wachmann a assassinées ensuite.

— Il y en a beaucoup ?

— On ne sait pas encore. Plusieurs, d'après les derniers calculs de Rigby, mais Wachmann a indiqué de nouveaux emplacements. Des granges, essentiellement.

— Et l'identité de ces femmes ?

— Il choisissait ses victimes avec soin. Des filles de passage, qui cherchaient un toit pour la nuit et dont la disparition passerait inaperçue.

— Je n'imaginais pas qu'un meurtrier puisse échapper si facilement à la justice.

— Et c'est vous qui dites ça... Il y a des meurtres tous les jours. Une disparition n'est signalée à la police que si quelqu'un la remarque. Avez-vous la moindre idée du nombre de cadavres qu'on n'arrive pas à identifier chaque année ? Des sans-abri. Des personnes âgées abandonnées par leurs enfants. Des femmes dont la route croise celle d'hommes comme Wachmann. Sans compter les ivrognes, les toxicos, les adolescents fugueurs. La liste est encore longue...

— Avez-vous cru un temps qu'Helena avait fait une fugue ?

— Non. Depuis le début, je savais qu'elle était morte. Qu'elle n'avait jamais quitté Marshfield.

Gilmore ne fit pas de commentaire. Comme s'il voulait s'assurer que Wachmann avait bien eu besoin de revoir le cadavre d'Helena pour se la rappeler au moment de faire sa statue, Driver demanda :

— À votre avis, Richard a-t-il pu retourner à Marshfield dans les jours qui ont suivi cette funeste soirée ?

En cherchant dans ses souvenirs, Gilmore arriva à la conclusion qu'il ne savait pas avec certitude où était allé Wachmann entre le lundi et le mercredi suivant le meurtre.

— Je ne peux rien affirmer, mais pour l'avoir souvent vu travailler, j'aurais tendance à penser qu'il n'a pas fait cette statue de mémoire. Il a dû retourner sur les lieux, ouvrir la penderie, et faire quelques croquis dont il comptait s'inspirer plus tard.

Ce fut au tour de Driver de rester silencieux et de réfléchir à ce qu'il venait d'entendre. Gilmore ne l'interrompit pas, perdu lui aussi dans ses pensées, où le passé semblait tenir de moins en moins de place. Il se faisait mal à l'idée qu'il avait un avenir, perspective d'abord terrifiante, mais qui commençait à le séduire.

— Il y a une dernière chose qui m'échappe. Une question qu'en toute honnêteté je me pose depuis vingt ans, déclara soudain Driver.

— Laquelle ?

Driver se rappelait le temps passé à contempler les eaux du lac artificiel, certain qu'on ne retrouverait jamais le cadavre d'Helena.

— Pourquoi avoir caché le cadavre dans la maison, au lieu de l'enterrer dans les marais ?

Gilmore s'étonna qu'il s'intéresse à ce détail.

— C'est si important que ça ?

— Pour moi, oui, répondit Driver. Puisque vous saviez que les marais seraient engloutis, ça paraissait stupide, mais j'ai toujours pensé qu'il y avait une raison.

Gilmore ne comprenait pas qu'elle ait pu lui échapper. À la place de Driver, c'était la première chose à laquelle il aurait pensé. Mais Driver, lui, ignorait ce qu'avait fait Ernst Wachmann avant de quitter Marshfield.

Gilmore se revit dans la cuisine avec Joan, sous la lumière blafarde de l'unique ampoule. Il revit la pellicule grasse à la surface de l'eau qui recouvrait la vaisselle dans l'évier. Joan avait vidé l'évier, regardant apparaître les verres et les assiettes sales, puis elle avait ouvert le robinet et lui avait demandé de tendre les bras.

Il s'était exécuté et elle lui avait savonné les mains pour effacer toute trace de sang, frottant énergiquement du pouce l'intérieur de ses paumes, presque à lui faire mal. Ensuite, d'un geste aussi étrange qu'érotique, elle lui avait essuyé les mains sur ses cheveux.

— Ne fais pas ça, avait-il protesté à voix basse, mais elle s'était agrippée à lui avec une poigne de fer dont il avait su aussitôt qu'il se souviendrait toujours.

Elle l'avait entraîné hors de la cuisine, dans une pièce mal éclairée où la photo d'une femme aux yeux de biche les contemplait depuis un mur. L'air empestait le tabac froid. À leur entrée, Wachmann avait levé la tête, mais ni lui ni Gilmore n'avaient osé déclencher une dispute en s'accusant mutuellement de la mort d'Helena.

— On ferait mieux d'appeler la police, avait dit Gilmore.

Wachmann s'y était opposé.

— Tu veux vraiment remuer toute cette merde ? Moi pas, et de toute façon, ça ne fera pas revenir

Helena. Aucun de nous n'aura jamais le pouvoir de la faire revenir.

— Ce n'est pas le problème, avait répliqué Gilmore.

Joan s'était rangée à l'avis de Wachmann.

— Richard a raison. Pense à ce qu'il en sortira. Sur les rapports entre nous quatre, sur les nombreuses liaisons d'Helena… Pense à ses parents, s'ils lisent tout ça dans la presse.

— Alors tu suggères quoi ?

Personne n'avait rien suggéré, mais il était clair que tous envisageaient la possibilité d'enterrer Helena dans les marais.

Pour Gilmore, c'était une perspective trop horrible. Il se sentait incapable de creuser un trou et d'y enfouir Helena. Par ailleurs, c'était matériellement impossible : en quittant la ferme, le père de Richard avait emporté tous ses outils. Il n'y avait plus rien ressemblant à une pelle ou à une bêche.

Joan fixait ostensiblement les longues lattes du parquet, mais Wachmann avait objecté que, sans outils, ils ne pourraient jamais les soulever.

— Quoi qu'on fasse, la police retrouvera le cadavre d'Helena, avait conclu Gilmore.

Joan s'était tournée vers Wachmann.

— Peut-être pas. Il nous reste combien de temps avant la montée des eaux ?

— Elle a déjà commencé. Elle atteindra la porte mercredi.

Gilmore tombait des nues.

— Je pensais qu'on avait plus de temps devant nous…

— Eh bien non.

« Je croyais qu'Helena t'avait prévenu », avait failli ajouter Wachmann.

— Je croyais que tu le savais, s'était-il contenté de dire.

— Alors pourquoi se casser la tête ? Pourquoi ne pas laisser Helena où elle est ? avait gémi Gilmore.

— Parce que son cadavre remontera à la surface, avait répondu Joan, avec une froideur laissant entrevoir ce dont elle était capable en certaines circonstances.

Quel cauchemar, avait pensé Gilmore. Dire qu'ils étaient là à discuter tranquillement de la meilleure manière de se débarrasser d'un cadavre ! Et pas n'importe lequel. Celui d'Helena. D'ordinaire, c'étaient les criminels qui se posaient ce genre de questions, pas les gens normaux. Mais étaient-ils encore des gens normaux, depuis la mort d'Helena ? Après tout, que lui importait ce que Wachmann et Joan décideraient de faire de son cadavre ? Et pourtant, si, c'était important pour lui. Très important. Mais il ne pouvait se résoudre à l'enterrer.

Comme si elle lisait dans ses pensées, Joan avait repris la parole.

— Je m'occupe de tout. Reste ici. Tu n'as même pas besoin de savoir ce qu'on fait, si ça peut te soulager.

Elle avait emmené Wachmann, plus calme et apparemment moins atteint par l'horreur de la situation.

Gilmore les avait regardés partir, et pour lui, le plus atroce avait sans doute été de rester assis là, sur cette fausse couverture orientale, ne voyant rien, mais les entendant traîner le corps d'Helena dans le couloir et dans l'escalier, jusqu'à la chambre au-dessus de sa tête. Les mains sur les oreilles, il était resté immobile pendant une éternité. Enfin, il avait écouté ce qui se passait à l'étage. Par miracle, il n'y avait plus un bruit.

Il s'était aussitôt levé, était sorti dans le couloir, avait trouvé le silence terrifiant, s'était élancé dans l'escalier, avait fait irruption dans la chambre… Jamais il n'oublierait le spectacle qui l'attendait là : la main d'Helena dépassant de la porte entrouverte, Joan qui poussait de toutes ses forces, son expression lorsqu'elle avait tourné la poignée de cuivre.

— On n'avait pas d'outils. Le père de Richard les avait emportés à Thornley, dit Gilmore à Driver.

— C'était ça, la raison ?

— Eh oui, tout simplement…

Impression réalisée sur Presse Offset par

BRODARD & TAUPIN

GROUPE CPI

23467 – La Flèche (Sarthe), le 25-03-2004

Dépôt légal : mars 2004

POCKET – 12, avenue d'Italie - 75627 Paris cedex 13
Tél. : 01.44.16.05.00

Imprimé en France